小学館文庫

新入社員、社長になる

秦本幸弥

小学館

CONTENTS

NEW EMPLOYEES,
BE AMBITIOUS LIKE THIS
PRESIDENT.

新入社員、社長になる

NEW EMPLOYEES,
BE AMBITIOUS LIKE THIS
PRESIDENT.

YUKIYA HATAMOTO
秦本幸弥

第一章　新入社員が即社長!?

「本当に良かったのかな……」

島田高志《しまだたかし》は小声で呟《つぶや》いた。それから胸の奥底からこみ上げる罪悪感をごまかすように、ひとつ小さな息を吐く。

四月一日。島田は今、入社式を執り行っていた。リクルートスーツ姿の若者二人を迎えているのは、二人の役員と島田を含む四人の社員たちだ。

「この就職難に正社員できちんと採用されたんですから、万事オッケーですよ」

定員二十人ほどの会議室の後端、島田の横に立つ部下の森町彩智《もりまちさち》が小声で返した。

視線を向けると、右手を上げ胸の前でOKサインを作った。トレードマークである赤縁眼鏡の奥の目は、細く弧を描いている。共犯者という自覚もなく、呑気《のんき》なものだ。

「どう考えても万事オッケーとは思えないんだよなぁ……」

島田は視線を正面に戻す。新入社員たちに向かい会社の歴史を自慢げに語っているのは、社長である押切謙二《おしきりけんじ》。押切製菓を創業し、かつては全国にその名を轟《とどろ》かせたスナック菓子『あみもろこし』を生み出した男でもある。話が始まってからもう二十分以上は経《た》つのに、まだ三十年前の話をしている。アザラシのような丸顔、それに軽く弾む中音ボイスは上機嫌そのもの。話は当分終わりそうになかった。島田は頭の中でこの後のスケジュールを組みなおす。

「それでも私は嬉《うれ》しいですよ。初めて後輩ができたんですから」

「だけど、こんな落ち目の会社だよ？」

年々縮小するコーンスナックの市場規模と比例するように、看板商品あみもろこしの売り上げは減少し続けていた。いや、傾きは市場規模以上に大きい。もはや全盛期の六割くらいの売り上げになっている。しかも押切製菓の有力な商品はそれだけ。他は時代の流れとともに淘汰《とうた》されつつある三流の駄菓子ばかり。新卒採用を行ったのも森町が入社して以来、五年ぶりだ。

「いやいや、課長。会社説明会でさんざん言ってたじゃないですか。この子たちと一緒に未来を創るんですよ」

そう。だからこそ島田は罪悪感に苛《さいな》まれているのだ。このみすぼらしい現状から、どう未来を創りあげていくというのだ。島田は会議室を見渡してみる。

タバコのヤニが染みついた壁。折り畳み式の長机に松葉色のパイプ椅子。窓を開けてもなお埃《ほこり》臭く感じる空気。そして壁に立てかけられた釣《つ》り道具……は誰のかよく分からないが、ともかく、時代は令和だというのに、ここだけ平成すら訪れることを忘れていたような錯覚に陥る。もちろん会議室だけでなく、会社全体がそんな始末だ。

せめて社屋は古くとも、そこそこの規模の企業であれば救いはあった。しかし押切製菓は、全従業員を合わせても二百名にも満たない中小企業。だから島田と森町の二人しか正社員のいない総務課が、人事や情報システムなどあらゆる業務を兼ねている。

採用活動では、こんなみすぼらしい会社のことを、いかに未来ある素晴らしい会社か語り、学生の興味を引かなければならなかった。

「若者の柔軟な発想を取り入れ、創業五十周年の節目の年には『コーン菓子といえば押切製菓』と言われる会社になる！　ですよ」

会社説明会でさんざん口にした島田の決まり文句を、森町がおどけた様子で真似《まね》た。ご丁寧に右手をぐっと胸の前で握るポーズまで真似ている。右頬に浮かんだえくぼは愛らしかったが、島田は「ははっ」と乾いた笑いを返すことしかできなかった。創業五十周年というのは、もう一年後に迫っている。動脈硬化を起こした会社が新卒社員を入れただけで変われる訳もない。

そんな島田の心の揺れを見透かしたのか、それとも会社を見てダメだと判断してくれたのか、三人は内定を辞退してくれた。だが、二人は残ってしまった。彼、彼女に対して、会社は、そして自分は責任を取れるのだろうか。心の折り合いがつかなかった島田は今日、何度目かのため息をついた。

そして島田が疲労のたまり始めた腰を捻《ひね》り、ボキ、ボキと音を立てたちょうどその時。

「という訳で本日、君たちはこの歴史ある押切製菓のメンバーとなるのだけど——」

ようやく押切の昔話が今日に繫《つな》がった。あとは辞令を言い渡せば入社式は終了だ。

しかし押切にはまだ何か言いたいことが残っているようだ。いたずらっぽい笑みを作ると、再び口を開く。

「実は新入社員は、もう一人いるんだ」

「えっ⁉」

島田と森町の声が重なった。二人は顔を見合わせる。

「誰のことですかね？」

森町はそう言って首を傾《かし》げ、島田は首を横に振った。

「あの、初めて聞きますけど？」

島田は事実を確認するため声を挟んだ。

「もちろん、今まで誰にも言ってなかったからね」

何がそんなに可笑《おか》しいのか、相変わらずの表情で押切は答えた。それとは対照的に島田は苛々《いらいら》を募らせる。新入社員を受け入れるということは、事務手続きはもちろんのこと、配属先の調整だってある。それに部署によっては制服だって用意しないといけない。人に採用を任せておいて何て勝手なことをしてくれたんだ。そんな島田の思いなどどこ吹く風とばかり、押切は会議室から出ると、ほどなく一人の青年を連れて戻ってきた。見たことのない顔だ。

「わあ、カッコいいかも」

島田も森町と同じ感想を抱いた。スラッと伸びた身長は百八十センチはありそうだ。就職祝いに親から贈られたのだろうか、テーラーメイドに違いない真新しいスーツ、それに茶色の光沢を放つ革のシューズが彼を好青年たらしめていた。

「彼は都築俊介《つづきしゅんすけ》君。よろしくね。ということで、役者は揃《そろ》ったから辞令に進もうかな」

もう勝手にどうぞ。そんな気持ちを込めて島田は一つ頷《うなず》く。それでも自身の役割を忘れることなく、島田は前に出ると三人の新入社員を押切の前に整列するよう促す。

押切は三人のうち、ポニーテールの女性の前に立つと辞令を広げた。

「では唐沢未海《からさわみう》さん。製造部への配属を命じます」

「はいっ。ありがとうございます！」

フレッシュ。瑞々《みずみず》しい。そんな単語を連想させる声で唐沢は辞令を受けた。採用活動の際に行ったグループワークで、唐沢はあみもろこしの新味を開発したい！　という未来を描いていた。その本人の希望を汲《く》んだ配属だ。ただし、硬直した商品ラインナップへ新風を吹かせられるかは、まったくの未知数だ。

「難波光輝《なんばこうき》君。君は営業部への配属です」

「承知しました」

唐沢に対して難波の印象は薄かった。立て続けに三人から内定を辞退されたため、慌てて行った二次募集で採用したからだ。スケジュールがタイトだったため、話を聞く機会は一度しかなかった。その唯一の場でも多くを発言していなかった。確かコンピュータが得意と言っていたような、いなかったような。

「では、最後に都築君」

押切は都築の前へ移動した。さて、彼はどうなるのだろうか。押切は「君を――」と切り出すと、柔和な笑みを浮かべ言葉を続ける。

「――社長に命ずる」

社長に命ずる？

何を言っているんだ？　聞き間違いだろうか。だが他の社員が「社長⁉」と動揺しているところをみると、聞き間違いではなさそうだ。

「はい。謹んでお受けいたします」

周囲のざわつきをよそに、都築は形式通りの言葉を言った。

「ちょっと社長！　どういうことですか!?」

場を切り裂くかのような高い声を上げたのは、押切の実の妹である阿仁好子《あにょしこ》だ。彼女の役職は取締役経理部長。何でも来いの姿勢で運営されている総務課が、唯一立ち入ることのできない聖域——経理を取り仕切っている。総務「課」よりも所属人員が少ないのに経理「部」となっているのは、中小企業ならではのゆがみだろうか。

「ほら。僕ももう七十になっちゃったしさ。そろそろ余生を楽しんでもいい頃かなって」

「そんな勝手なこと！」

ライブ会場でハウリングを起こしたかのような阿仁の高周波が、島田の脳に刺さる。

「社長、冗談……ですよね？」

島田も思わず押切へ詰め寄るように問いかけた。

「あはは。冗談なんかじゃないよ。会社の株は全部都築君に買ってもらったし、ほら、これ見てみて」

押切は懐から書類を取り出すと、島田と阿仁へ示すように向ける。それは数枚がホチキスで綴《つづ》られた緑がかった紙——会社の登記簿謄本だった。

押切が「ここ、ここ」と言いながら指さした役員欄を確認すると、確かに代表取締役に都築俊介という名前が記されていた。しかも就任日は三月十四日。既に二週間以上前に社長は交代していたということになる。偽りのない証拠を目にし、阿仁は大きく開けた口を手で覆った。そして島田はといえば。

「………………」

何の反応を示すこともできなかった。押切の言いたいことは分かる。年齢的な理由で後継者に会社を託す必要があるということは間違いない。それでも、親族なりベテラン社員から抜擢《ばってき》するなり、他の選択肢だってあったはずだ。それが見たこともない若者に譲ってしまった。島田には全くもって理解のできない行動だった。

「てことで都築君。後はよろしくね。あ、島田君。しばらくは彼の教育係をお願い」

そこまで言うと、押切は壁に立てかけてあった釣り道具を担ぎ、「それじゃ！」と言って会議室のドアに手をかける。

「あ、ちょっと社長！」

「社長‼」

島田の声と、甲高い阿仁の声が重なった。押切と都築はどんな関係なのか。なぜ、彼を社長に決めたのか。そして、そもそもこれは何かの冗談ではないのか。聞きたいことは山ほどあった。しかし押切は、そのまま会議室から出てしまった。

「………………」

島田は閉じたドアから新社長である都築へと視線を切り替える。新社長はどんな人間なのか。島田だけでなく、ここにいる全員の視線が都築へと注がれていた。そんな自分へ集まる視線に気づいた都築は、姿勢を正すと皆を一通り見まわす。

「という訳で、今日から押切製菓の社長になった都築です。みんな、よろしくね」

そう言って白い歯をのぞかせた。軽い。ものすごく軽い。

釣り道具を担ぎ会社を放り出すように颯爽《さっそう》と立ち去った前社長に、爽やかな笑顔を見せる新社長。そして戸惑う社員たち。

この会社は、これから大丈夫なのだろうか。この不安は島田だけのものではないはずだ。阿仁に至っては、怒りからか体をワナワナと震わしている。

都築は部屋に漂うこの空気をものともせず島田の前へ来ると、「都築です、よろしく！」と言いながら右手を差し出した。

「……こちらこそ。総務の島田、です」

戸惑いつつも島田は差し出された手を握ると、名乗り返した。

それから都築は、社員一人ずつへ「よろしく」と声をかけながら握手をしていく。

底抜けに明るく振る舞う都築に対し、社員たちは戸惑いつつもそれぞれの対応をする。

しかし最後の阿仁だけは違った。差し出された手を取ることなく、眉間のしわを深くし都築を睥睨《へいげい》すると「ふんっ」と言い会議室を出てしまった。

ドアが荒く閉まる大きな音が会議室に響き渡る。

「あれ。嫌われちゃったかな？」

間の抜けた都築の言葉を最後に、会議室は静寂に包まれてしまった。神経質なところはあるものの普段は温和な阿仁が、ここまでの反応を示すのは意外だった。阿仁は経理という立場から長年押切を支えてきた立役者だ。にもかかわらず、押切は阿仁へ何の相談もしていない様子だった。何で勝手に決めてしまったのか。それが怒りとなって発露してしまったのかもしれない。

「……えっと、それじゃ、入社式はこれで終わりにして解散しましょうか」

いつまでもこうしている訳にもいかない。島田の声掛けで、新卒の唐沢と難波はそれぞれの部署の教育担当者に促され、会議室を出ていった。

「なら森町さんはここの後片付けをお願いしてもいいかな？」

「あっ、はい！　分かりました」

ぼうっと都築を見ていた森町が弾《はじ》かれるように動き出した。後片付けといっても、自分たちの書類を片付けるだけだ。そのためいくつかの書類を抱えると森町はすぐに会議室から出ていった。結果、島田と都築だけが残される形となった。

「なら都築君……じゃなくてどう呼んだらいいんだ……」

「それはお任せで」

「では……社長。これからどうします？」

島田は気持ちを切り替え質問をした。

「んー。まずは下の事務所にいる方たちに挨拶させてもらってもいいですか?」

それは早いタイミングでやらねばと島田も思っていたところだ。

「分かりました。ではついてきてください」

島田は会議室から外へ出る。都築がついてきていることを確認すると、ペラペラの金属の階段が立てる音を響かせながら降りていく。事務所が近づくにつれ、その音に交じり人のざわつきが聞こえてきた。かなり賑《にぎ》やかな様子だ。

「ここが本社事務所です」

島田はガラスのドアを手前に引くと、都築を中へと誘《いざな》う。喧騒《けんそう》のボリュームが一段とアップする。

ここには総務課と経理部、営業部が詰めている。その人員は合わせて三十名ほどだが、既に外に出ている社員もいるためその人数は三分の二くらいになっていた。ちなみに怒りながら出ていった阿仁の姿は見られない。既に社長が交代したという話は皆に伝わっているようだ。騒々しい声の中に「あっ、あの人だよ」という声が聞こえた。

「ええっと、皆さん。急なんですけども……本日、社長がこちらの都築さんに代わりました。では社長……」

あとは任せた。島田はそんな意思を込めて都築へ視線を送る。島田のパスを受けた都築はしゃんと姿勢を正し、大きく口を開く。

「こんにちは。都築俊介と申します！　今日から社長として押切製菓を盛り上げていきますので、みんな、よろしく！」

良く言えば底抜けに明るく、悪く言えば威厳など皆無。この人数を前にしても、都築のテンションは相変わらずだった。

「あのー、ちょっといい？」

営業部の中堅社員、佐野《さの》が手を挙げた。

「どうしました？」

都築はニコニコしたまま佐野へと視線を向ける。

「ずいぶん若く見えるけど、経営者としての経験はどのくらいあるの？」

「新卒ホヤホヤだから、まったくないですよ？」

まさかの回答だった。佐野はあからさまに顔をしかめる。

「それで社長って、大丈夫なの？」

「大丈夫です。それは何とかしますよ」

都築は答えにならない言葉を言った。

「不安しかないんだけどなぁ」

「そうだそうだ！」「大丈夫な訳ないじゃん」と合いの手が続いた。相変わらず笑顔の都築が、島田の不安感を増幅させる。何も考えていないようにしか見えない。

「具体的にはどうするの？」

　矢継ぎ早に佐野から質問が投げかけられる。

「押切製菓を小さくとも尖《とが》った会社にします！」

「どんな方法で尖った会社にするの？」

「んー、まずはあみもろこしのブランド力を復活させることですね」

「言ってる意味が全然分からないんだけど」

　島田も佐野と同意見だ。都築は威勢よく言葉を返しているが、どれも中身のある言葉には感じられなかった。意識高い系の学生が思いつきで理想を並べているようにしか思えない。そんな都築は中空を眺めながら「うーん、どこから説明しようかなぁ……」と呟くと、佐野へ視線を送る。

「現状、あみもろこしは積極的な宣伝活動は一切していないって聞いています。そうですよね？」

「え、まあそうだけど。それが？」

「三十年前に大ヒットして、全国的にも知名度はそこそこ。だから緩やかに売り上げは減少しつつも、今もなお単品で二十億円以上の年商を稼ぎ出しています。ここまではいいですよね？」

「そうだな」

佐野の反応を得ると、都築は説明を続ける。

「今、あみもろこしを買い支えてくれている人は、三十年前の熱狂を経験してくれた人たちだと思います。要するに、消費者が高齢化してるんですよ。高齢者にスナック菓子はあまり好まれませんし、その中には当然、亡くなった方も少なくないはずです。これじゃ、売り上げが減るのも当然ですよね？」

もちろん俺みたいな若いファンもいますが、それは少数と考えた方がいいでしょう。都築はそう補足をした。スマートフォンの新製品発表会でプレゼンをする某社の社長のように、自信たっぷりに身振り手振りを交えて語る都築。それに対してカクカク、と頷く佐野。少しずつ風向きが変わりつつある。

「要するに現状、あみもろこしは若い世代にリーチしていないってことになるんです。なら、積極的に若者の好むメディア——たとえばＳＮＳとか動画チャネルでプロモーションをしたらどうなると思います？　まったくあみもろこしを知らなかった若者たちが、この素晴らしい味に出会うんですよ？」

「——確実に『美味《おい》しい』って拡散される！」

佐野の言葉に都築は白い歯をのぞかせながら大きく頷く。

「そういうこと。きっとあみもろこしを知った若者のうちの何割かは、リピーターになってくれることでしょう。それが、あみもろこしのブランド力を復活させるってこと。で、押切製菓は大企業ではないから、あれこれと新商品を広げるのは難しいじゃないですか。だから会社の経営資源を、力のあるあみもろこしに集中投下してコーンスナック菓子市場で確固たる地位を築くんです」

都築はまくしたてるようにそこまで言うと右手の人差し指を立て、再び口を開く。

「それを一言で言うと、小さくとも尖った会社になる、ってことなんです」

「おぉ……なるほど！」

当初、疑いの目を向けていた佐野の表情は一変。どうやら都築のプレゼン能力は一級品のようだ。途中、島田も都築の広げる世界に取り込まれかけていた。

しかし、疑問が残らないでもない。基本、家庭に食卓は一つ。親世代が好きな菓子ならば、それは自然と子供世代にも伝播《でんぱ》しないだろうか。そして、プロモーションがそんな簡単に上手《うま》くいくとは思えない。そう考えていた時――。

「調子のいいことばかり言って。そんなの机上の空論だろうが」

どすの利いた声で営業部の部長――大野《おおの》が言った。都合の良い話だと感じたのは島田だけではなかった。

「こればかりはやってみないと分かりませんよね？　何事もチャレンジと失敗の繰り返しですよ」

「学校のお遊びとは違うんだぞ。変なことして失敗するってことは、大金を失うのと同じ意味だ。お前はその覚悟ができてんのか？　社員全員の生活を預かるって自覚はあるのか？」

「もちろんですよ？」

何、当たり前のことを聞いてるの？　そう言わんばかりの表情で都築は言った。その態度に大野は更に顔をしかめる。

「てか、そもそも本当にお前、社長になってんのか？　新入りの癖にエイプリルフールの冗談とか言い出すなよ」

「えっと、大野さん。それは登記簿謄本を確認したから間違いないです」

島田のフォローを聞くと、大野はちっ、と舌打ちをした。それから、つまらなそうに椅子に背中を預けると、再び口を開ける。

「で、島田はこのこと知ってたのか？」

「……寝耳に水でした」

島田は首を左右に振る。まだ島田自身、この事実を受け入れられないところもある。室内には島田と同じくまだ納得ができていない、顔にそう書いてある人は何人もいた。しかしこれ以上ここで問答していても切りがない。

「とりあえず今は皆さんそれぞれの仕事に戻りましょう。いずれ経営方針を発表する機会を設けますので」

　だから島田は無理やりこの場を締めにかかった。そして都築へ「とりあえず社長室に案内します」と言い、歩き始める。しかしその直後のこと。

「ねえ、島田さん。ちょっとここ煙たすぎません？」

　三歩も進まないうちに立ち止まると、都築は自分の鼻をつまんだ。島田自身はタバコは吸わないが、ベテランの営業社員でタバコを吸う人間は多い。だから営業がいる時間帯は、特に紫煙が立ち込めがちだった。これが当たり前のことだったため島田は不快感を覚えつつも喫煙者に配慮をし、苦情を言ったことはなかった。

「俺、タバコ嫌いだから、この部屋は禁煙にしましょう」

　しかし都築は違った。

「えっ、ちょっと待ってください。タバコが吸えるからこそ仕事に力の入る人だっているんですよ」

　社長就任早々に喫煙者を敵に回してしまっては、今後の業務にも影響を及ぼしかねない。

「うーん。でも、その逆の人もいるはずですよね。本当にこの部屋、煙たすぎですよ。受動喫煙の健康被害もあると思うんですよね」

　視界の片隅で事務員の数名がうんうん、と頷いた。

「……なら、喫煙所を用意するとか配慮もお願いしますね」

都築の言葉には一理ある。しかしいきなり来た新米社長に今までの風習を否定されるのは癪《しゃく》に障る。だから島田の出した喫煙所という交換条件は、せめてもの抵抗だ。

「嫌です。そもそもおかしくないですか？　タバコを吸う人の方が休憩時間が多くなるってことですよね。吸わない人からしたら不公平じゃないですか？」

しかしささやかな抵抗は、あえなく正論に切り捨てられてしまった。

「それは……」

そのまま島田は口を噤《つぐ》んでしまった。島田が黙ったことを確認すると、都築は事務所内を一度見渡し――。

「ということで、今から社内は禁煙です！」

大きな声で宣言をした。

直後。チャッという金属音の後に、一条の煙が立ち上り始めた。新社長に反旗を翻《ひるがえ》すともいえる行動をとったのは、先ほども意見をした大野だった。大野は煙をたっぷりと肺へ含むと、都築へ向けて吐きかける。そしてそのまま都築を睨《にら》んだ。

「……俺の言葉が聞こえなかったんですか？」

しかし、都築はまったく動じなかった。

「営業部のルールは俺が決める」

「会社のルールは所有者である俺が決めますから」

都築の言葉に一瞬で社内が凍り付いた。誰もがこの二人のやり取りを固唾《かたず》を呑《の》んで見守っている。都築の隣にただ立つだけの島田は、既に彫像と化していた。

そのまま二人の視線が交差すること十数秒。遂に大野は手にしていたタバコを手荒にもみ消した。そしてカバンを手にすると、そのまま外に出ていった。

社内中の視線が再び都築に集まる。あの大野に一ミリも動じなかった。もしかすると、とんでもない社長に代わってしまったのかもしれない。見回してみると先ほどとは違い、若い従業員を中心に憧憬の色も交じっているように感じる。

「さて。島田さん、行きましょうか」

都築は島田へ視線を切り替えると、ニコリと笑顔を作る。

「あ、はいっ」

島田は気を取り直して先へと進む。二人は事務所の端に到達すると、重厚な木製のドアを開けその奥の部屋へと入る。

「ここが社長室兼応接室です」

「おぉ、ドラマでしか見たことのない光景！」

都築は感嘆の言葉を漏らしながら部屋を眺める。手前には艶のある黒い革張りのソファーが向かい合い鎮座しており、奥には木目の美しい立派な机が置かれていた。壁面には過去に商品が受賞した時の賞状が飾られている。あみもろこしが農林水産大臣賞を受賞したのは、前社長・押切の自慢でもあった。

　都築はこちらもまた黒い革張りのオフィスチェアへと腰かける。そしてアームレストに両手を置きながら背を預けて深くリクライニングする。その様は、社長というより会社見学に来た学生にしか見えない。

「どうです？　気に入りました？」

　島田の質問に都築は「うーん」と唸《うな》ると言葉を続ける。

「こんな仰々しい部屋はいらないかな。そうだ。壁をぶち抜いて事務所と繋げちゃいましょうよ」

　そして、その方が会社の見通しもよくなりますよ、と意味の分からない言葉を続けた。たった今、あなたが社長になったおかげで会社の見通しは真っ暗なのだ。

「応接室は会社の顔でもありますから、一応あった方が……」

　まだ一緒に行動を始めて一時間も経っていない。このペースであれこれ会社をひっかき回されてはかなわない。

「あはは。冗談が上手いですね、島田さん。会社の顔って言うなら今にも朽ちそうな外壁を何とかしないと」

　おっしゃる通り。だが、社屋がぼろいからこそ、せめて応接室くらいはそれなりの威厳を保ちたいものである。とはいえ先ほどのタバコ事件を振り返ってみるに、都築にこれ以上言っても無駄なのだろう。

「はは……。ではもう壁をぶち抜くなり倉庫にするなり自由にしてください」

だから島田はこの話題を締めた。そして島田は都築のすぐ側《そば》まで行くと、相変わらず体を椅子に預けたままの都築へ視線を向ける。

「ところで、社長はどんな経緯でこの会社を買収されたんですか？」

聞きたかったことナンバーワンの質問をぶつけた。

「えっとですね……たまたま大学のイベントで会長に出会ったんですよ。『経営者から話を聞く』みたいなよくあるやつです」

初めて聞く単語が出てきた。

「会長っていいますと？」

「押切さんのことです。俺が慣れるまでは、会長として会社にいてくれるみたいですよ」

先ほど押切は釣り道具を持って出て行ったため、もう二度と会社に来ないのかと思っていた。それならそうと言ってくれればよかったのに。

「あのオヤジ……」

思わず心の声が島田の口から出てしまった。

「あはは。会長、ひどい言われようだ」

「あ、いや。そういう訳じゃなくてですね……えっと、社長──じゃなくて会長と出会って、どうして会社買収なんて話になったんですか？」

島田は慌ててごまかしつつ、無理やり質問を先に進めた。普通に考えて大学生と社長が出会ったところで、こんなことにはなり得ない。

「俺があみもろこしのこと大好きです！　って話をしたら盛り上がっちゃって。去年の春頃のことなんですけどね。その時、会長はもう引退を考えてるって聞いて。だから『会社を売ってください！』って言ったら即答で『いいよ』って言ってもらえたから──」

「ちょっと待ってください！」

島田は思わず声を上げた。いくら霞《かす》んだ中小企業とはいえ、押切製菓の資本金は三千万円。ポンと買える金額であるはずはない。

「その原資はどうしたんですか？」

「俺、株とか不動産の投資で儲《もう》けてたんです。だからお金には困りませんでした。あ、買収金額は内緒ですけどね」

唇の前で人差し指を立てる都築。その仕草が妙に様になっているのが憎たらしい。

「……すごいですね」

島田の口をついたのは空返事だった。この新社長には敵《かな》わない。島田の年収は三百六十万円。一生かけても会社を買収するだけの資産を作ることなどできない。せいぜい島田が超えていることなど、一回り以上も上の年齢だけだ。急に脱力感に襲われた島田は、応接セットのソファーへと体を沈み込ませる。

「俺、何となく分かるんですよね。これから伸びそうな会社かそうじゃない会社か。押切製菓は、今まで見た会社の中でも将来性ナンバーワンです！」

胸の前で右手を固く握る都築。その姿を見て島田は苦笑せざるを得なかった。

「ちなみに、どんなところが将来性ありって思えたんですか？」

「もちろん、あみもろこしが美味しいところですよ」

都築は即答した。看板商品が美味しいと言ってくれるところには親近感を覚える。島田も小さな頃から慣れ親しんでいる味だ。だが、それが会社の将来性となれば話は別だ。この商品と連動するように会社の業績は落ち続けているのだから。

「そうですか……ならこれからどうやって会社を――」

盛り上げていくのか。そう聞こうとした島田の言葉にかぶせるように、都築が声を上げる。

「ねえ島田さん、そんな話よりも工場見学に行ってみたいです！」

そんな話とはなんだ。ムカッとしたものの、悲しいかな、島田は筋金入りのサラリーマン。

「……なら、隣の工場を見てみましょうか」

そう言うしかなかった。

「そこって何を作ってるんですか？」

「ラムネとかガムですけど」

「あみもろこしは作ってないんですか？」

「それは第二工場だから、また別の場所です」

「なら、そっちから行きましょう！」

押切製菓には二つの工場がある。一つは本社併設の第一工場。そしてもう一つが車で五分ほどの距離にある第二工場だ。とりあえず今日は隣の第一工場だけ案内をして、あとは島田自身が本日中に片付けなければならない仕事をやろう。そう考えていた。

しかしその予定が早くも崩れてしまった。

「……分かりました」

いつまで都築の面倒を見なければならないのか。なぜ、島田がこんな貧乏くじを引かされてしまったのか。心の中で呪詛《じゅそ》を吐きつつも、それが自分の仕事なんだと気持ちを無理やり切り替える。

「では行きましょう」

島田は都築を連れ、社屋の隣にある駐車場へ移動する。すると、紺色の深い輝きを発するスポーツカーが島田の視界に入った。

「お、ポルシェ」

さすがは世界の名車だ。砂利の駐車場にいてなお放たれるこのオーラは凄《すご》いとしか言いようがない。しかしこんな車に乗ってくるような従業員や来客があっただろうか。いや、あるはずもない。となると——。島田は隣にいる都築へ視線を向ける。

「あれ、俺の車なんですよ」

案の定だった。

「992のカレラ4Sですよね？」

要するにポルシェの中でも最新型でそこそこのグレードという意味だ。この車なら二千万円はくだらないだろう。

「島田さん、詳しいんですね」

「それなりに車は好きですからね」

島田は昨年、通勤用に新車を買っていた。軽自動車とはいえ、オプションも充実させたこだわりの仕様だ。しかし折も悪く、その隣にポルシェが駐《と》まっていた。そのせいで愛車がみすぼらしく見えてしまうのは、気のせいではないはずだ。

「なら島田さん、これ乗ってみます？」

「いいんですか?」

「もちろん!」

島田は人生初のポルシェの助手席に、慎重に体を滑り込ませる。運転席に座った都築がキーを捻ると、ガウ、と唸り声をあげてエンジンが目覚めた。そしてスルスルと走り出す。

それからポルシェに揺られること五分。あっという間に第二工場に到着した。建物に入ると白衣など工場用の装備を身に着け、エアシャワーを抜けて工場の中へ進んだ。

「おぉ、懐かしい光景!」

「懐かしい?」

意外な言葉だ。

「小学生の頃、見学で来たことがあるんですよ」

そんな接点があったとは。確かに押切製菓は年に一度、近所の小学校の工場見学を受け入れている。

「ここで、あみもろこしが生まれてるんですね。懐かしいし、匂いもいいし……うおぉ、感動!」

まるで小学生のような反応だ。島田は目を輝かせる都築を案内しつつ、社長が交代したことを従業員へ触れて回った。しかし、肝心の工場長である渡辺《わたなべ》貫一《かんいち》だけは、ずっと機械につきっきりで近づきがたいオーラを発していた。

「渡辺さん、今日はいつも以上に仕事に熱が入ってますね」

島田は近くにいた製造部の社員に声をかけた。

「ですね。新入りさんがいきなり『あみもろこしの新しい味を作りたい』って言い出したもんだから頭に来ちゃったみたいで。ずっとあんな感じです」

「そんな気分屋で工場長なんて務まるんですか？」

都築は遠くに見え隠れする渡辺を見ながら言った。

「いやいや、渡辺さんがあみもろこしを形にした人なんですから、超大事な人ですよ」

島田がフォローすると、都築の表情が一変する。

「おぉ！　あの方が生みの親!!」

「厳密にいえば、会長が発案したアイディアを、苦労して形にしたのが渡辺さん。味の決め手も握ってる、我が社のかけがえのない存在ですよ」

そのくだりは入社式の時に押切がさんざん語っていたが、都築はその場にいなかった。

「なら挨拶してきます」

すぐさま渡辺のもとに行こうとした都築の腕を、島田が摑《つか》む。

「あれは誰も話しかけるなって態度だから、また後にしましょう」

「えー」

渡辺は根っからの職人だけあって、本当に気難しい人間なのだ。下手に接触して、二度と目を合わせてもらえなくなっては堪《たま》らない。

「後でちゃんと紹介しますから」

口をとがらせる都築を宥《なだ》め、島田は残りの工程の説明をしながら工場内を回っていく。そして二人はほどなく最終工程まで達した。ここでは目が回るような勢いで袋にあみもろこしが流し込まれていた。

「では、最後に出来立てのあみもろこしを食べてみましょうか」

「待ってました！」

最終工程の担当者からカップ一杯のあみもろこしを受け取ると、二人は休憩室へ移動した。テーブルにそのカップを置くや、都築はあみもろこしへ手を伸ばす。

「やっぱ出来立ては全然違う！　もう何ていうか、コーンの香りの立ち方が別格です」

金を持っているのだから、美味《うま》いものなど飽きるほど食べられるだろうに。都築はこんなスナック菓子が最高のご馳走《ちそう》と言わんばかりだ。

「僕はしばらく時間を置いた方が好きなんですけどね」

そんなことを言いつつ給茶機から二人分のお茶を紙コップに注《つ》ぐと、その一つを都築へ差し出す。そして島田もあみもろこしをひとつつまんだ。

あみもろこしは、細い棒状のコーン生地が網のように重なりあった形をしている。だから極めて軽いサクッ、という歯触りを感じた直後、ハラハラとほどけるように生地が口の中で溶けていく。それと同時に、濃密なコーンの香ばしい香りが一気に広がる。この食感と香りのコンビネーションこそが、あみもろこしの美味しさの秘訣《ひけつ》だ。

それらを見事にまとめ上げているのが、飾り気のない塩味だ。あみもろこしはこの塩味一本で三十年にわたり勝負してきた。塩以外にも調味料は使われているのだが、入社して十三年経つ島田でもその配合は知らない。

やはり美味しい菓子だ。そう感じつつ島田が二つ目のあみもろこしに手を伸ばしたそのタイミングで、昼休憩を告げるチャイムが鳴った。

「もうこんな時間か……」

チャイムが鳴りやむと、休憩室には続々と従業員が集まってきた。島田はその中に工場長の渡辺を見つけた。今捕まえておかないと都築を紹介するタイミングを見失う。そのため島田は椅子から立ち上がると声を上げる。

「渡辺さん！」

渡辺は立ち止まると首だけをこちらに向ける。額に刻まれた幾重ものしわに、眼鏡越しの鋭い眼光。そのすべてが、彼がいぶし銀の技術を持つ職人だと主張している。

「突然のことなんですけど、今日からこちらの都築俊介さんが社長になりましたので紹介しますね」

島田が後ろにいた都築を手のひらで指し示すと、都築は渡辺の前へ出る。

「都築です。小さな頃からあみもろこしの大ファンです！」

今までと変わらないテンションで、都築は自己紹介をした。渡辺へ送るその視線は、まるでアイドルを見つめるようなまなざしだ。しかし一方で、渡辺の眼《め》は険しかった。都築を氷の矢で射殺さんとしているようだ。

「……えっと、よろしくお願いします」

渡辺の眼力に気圧《けお》されたのか、都築にしては控えめなモーションで渡辺へ右手を差し出す。しかし。

渡辺は、ふんと鼻を鳴らし立ち去ってしまった。行き場を失った都築の右手が空《むな》しく宙を漂う。こうして出された手を取られなかったのは、阿仁に続いて二人目だ。終始テンションが高めだった都築もさすがに応《こた》えたのか、力なく肩を落とす。

阿仁と渡辺、それに営業部の大野。会社のかじ取りをするうえで重要度の極めて高い三人。その三人の支持を得られなければ、都築の社長としてのポジションは脆《もろ》いものになりかねない。都築には多くの困難が待ち構えている。もちろん彼の教育係の島田にとってもそれは同じことだ。代替わりを何とか軌道に乗せなければ最悪、職を失う可能性だってあるのだから。

大変なことになってしまったぞ。改めて感じた島田は都築の肩に手を置くと、静かに部屋の外へと促した。

◇

昼食を挟んで、二人は社長室へ戻った。島田お勧めのカレー屋へ誘ったところ、都築は渡辺との一件などなかったかのごとく元気を取り戻した。

午後は都築からのリクエストで、どのような取引先とどのくらいのボリュームの取引があるかなど、具体的な数字の説明を行った。都築は右肩下がりの業績推移を見ても、焦る様子もなく淡々と資料を読み込むばかりだった。

そして夕方。

従業員への社長交代の周知は一応、終わった。そして主な数字についても一通り説明をした。改めて、都築はこの会社をどのように経営していくつもりなのか。

「これからこの会社をどうしていくんですか？」

だから島田は都築へ聞いた。午前中に理想たっぷりのキラキラとした話は聞いたが、もっと具体的なプランを知りたかった。

「大手に負けない、小さくとも尖った会社にします!」

即答だった。右のこぶしを固く握り、その表情からも強い決意が感じられる。だがその言葉なら既に聞いている。

「具体的には?」

「うーん……」

都築が考え始めたその時、午後五時半を告げるチャイムが鳴った。

「このチャイムって?」

「一応、終業時間です」

一応、と言ったのには理由がある。工場は時間きっちりに動いているが、事務所で働いている面々はこの時間からが本番、という空気があるからだ。

「てことはもう帰っていいってことですよね?」

「えっ⁉」

「では、お疲れ様でした!」

そう言って都築は自分のカバンを手に取り、社長室のドアノブへ手をかける。

「あ、ちょっと!」

「大学時代の連れと会う約束してるんで。明日の予定は後で連絡しておいてください」

　都築はそう言い残すと、誰よりも早く会社から出ていってしまった。

「自由な奴《やつ》だな……」

　窓の外からご機嫌なエンジン音が聞こえ、それはすぐに遠くへ溶け込んでいった。

「はぁ……」

　どっと疲れが押し寄せてきた。その疲れを引きずりつつ、島田は自分のデスクへ戻る。結局、今日は都築につきっきりだったため自分の仕事が全く進んでいない。それどころか、取引先へ社長が交代したという案内状を送るなど新たな仕事も増えた。これからそれらの仕事をこなさなければならない。さて、どの仕事から取り掛かるか。

　そう考えていたところ、島田のデスクに阿仁がやってきた。

「ねえ島田君。アレ、どうにかならないものかしら。社長に電話しても出てくれないし。どうしたらいいのか……」

　阿仁は、ほとほと困った、といった表情で言った。「アレ」が都築のことで、「社長」が押切のことを意味するのはすぐに理解できた。

「どうにかって言われましても……」

「とにかく。私はぜったいに認めないから。きっと社長は働きづめで気の迷いを起こしただけのはずよ」

「そうだといいんですけどね……」

釣り道具を担いで颯爽と去っていった押切の顔が脳裏に浮かんだ。気の迷いなのか、冷静な判断の結果なのか、島田には分からなかった。

「社長はずっと頑張ってきたのだから、もっと報われるべきよ。それがこんな辞め方をすることになってしまって……。絶対にアレが変なことを吹き込んだに違いないわ」

そう言った阿仁は「そう思わない？　島田君」と同意を求めてきた。

「はは。そうですよね……」

正直なところ、島田だって都築が社長として会社を経営することには不安しかない。できれば元に戻って欲しいと感じている。とはいえ、高齢のため引退をしたいという押切の気持ちが理解できないでもない。そのため阿仁の言葉に対し、曖昧な相槌《あいづち》を打つことしかできなかった。

◇

今日がこんな一日になるなんて思いもしなかった。夜十一時。島田は自宅の駐車場に車を駐めると、重たい足を引きずりながらようやく玄関までたどり着く。閑静な住宅街にあるどこにでもあるような二階建ての窓からは、柔らかな光が漏れていた。

「おかえり。遅かったね」

島田がダイニングに入ると、妻のさつきが島田を迎えた。残業するというメッセージは入れていたが、具体的な時間までは伝えていなかった。

「うん。ちょっと会社でいろいろあってね」

「そっか。お疲れ様」

島田はダイニングチェアに上着とネクタイをかけると、その足で冷蔵庫へ向かう。そしてドアを開け発泡酒を取り出すと、崩れるようにダイニングチェアに座った。

プルタブを引くと、心地良い音が鳴った。ようやくこの時間がやってきた。缶を傾けると刺激的なのど越しとともに、今日一日の出来事が洗われていくようだった。

キッチンから電子レンジの音が聞こえた。

島田の前には次々と夕食が並び始めた。今日はブリ大根だ。さつきは夕食を一通り用意し終えると、島田の向かいに座る。

「あのね。話があるんだ」

「なに？」

さつきの表情は、島田の心とは対照的に嬉しそうだった。こっちの気分も知らないでお気楽なものだ。そう思いながらも島田は耳を傾ける体勢を作る。

「あのね。私、昇進が決まったんだ。来月から課長になるの」

「……そうなんだ。おめでと」

お祝いの言葉を言いつつも、心境は複雑だった。島田も課長という肩書を持っている。しかしこれはただの飾りだ。正社員の部下なんて一人しかいないし、役職手当だって雀《すずめ》の涙だ。一方のさつきは地元で有数の証券会社に勤務しており、現状でも収入は島田よりもはるかに多い。そんな会社での課長職なのだから、きっと待遇も桁《けた》違いなのだろう。

「それでさ、ここからは相談なんだけど」

「なに？」

「パパさ、専業主夫になってみない？」

「は⁉」

想定外の言葉が出てきた。固まる島田へ向けてさつきは言葉を重ねる。

「たぶんね、課長になったら年収八百万は堅いと思うの。私の収入だけで生活は十分やっていけるし、その方が芽衣《めい》も安心でしょ。それにパパ、ここ何年か毎日すっごくつまらなそうにしてるから——って聞いてる？」

島田家は共働きのため、小学二年になる一人娘は学童保育に預けている。先に帰る方が迎えに行くというルールになっているが、午後六時を過ぎることも多い。そして現状、迎えに行っているのは、ほぼさつきだ。確かにまだ小さな娘にとっては、どちらかが家にいてくれた方が安心だろう。しかし——。

島田は言葉を詰まらせる。「専業主夫なんて絶対に嫌だ！」。そう言い返したかった。今日だって汗水たらしてこんな時間まで頑張ったのだ。新米社長の教育係を任されたのだって、押切から信頼されているからに違いない。価値のある仕事をしているのだ。

だが年収三百六十万円という島田の家庭内での立場は、極めて低い。言ったところで一笑に付されるのがオチだろう。そのため大量の発泡酒とともに、反論の言葉を胃袋へと流し込む。テーブルに置かれた空き缶から乾いた音が鳴った。

「なら私、お風呂に入ってくるね。別に今決めなくてもいいし、考えておいてくれるだけでいいから」

島田の言葉を待たずにさつきは立ち上がる。すると先ほどは見つけることのできなかったプレミアムビールを冷蔵庫から取り出し、島田の前へ置く。

「パパが頑張ってくれてるのはもちろん知ってるよ。でも、頑張り方を間違えると辛《つら》いだけになっちゃうよ」

そんな言葉を残して、さつきはダイニングから出ていった。

「はぁ……」

島田は大きなため息を落とす。さつきは、いわゆるハイスペック女子だ。島田よりも稼ぎはいいうえに、ほぼ一人で家事までこなしている。他の男性から見たら、誰もがうらやむ存在だろう。しかし島田はそんなさつきに対して、ずっと引け目を感じてきた。そして今日、収入で二倍以上の差が開くことになった。家庭での自分の存在が更に小さくなってしまった。

「もう、転職するしかないのかな……」

この状況を挽回するには、それしか考えられなかった。

押切製菓には、就活で苦戦していたところを拾ってもらった恩がある。前社長の押切は、島田の面倒をよく見てくれた。だから転職という選択肢は過去に何度もチラついてはいたが、実行に移すことはなかった。

しかし押切がいなくなった今こそ、下り坂の会社に見切りをつける良いタイミングなのかもしれない。島田はスマートフォンを取り出すと、転職サイトを検索する。まずは経験を活《い》かせる製菓業界だ。

「お、大那《だいな》フーズの求人が出てる」

大那フーズは、押切製菓と同じ地元名古屋の製菓メーカーだ。しかしあちらは東証一部に上場している超大手という違いがある。募集している職種は営業職だし年収もさつきに及ばない。それでも今よりはかなりアップできる。

「でもなぁ……」

応募したところで不採用になるに決まっている。何せ、学生時代の就活でも書類選考であえなく撃沈した会社なのだから。

「こんな会社に入れてたら、人生もっと違ってたんだろうな……」

大那フーズはスナック菓子はもちろんのこと、チョコレートや米菓などあらゆるジャンルの菓子を製造している。押切製菓と競合するコーン系のスナック菓子を出していないのが不思議に感じるくらいだ。ここに入社できていれば、収入は今より二百万円以上は多かっただろう。そして何より将来にわたって経営安泰の大企業だ。「専業主夫になって」などと言われることもなかったはず。

島田はプレミアムビールの缶を傾ける。豊かな風味が、ちょっとだけ気分を持ち上げてくれるようだった。頑張って働いてお金を貯《た》め、都築のようにポルシェなんていうプレミアムな車に乗れたら、気分の上がり方もこんなものではないだろう。いや、ポルシェとは言わなくとも、気分の高揚する車を死ぬまでに一度は買ってみたい。

「うん。世の中、何が起こるか分からないからな」

ポツリ、と島田は呟いた。いきなり新入社員が社長になることだってあるのだ。だから可能性はゼロに近いと思いながらも、島田はもしも何らかのきっかけで縁ができた時のために、大那フーズの情報収集を始めたのだった。

第二章　いきなりの倒産危機

「えっ⁉　そんなに借金があるんですか？」

島田は経理部長の阿仁から出された会社の経理資料――残高試算表の借入金の額を見て、思わず声を上げた。ここは押切製菓の社長室。年季の入った応接セットには二人の他に、この部屋の主である新社長の都築もいる。

衝撃の社長交代劇から早五日。都築への代替わりは順調とはいえなかった。相変わらず、事務方と製造方のトップそれぞれの支持を得られないままだったからだ。そのため今日までにできた社長らしいことは皆無だ。ちなみに営業方のトップの大野とも戦争状態のままだ。前社長で会長となった押切が翻意することもなかった。

しかし今朝、大きな動きがあった。それは島田が出社した直後のこと。

「はい、島田君。これ」

どさり。重たい音を立て島田のデスクに書類の塊が置かれた。顔を上げると、そこには渋面の阿仁がいた。

「何の書類ですか？」

「昨日ね、会長に言われたのよ。『部長がちゃんと協力をしてくれないと、断腸の思いで会社を手放した僕の気持ちが報われない』って。だから……」

「経理関係の資料ですか？」

「そうよ。会社を回していくなら、これくらいは知っておかないといけないから。あの子に見せてあげてくれないかしら？」

押切は会長として会社に残ってくれると聞いてはいた。しかし姿を見せていなかったため、その実感はなかった。ところが昨日、本当に断腸の思いだったかはさておき、押切が陰で動いてくれた。押切は会社を見捨てた訳ではなかったのだ。その結果、嫌々という感情は全身から滲《にじ》み出ているものの、阿仁が動いてくれた。これは島田にとって大きなチャンスだ。ここで一気に阿仁と都築の関係を構築したい。

「これ、社長に直接説明して頂けないですか？」

「それはちょっと……」

阿仁は難色を示した。だが、レクチャーなしでどうにかなる話でもない。そんなこと、阿仁だって分かっているはずだ。

「僕も一緒に勉強させてください」

貴重な時間を、本来の業務ではない経理に割かれるのは本意ではない。だが今はそんなことは言っていられない。

「……はぁ。仕方ないわね」

「ありがとうございます！」

そんな経緯があり朝礼が終わった後、定時きっかりに出社した都築へ経理のレクチャーが始まった。そして、のっけから島田は度肝を抜かれることになったのだ。

「島田君は気楽でいいわね。どうやって支払いをしようって悩まなくてもお給料が振り込まれるんだから」

驚きの言葉を漏らした島田へ対し、阿仁は軽い嫌味を返した。確かに阿仁の言うとおりだ。額に不満はあるものの、給料の支払いが遅れるといったことは過去に一度もなかった。

島田は今まで会社の売り上げや仕入れ額、それに社員の給与といった数字は把握していたが、それ以上のことまでは知らなかった。しかし状況は一変。都築と一緒に衝撃の借金を目《ま》の当たりにすることになってしまった。その額、なんと十一億円。年商三十億円足らずの押切製菓が稼ぎ出すことのできる粗利を軽く超えている。

「よくこれだけ借金できましたね……」

「銀行も貸し倒れになるくらいだったら返済猶予をしてくれるのよ」

保証協会もついてないし、と阿仁は続けた。

「……てことはどういう意味ですか？」

島田の質問に阿仁は、そんなことも知らないの？　と言いたげなため息をつくと言葉を続ける。

「無理に元本の一部を回収して倒産させちゃったら、残りが焦げ付くでしょ？　それくらいなら、元本の回収は先送りにして利息だけ払ってくれればいいってことよ」

といいうことは、銀行への支払いは続いているが、借金の残高は一銭も減らないということだ。

「銀行はいずれV字回復することを期待してるってことですか……」

「諦めてるとは思うけれど、建前上はそうじゃないかしら。銀行の支店長だって在任中に破綻はされたくもないでしょうしね」

「…………」

銀行側にも複雑な事情はあるようだ。いずれにせよ、押切製菓はかなりギリギリの綱渡り経営をしていることは間違いない。

「社長。この借金、どうします？」

島田からの質問に、都築は手にしていた書類をテーブルに置くと口を開く。

「ん？　別にこんなの、このままでいいんじゃないですか？」

「こんなのって！」

投げやりともとれる都築の言葉に、阿仁が甲高い声を上げた。

「だって、銀行は利息だけ払ってくれればいいって言ってくれてるんですよね？　なら俺には何も問題があるようには思えないですけど」

「問題おおありよ！」

島田も阿仁の意見に同意だ。借金は借金に変わりないのだから、いずれ返さなければならない。それに利息だって馬鹿にならない。毎月三百万円以上を払っているのだ。

「でも毎月のお金は現状ちゃんと回ってるんですよね？」

「私が胃を痛めてやりくりしてるからそう見えるだけよ！」

阿仁の顔が次第に赤みを帯びてきた。

「それならやっぱ借入金についてはそのまま放置でいいと思うんだけどなぁ……」

都築は腕を組みながら首をかしげる。そして、それよりも優先度の高いことはいっぱいあるような気がするな、と続けた。

「もう知らない‼」

こんな奴ともう話などしていられない。その気持ちを行動で表すよう、顔を真っ赤にした阿仁が部屋から出てしまった。

「あ、行っちゃった」

重たい音を立てて社長室のドアが閉まった。せっかく話をしてくれるようになった阿仁を煽《あお》るような物言いをしてしまった。これでは社長就任初日に逆戻りだ。しかし社長に対しそんな苦言はもちろん言えない。

「……銀行へ挨拶に行かないといけませんね」

だから島田は話を先に進めることにした。銀行とこれほど深い付き合いがあるなら、早く行動しておいた方がいい。相手の心証を悪くして取引条件が悪くなったらそれこそアウトだ。

「えー、何か面倒くささそう」

「銀行だって大切な取引先なんですから、現状維持するにも社長交代くらいは知らせておかないと」

「……分かりましたよ」

渋々、といった様子で都築は言った。

「なら、後で阿仁さんにセッティングしてもらいますね」

「え、阿仁さんに頼むんですか？」

都築は露骨に顔をしかめる。都築と阿仁。二人の関係がまともになるには、まだまだ時間がかかりそうだった。島田は誰にも届かない小さなため息を一つ、落とした。

◇

メインバンクである東三《とうさん》銀行名古屋西支店との顔合わせは、早くも翌日に行われることになった。メンバーは都築と阿仁、そして島田だ。なぜ自分も行かなければならないのだと軽く抵抗はしたものの、「島田さんも来てくれないと寂しいじゃないですか」という都築の謎の言葉で仕方なく時間を割くことになってしまった。都築の社長就任以来、島田はこうして何かにつけて行動を共にしている。その時間と反比例するように、総務本来の業務に割ける時間が減少していた。部下の森町へのコンビニスイーツの差し入れ回数が増えたのは、仕方のないことだろう。

「いやぁ、驚きました。これほどまでに劇的な社長交代は、銀行員人生三十年で初めてのことです」

手渡した謄本をペラペラとめくりながら、支店長の鬼頭《きとう》が言った。その隣に座る渉外係長の鈴木《すずき》もうんうんと追従するように頷いている。

「はは。俺も一年前まではこうなるなんて、一ミリも思ってませんでしたからね」

こっちは六日前まで知らなかったのだぞ。島田は心の中で毒づく。

「しかしお若く見えますね。経営者としての経験はいかほどに?」

細い顔に窪《くぼ》んだ双眸《そうぼう》をギョロッと動かし、手元の謄本から都築へ視線を切り替える。

「えっと、まだ六日ですかね？」

「えっ？　ええと……もう一度よろしいですか？」

鬼頭が都築へ顔を近づける。

「まだ経営者になって六日です」

「他企業での経験などは……」

「それまで大学生でしたから、もちろんありません」

都築は朗々と答えた。

「………」

絶句する鬼頭に対し、都築が新卒でいきなり社長になったというくだりを説明する。

「ま、そういう訳なので、これから押切製菓をどんどん盛り上げて、小さくとも尖った会社にしていきますよ」

いつもの底抜けに明るい笑顔を作り、都築は挨拶を締めた。

「いやいや、頼もしいですね……。弊行としてもそんな御社の未来へ投資していると いう側面もありますから、それくらい威勢が良くないと」

そう言って鬼頭は笑顔を作った。しかし目は笑っていない。何を考えているのかよく分からない人だ。

「それで融資についてなんですが、弊行の残高は六億強といったところですが、個人保証はえぇっと」

鬼頭はチラ、と卓上の名刺を見るとすぐに言葉を続ける。

「都築さん。こう申してしまうのは大変失礼かもしれませんが、さすがにお若いがゆえに足りない部分もあるのではないかと……」

鬼頭は気まずそうに口を結ぶ。しかし先ほどから目の色は同じだ。きっと演技なのだろう。ところで、個人保証というのは名前からして借金の保証人のことだろうか。そうであれば、六億という金額の保証に足る人物など、そうそういないはずだ。

「そこは現状維持で大丈夫と押切が申しておりました」

阿仁がフォローに入った。すると鬼頭は再び形だけの笑顔を作る。

「そうですか、そうですか。それなら安心ですな」

そして鷹揚《おうよう》に頷く。

「では融資は現状維持で？」

「もちろんです。今回はただの役員の異動ですので。それどころか、御社の事業継承についても心配していたところでした。もしご希望があれば……いや、これはただのおせっかいですが、M＆Aの仲介なども検討していたのですよ。それを御自力で解決されたのですから大きな進展です」

M&A。都築に振り回されるくらいなら、そうしてくれた方がどれほど良かったことか。どうして鬼頭はもっと早く動いてくれなかったのか。

「それにしても都築さん、若いうちから経営者として経験を積み始めるのですから、将来が実に楽しみですな。今後とも深いお付き合いのほど、よろしくお願いいたします」

「はは。頑張ります」

軽く言葉を返した都築に対して阿仁は「よろしくお願いいたします」と深く頭を下げた。島田もそれに倣《なら》う。

「では名義の書き換えなど細かな手続きは鈴木の方と進めてください。他にはよろしかったですかな？」

鬼頭は都築、そして阿仁をそれぞれ見てから一つ頷いた。

「では、本日はこの辺で」

「ありがとうございました」

鬼頭と一言も発しなかった鈴木に見送られ、島田たちは銀行を後にした。そして会社へ戻る車中でのこと。

「阿仁さん、個人保証ってどういう意味ですか？」

島田は愛車のハンドルを握りながら質問をした。役員を二人も乗せているため、少しどころでなく居心地が悪い。

「会社が借入金を返済できなくなった時に、代わりに個人で弁済する人を設定することよ」

「すごいですね会長、そんな資産があるなんて……」

「何言ってるの。そんなのある訳ないわよ。あちらも分かってるから、万が一会社を潰《つぶ》しでもしたら、毛も生えないほどに個人からもむしり取ってやろうっていう、ただの脅しよ」

そして阿仁は、私もその保証人の一人よ、と続けた。

「そうだったんですか……」

やはり経営者になると、個人でそんなリスクまで背負わなければならないのか。

「社長、他の銀行から個人保証を求められたらどうします？」

島田はルームミラーを覗《のぞ》きながら都築へ質問をした。東三銀行は現状維持できたが、押切製菓が借り入れをしている銀行は他にもまだ二行ある。

「うーん、そうですね。そうなったら耳を揃えて一括返済でもしちゃいますよ」

「はは……そうですか」

助手席から小さなため息が聞こえてきた。残りの銀行二行に対してそれぞれ二億、三億の借り入れがあるというのに威勢のいいことだ。

そして翌日。懸念だった残りの二行も、取引の継続が認められた。

「これで銀行関係は一段落つきましたね」

最後の銀行への挨拶を終えた後のこと。駐車場に車を駐め、社屋へ向けて歩きながら島田が言った。借入金については現状維持ができるようになった。これで新社長による経理面の掌握はひとまず済んだことになる。製造部と営業部という砦《とりで》は残っているものの、確実に一歩進んだことに変わりはない。島田の足取りも自然と軽くなる。

「いやぁ、それにしても銀行はどこも態度がでかくて気に入らないですね。こんなものなんですかね？」

「あなたが頼りない態度を取るからよ」

都築のぼやきに、すかさず阿仁が突っ込みを入れた。確かに島田も銀行の態度については気にならなくもなかった。だが逆の立場になれば、こんな若造に大金を預けて、それが返ってくるか不安にならない人はいないだろう。だから阿仁の言葉にも同意できるところはある。

「そうは思えないんだけどなぁ。あんなんだから本業だけじゃなくて素人に投資商品とか保険を売りつけないと経営していけなくなるんですよ、きっと。もう銀行なんて斜陽産業ですよ。今後、銀行とは預金と振り込み以外で付き合いがなくなるようになりたい。いや、そうしますよ」

なんとも銀行に辛辣《しんらつ》な都築だった。だが、借入金がなくなることで経営が盤石になるのならば――そして妻のさつきに負けないくらいの給料に増えるのならば尚《なお》、有難い。ただ、今のところそんな景色は、地平線の遥か彼方《はるかかなた》ではあるが。

そんな短い会話をしているうちに社屋に到着した。その時のこと。

「ん？　何か騒々しいですね」

「うん。どうしたんだろ」

社内は、都築を初めて紹介した時のような騒々しさに満ちていた。難しい顔をした社員もいれば、一台のパソコンの周りに集まっている人たちもいる。

「どうしたの？」

島田はすぐ近くにいた営業部の新入社員――難波へ声をかけた。

「あみもろこしと思いっきり競合する商品が出たみたいです」

あれ見てみてください、と促され島田はパソコンの画面をのぞき込む。そこに映っていたのは、先日島田が転職情報を見ていた大那フーズのプレスリリースだった。一枚のパッケージ写真とともに、本日より新商品を発売するという文言が書かれていた。

その新商品とは、網状に生地が折り重なったコーンスナック。その名も『ウェブコーン』。

「完全に真似されてない？」

「はい。めっちゃパクられてますよ」

島田は都築へ視線を送る。すると都築はいつもの白い歯を見せた。

「うんうん。真似されるくらい美味しいってことだね。あみもろこしは」

そんな能天気なことを言っている場合ではないのではないだろうか。

「相手は大手ですよ？　棚を奪われる可能性もあるんですよ」

「そんなのまだ分からないですよ。味も展開方法も見てないんだから」

都築がこともなく言ったその時。

「買ってきたぞ！」

一人の社員がコンビニ袋を手に駆け込んできた。袋の中には、今しがたプレスリリースで見たばかりの商品が入っていた。

「これが……」

開封して中身を見ると、見た目はあみもろこしと全く同じだった。では、味はどうだろうか。従業員たちは、我先にとウェブコーンへと手を伸ばす。もちろん島田もその一人だ。

「ん？」

島田は首を傾げる。形が似ている割にはゴワゴワしているし、コーンの風味の立ち方も弱い。あみもろこしのハラハラとほどけるように溶けていく食感や、濃厚な風味までは再現できていない。島田と都築は顔を見合わせる。

「これなら相手にならないんじゃない？」

都築は笑顔を作った。

「はい。僕もそう思います！」

この二人のやり取りで、張り詰めていた社内の空気も一気に弛緩していった。それから他の従業員たちとも意見交換をしたが、誰もが都築や島田と同じ感想だった。この模倣品は押切製菓にとって脅威とはならないだろう。誰もがそう思った。

しかし、相手は超大手の大那フーズということを忘れていた。それから一週間も経つと状況は一変した。


「加藤忠《かとうちゅう》食品からの注文が三日連続ゼロ⁉」

夕方のこと。営業部長大野の声が事務所を震わせた。加藤忠食品というのは、押切製菓最大の取引先である卸問屋だ。ここへは、ほぼ毎日あみもろこしを納入していた。それが三日連続で滞るとは前代未聞だ。

「原因は？」

「そ、それが大那が、かなりのリベートを払ってるみたいなんですよ」

大野の迫力に押されながらも、中堅社員の佐野は状況をしっかりと伝えた。

「くそっ！　汚い真似を」

大野は手にしていたタバコの火を灰皿に叩《たた》きつけるようにもみ消すと、社内禁煙など関係ないとばかり、すぐさま新しいタバコに火をつけた。

島田は営業部のやり取りに黙って耳を傾ける。どうやら注文が減ったのは加藤忠食品だけではないようだ。他の問屋からの注文も軒並み減少してしまった。そのため、倉庫には行き場を失った在庫が積み上がり始めているとのことだった。

思えばこの一週間、何度もウェブコーンのテレビCMを見かけた。ご丁寧に「ウェブ～」という語尾が特徴の、コーンちゃんというキャラクターまでついている。気合を入れていることは間違いない。今後、押切製菓はどう動けばいいのか。一刻も早く社長へ報告をせねば。

「あの、大野さん」

「何だよ」

「え、ええっとですね。この現状を社長に伝えて頂けないかなと思いまして」

島田は恐るおそる、大野へ提案をした。しかし。

「は？　あのクソガキに？　そんなの子飼いのお前が言えば済む話だろうが」

大野の発する圧に思わず一歩下がりそうになる島田。確かに事実を伝えるだけならばそうだ。だが、いつまでも社長と営業部がいがみ合っているのは、とてもではないが正常な会社とはいえない。この困難を機に、何とか一つにまとまって欲しい。

「社長、ああ見えても大野さんの助けを必要としてるんです。会社のことを一生懸命学ぼうとして。でも、あんなタイプだから自分からは言い出せなくて。この間も阿仁さんと一緒に銀行関係の仕事はうまくこなしましたから。若いなりの打開策を考えてくれるかもしれませんよ。ここは僕の顔を立てると思って、お願いします！」

島田は九十度頭を下げる。なぜ、自分がここまでしなければならないのか、正直よく分からない。だが今までも部署と部署の間で揉《も》まれつつ社内の折衝役として動いてきた島田にとって、恩のある会社のためにできるのは、こうすることだけだった。

「……仕方ないな。行くぞ」

大野はタバコの火を消すと、立ち上がる。

「ありがとうございます！」

島田は社長室のドアをノックし、中へと入る。

「社長！　今、時間いいですか」

「どうしたんすか？　そんなに慌てて」

いつもの飄々《ひょうひょう》とした様子で都築は聞いた。しかし島田に続いて大野が入室すると、都築はピクと眉毛を動かした。二人はそのまま都築のデスクの前へ立つ。

「社長。ウェブコーンのせいで売り上げ、かなり厳しいことになってます」

「ふうん。具体的には？」

島田は大野へ視線を送る。

「加藤忠食品からもう三日も注文が入ってない。このままだと今週は昨対で六十パーセントを割りそうだ」

大野が現状を説明してくれた。

「あらら、見事に減ってますね」

「すぐに対策をしないと拙《まず》いんじゃないですか？」

島田の言葉に都築は「うーん」と悩むようなそぶりをすると、言葉を続ける。

「味は間違いなくウチの勝ちだから、どんと構えておけばいいんですよ。売り上げはそのうち戻ってきますって」

「四割も売り上げが減るんだぞ。売り上げが戻る前に会社がなくなるぞ」

「あはは、それはないですよ。とにかく今は大丈夫ですって」

「大丈夫な訳あるか！」

大野が切れた。音を立ててデスクに両手をつき、赤鬼のような顔をぐいっと都築へ近づける。

「もし資金繰りに詰まったら、あんたのポルシェを売ってでも従業員の給料は払うんだぞ」

「いざとなったらそれも考えますよ。それより大野さん」

大野を見上げる都築は、自分の鼻を指でつまんだ。

「息がすっごくタバコ臭いんですけど」

「んだと！」

初日のように二人は睨み合ってしまった。

「社長、大野さん、今はそれよりも今後の話を――」

「知るか！　勝手にしろ！」

大野はそのまま社長室を出てしまった。せっかく島田の作った機会を都築が無駄にした。この二人は犬と猿、水と油だ。いくら島田が間を取り持ったとしても、永遠に交ざり合うことはないのだろうか。

「本当に良かったんですか。あんな対応して。せっかく大野さん、というか営業部との繋がりを構築するチャンスだったと思うんですけど……」

「んー。俺、ルールを守れない人、ちょっと苦手なんですよね」

「でも大野さんが一番売り上げを稼いでるんですよ？」

事実、大野は他の社員の倍近く売り上げているのだ。

「それはボリュームのある既存客をたくさん抱えてるだけでしょ。新規はどれくらい獲得してるんですか？　この前の資料だと、昨年度はゼロだったみたいだけど」

「……それは知りませんでした」

初耳だ。何だかんだで都築はちゃんと会社のことを把握しつつあるということか。

「では用事は以上ですので失礼します——うわっ！」

島田が社長室から出るためドアを開けようとしたところ、外側から勢いよくドアが開けられた。そこには紙を手にした阿仁の姿があった。

「ちょっと島田君も一緒に来て。社長！」

阿仁はそう言ってズカズカと都築のもとへ進んでいく。

「大野部長から売り上げの話、聞いたわ」

「はい。でも売り上げはそのうち戻りますって」

「そんな悠長なこと言ってられないのよ」

「どうしてですか？」

「売り上げが減ってるのよ？　このままだと支払いができなくなる可能性だってあるんだから」

急ごしらえだけどこれが四割減が続いた時のキャッシュフローの試算。そう言って阿仁は手にした資料を提示する。ちらっと覗いてみると、六月末の段階で現金残高はゼロを割り込んでいた。

「ふーん……あ、ちょっと待っててくださいね」

　都築は会話を中断すると、ポケットから振動音を鳴らすスマートフォンを取り出した。すると流ちょうな英語で話し始めた。英語がからっきしの島田にはほとんど何を話しているのか理解できなかったが、端々にストックとか数字だろうミリオンという単語は聞こえてきた。都築の表情がみるみる良くなっていく。そして一分強の通話をすると電話を切った。

「お待たせしました。いやぁ、良かった良かった——」

　絶賛ピンチに陥っている押切製菓とは違い、都築のもとには良い知らせが来たようだ。いつもの白い歯を見せながら都築は言葉を続ける。

「——てのはこっちの話で、すみません。何の話をしてましたっけ？」

　相変わらずな都築の態度に、阿仁は深いため息を落とす。

「キャッシュフローの話よ。生産調整をして変動費が減ったとしても、社員の人件費や固定費は減らないの。分かる？」

　聞き分けのない子供に粘り強く説得をするかのように阿仁は言葉を続ける。

「それで六月末には何があるか知ってる？　ボーナスよ」

　阿仁はデスクに置かれた書類を指で示しながら言った。これは大問題だ。ただでさえ昨年冬のボーナスは二十万円しか出なかったのだ。これを削減されては堪らない。

「社長、早めに銀行に相談に行った方がいいんじゃないですか？」

自分自身の賞与を守るため、島田はそう提案をした。しかし都築はそれに答えることなく高そうな腕時計へと視線を送る。

「おっと。もうこんな時間だ。五時に配送の山《やま》ちゃんと約束してるんで。話はそれだけですよね？　それじゃ！」

「それじゃって……」

「あ、待って！」

二人の言葉を無視し、ピッと右手を上げると都築は颯爽と出かけてしまった。

「今回は本当にまずいのよ！　ちょっと！」

阿仁は都築を追いかけ、社長室から飛び出していった。そして島田は今日、何度目か分からないため息を落とした。


仕事帰りのこと。島田は少しでもヒントを得るため、あみもろこしの主戦場となるスーパーに行った。そして目的のスナック菓子売り場へ一直線に向かう。そこで目にしたもの。それは、大量に陳列されているウェブコーンの姿だった。

「テレビCMで話題の新商品、か……」

片やあみもろこしは数個が隅に置かれている程度。価格は百四十円のあみもろこしに対して四十円も安い。これは敵いっこない。誰が見たって押切製菓の未来が明るくないことは明らかだ。これはもう本気で転職をするしかないのではないか。そう考えるには十分過ぎる現実だった。

◇

「あー、どうすりゃいいんだ……」

島田はそう呟くとデスクに突っ伏す。時は少し経過し、六月になった。売り上げは前年同月比で七割の水準で推移している。このままの売り上げが続けば、押切製菓はお終《しま》いだと営業の大野がぼやいていた。

都築からは、ボーナスは支払うけどちょっと待っててと言われている。状況は厳しくとも、支給するという意思はあるようだ。だから今のところ島田は会社にしがみついている。しかし、ため息の理由はボーナスのことだけではない。島田はここ数日、

——自分はもっと評価されるべきだ。

——もっと高額の給料をもらって然《しか》るべきだ。

そう意気込んで転職に失敗をしてしまった体験談を、ネット上でたくさん見てしまったからだ。

島田は家庭での立場が弱いと認識している。それを挽回したい。だからこそ転職を考えた。しかし甘くない現実を見せられた途端に、転職活動に対するモチベーションが下がってしまった。結局、未《いま》だ面接の一つすら受けていない。

家庭での立場向上など、どうでもよかったのか。

——いや、それは何とかしたい。

ならどうして転職活動を止《や》めてしまったのか？

四十歳になると途端に転職の門が狭くなると聞いたことがある。だから三十五歳の島田にとって、転職をするならば早く決断をするに越したことはない。

それなら今、冒険をすべきだ。

でも……。

やはり危険を冒すのは怖い。今よりも待遇が下がってしまっては目も当てられない。

思考が堂々巡りをする。

「——さん？」

新卒で押切製菓に拾ってもらってから、最初の数年はがむしゃらに頑張った。定年間際だった前総務課長の仕事を三年間で完全に引き継いだ。それからは慣れないＩＴを一生懸命勉強して、遅れていた社内のＩＴ化を推し進めてきた。だからこそ昔よりも少ない人員で業務を回せているのだ。それが認められ、課長という肩書を手に入れた。それだけではない。隔たりの大きかった部署間の交流が進むような仕事もしてきた。

でも、そんな過去がどうしたというのだ。今は惰性で仕事をしているだけではないか。そんな過去の栄光ともいえないしがらみなど捨てて、飛び出したっていいはず。

「島田さんっ」

肩に軽い振動を感じ、島田は顔を上げる。すぐ側には、来社受付対応をしている事務員の守屋《もりや》がいた。

「東三銀行さんがお見えですよ」

島田はパソコンの時計を確認する。午後四時から、メインバンクである東三銀行との面会があった。時刻はちょうどその時間だった。

「もうそんな時間か。ありがと！」

島田は慌てて立ち上がると、社長室兼応接室のドアをノックして部屋へ入る。

「すみません、お待たせしました」

ソファーには東三銀行の支店長である鬼頭と担当者の鈴木、そして押切製菓の都築、阿仁が向かい合っていた。島田の座るスペースはなかったため、折り畳み椅子を開き都築の隣へ腰を下ろした。

今日は、今後の方針を決めたいという阿仁の提案でこの場が持たれることになった。

社長が交代する前であれば、銀行との打ち合わせは島田の業務の範疇《はんちゅう》ではなかった。しかし都築の教育係である今は、都築から同席して欲しいと頼まれれば参加せざるを得ない。

「では早速ですが、直近の業績を確認させて頂いてもよろしいでしょうか？」

面長の鬼頭が口火を切った。

「こちらです」

阿仁は数枚が綴られた書類を差し出す。受け取った鬼頭は素早くページをめくり内容を確認する。すると眼鏡の奥の眉間に、みるみる深いしわが刻まれていく。

「一ヶ月も経てば競合の珍しさもなくなり売り上げは回復する、と伺っておりましたが……」

鬼頭は書類に視線を落としたままそう言うと、阿仁へ視線を向ける。

「一時の落ち込みは回復しました」

「でもまだこの数字ですか」

トントン、と書類を人差し指でつつきながら鬼頭は言った。

「それは……」

阿仁は口を噤む。

「困りましたね。弊行は売り上げを取り戻していく御社の未来に懸けて融資をしていたんですがね……」

鬼頭は口をへの字形に結ぶ。相変わらず表情の変化がわざとらしくも豊かだ。鬼頭は再び書類へと視線を落とす。

「………」

誰も口を開かないまま、緊張感の張りつめた時間が一秒、また一秒と刻まれていく。この間、都築は手持無沙汰に窓の外の曇り景色を眺めるばかりだった。もちろん島田に挟める言葉などない。

「大変申し上げにくいことなのですが……」

静寂を破ったのは、やはり鬼頭だった。

「な、なんでしょう?」

「六月末で期限を迎える手形貸付一億六千万円については、書き換えはしない方針とさせて頂きます」

「それは困ります!」

阿仁が前のめりになり頭に突き刺さるような声を上げた。支店長は、先日も見せた口だけの笑みを浮かべる。

「ははっ。そうおっしゃいましてもね。明らかに競合に押されている今、継続してお金を差し出す銀行がどこにありますか」

もはや焼け石に水ですよ、と鬼頭は続けた。正論だ。そして今までがおかしすぎたともいえるのだ。しかしそれでは押切製菓は困る。倒産へ向かいまっしぐらだ。

「ほら、あんたも何か言ってちょうだいよ」

阿仁は隣に座っていた都築の肩を小突く。

「何か言えって言われても」

「書き換えられなかったら資金がショートするのよ！」

これが俗にいう貸し剝がしか。ドラマやニュースでしか見たことのないイベントが今、目の前で行われている。ここは社長が土下座して銀行員の足に縋《すが》りつくシーンではないか。しかし都築は相変わらずつまらなそうにするだけで、何の行動も示さない。

「はは。まだ若社長には意味がよく分かっていないのかな？」

「お願いします。この通りです。ほら、あんたも頭を下げて！」

「嫌です」

頭を押さえようとした阿仁の手を振り払うと、都築はソファーから自分のデスクに移動した。そしてチェアに深く腰掛けると、ゆっくりと口を開く。

「ウチを潰して困るのはそちらだと思うんだけどなぁ。この前、会長に話聞いたんだけど、思いっきり担保割れしてるから半分も回収できなくなるみたいじゃないですか？　それでも本当に貸し剝がしをしたいならご自由にどうぞ」

鬼頭はそれが回答だと受け取ったようだ。東三銀行の二人は顔を見合わせると立ち上がる。

「……御社の意向、しかと受け取りました。では末日までに口座に一億六千万円を用意しておいてください」

そう言葉を残し、社長室から出ていった。

「ああ、待ってください！」

二人の後を追い、阿仁も出ていった。

——終わった。

押切製菓の命もこれまでだ。

銀行の恩情で生きながらえていた押切製菓は、創業五十年の節目を待たずして、その命脈を断つのだ。それもこれも、こんな非常識な社長が来たからだ。

「何であんな失礼な対応したんですか？」

言いようのないイライラをぶつけるように島田は聞いた。

「いや、逆に聞きますけど、何で銀行ってあんなに態度でかいんですか？　こっちが客ですよね？」

「そんなの金を持ってる方が偉いからに決まってるじゃないですか」

いつだって金を持っている方が優位に立つ。それは島田の家庭だって同じことだ。

どう足掻《あが》いても、さつきの方が立場が強いのだ。

「そうかなぁ。俺にはそうは思えないけどな」

やはり都築にはピンと来ていないようだ。島田のイライラは怒りへと変化していく。

「そういうものなんです。で、社長。このピンチをどう切り抜けるんですか？　社長らしくジャッジしてみてくださいよ」

半ば投げやりに島田は言葉を吐いた。どうせこんな青二才には解決できっこない。

「こんなの問題ですらないですよ」

しかし態度は変わらなかった。

「問題ですらないなら具体的にはどうやって解決するんだよ！」

島田は遂に声を荒らげた。他行に頭を下げる。政府系の融資制度を活用する。ここ最近勉強を始めた島田にだってそれくらいのことは思いつく。しかし都築はへらへらと笑うだけだった。

この態度を見た瞬間、島田の中でなにかがプツ、と切れる音がした。そして都築への興味や関心が、そして会社への執着心が急速になくなっていくのを感じた。もうこの会社にしがみつく理由はない。島田は自分のデスクに戻ると、スマートフォンを取り出し転職サイト巡りを始めた。

「では、弊社への志望動機を教えてください」

「私は新卒で製菓業界に入りました。その経験を活かすために――」

◇

翌々週の月曜日のこと。名古屋駅すぐ近くにそびえる真新しい高層ビルの一室。島田は無理やり有休を取得し、転職のための面接に来ていた。

応募した会社は、気になって止まなかった大那フーズだ。募集していたのは分野が違う営業職だが、成績に応じて収入が増えるという給与体系のためダメ元で挑戦した。

島田は必ず聞かれると予想していた志望動機を、朗読するように滑らかに話し終える。もちろん最大の武器は、十三年間製菓業界に携わっていたことだ。大那フーズのことだけでなく、業界全体のこともそれなりに把握している。

「なるほどね……。ちなみに業界の経験を活かせるって、零細企業の総務の仕事ってどんなことをしてたんですか？」

押切製菓のことを零細企業と言われたことに少しイラッと来たが、島田は今までに行ってきたことを説明する。一般的な総務の業務だけでなく社内のＩＴ化を主導してきたことや人事のこと、それにここ最近では経理にも関わったことなどだ。

「そうですか。幅広くお仕事をされてきたのですね」

これは好感触だ。それは相手の柔和な表情からも伝わってきた。

「はい。ですので御社の業務にもいち早く慣れることができると思います」

ここぞとばかり、島田は押しの一手を放った。しかし。

「――でもその経験、弊社では何の役にも立ちませんよね？」

「えっ？」

豹変《ひょうへん》した面接官の態度に島田は固まる。

「結局は何でも屋ってことですよね？　何か一つを深く掘り下げたことはあるんですか？　薄っぺらいあなたのどんな経験を、具体的にどう活かして営業成績を上げるんですか？　教えて頂いてもいいですかね」

「それは……」

五歳は年下だろう人事担当社員からの詰問に、島田は上手く答えることができなかった。営業に直結するような経験などないし、活かせる人脈も皆無だ。

「いるんですよねぇ。とりあえず営業職だったら誰でもできるだろうって勘違いする人。でもね、営業っていうのは経験の積み重ねが大事なんですよ。分かりますか？　あなたみたいな中途半端な経歴の人を取るんだったら、全く畑違いの営業経験者の方がよっぽどマシなんです」

「この前もあなたみたいな人が――」

それから面接官の嫌味な話を聞くだけで、面接はお開きになってしまった。

「………」

「面接、どうだった？」

夕方。さつきが帰ってくると、開口一番に聞いてきた。

「撃沈。案の定だよ。あんな会社、受けるんじゃなかった」

面接官の憎たらしい顔が島田の頭をよぎる。あんなことを言われるくらいなら、書類選考で落として欲しかった。もう大那フーズなんて大嫌いだ。そう思わせるには十二分な経験だった。島田はコンビニで買ってきた発泡酒を傾け、脳裏の不純物を追い払う。しかし五パーセント程度のアルコール濃度では、力不足だった。

「はぁ。俺みたいな中途半端な奴を雇ってくれる所なんてないんだよ……」

さつきは自分のバッグをソファーの上に置くと、弱音を吐いた島田の向かいに腰かける。

「お疲れ様でした。他にも会社はたくさんあるんだから、落ち込まないよ」

「いや。もう俺、ダメかも」

そう言って再び発泡酒を呷《あお》る。

「ダメなんかじゃないよ。たまたま今日は相性が悪かっただけで。会社なんてそれこそ何百万社ってあるんだから」

会社の数はたくさんある。しかし、島田の自尊心を満たすことのできる可能性を秘めた会社など、一握りしかないのだ。しかし自分にはその会社に見合うだけのスペックがない。今日、痛感させられた。

「結局、俺にはしがない零細企業のリーマンがお似合いなんだよ」

しかも今にも潰れそうな会社のだ。

「ねえ」

珍しく、さつきが苛々の成分を含んだ声を発した。

「なに？」

「パパの名前は飾りだったの？　島田高志。高い志を持ってるんだよ？」

「そんなもの――」

存在すらしていない。仮にあったとしても広大な砂漠から一粒の宝石を見つけ出すようなものだ。

「もう志なんて忘れちゃったっていうなら、専業主夫になってよ」

またその話だ。面接では若造に責められ、家ではさつきから責められる。

「そもそもさ、何で転職しようとしてるの？」

「何でって……」

　そんなの答えられる訳がない。目の前にいるあなたが原因ですなどと。

「押切製菓だって悪い会社じゃないと思うよ」

「いやいや、それはない」

　即答で否定した直後、島田は思い出した。さつきへ「若い社長に交代した」ということは話していたが、今まさに倒産の危機にあることまでは話していなかった。そのため社長交代後のことから銀行とのやり取りのことまで時系列に沿って説明をする。

するると、さつきは一気に破顔した。

「なにそれ！　ものすっごーく面白そうな展開じゃない」

「面白そうって……」

　人の気持ちも知らないで面白がるとは。島田は思わず眉をひそめる。

「だってさ、運よく会社のトップたちの中にいるんでしょ？　パパの話だとその新社長、何かすごいことしてくれそうじゃない？」

「それはないと思うけど……」

　何も考えがないようにしか思えなかった。

「そもそもさ。もしもパパの会社が倒産して無職になったとしても、島田家が生活に困ることはないでしょ」

自分は必要ない。そう言われた気持ちになるものの、確かにさつきの言うとおりだ。会社が倒産したところで、島田家が路頭に迷うことはない。

「それはそうだけど」

「なら、リアルなテレビドラマでも見てると思って楽しんじゃおうよ。今の境遇をさ」

やはりさつきは男の沽券《こけん》にかかわることを平気で言う。しかし一方で、さつきが言うことにも一理あると思い始めていた。それどころか、他のメリットも見えてきた。

会社が倒産するというのは島田の責任ではない。自己都合による退職をするのはイメージダウンの要素になりかねないが、倒産による失職なら転職で有利に働くかもしれない。しかも失業保険だってすぐに下りる。

失業保険でも貰《もら》いながら次の会社をじっくりと探せばいい。島田はそう結論付けた。

「……分かった」

最後まで会社の行く末を見守ってみよう。島田は心にそう決めるのだった。

◇

遂に運命の日、六月三十日がやってきた。今日、東三銀行から言い渡された借入金一億六千万円の返済期限を迎える。これを返済できなければ、押切製菓は倒産へ向かい転げ落ちることになる。しかし結局今日に至るまで、都築は有効な対策を示すことはなかった。要するに無策のままズルズルと時間だけが経過していたのだ。だから島田は会社存続については完全に諦めていた。そして退職金も諦めていた。

「せめてボーナスだけは出ないかなぁ……」

いや。倒産するのだから無理に決まっている。今日、有り金のすべてを銀行に回収されるのだ。それだけでは足りないため、会社が所有する土地家屋を現金化してそれから会長の自宅を……。

考えるだけでぞっとする。だがここまできたら、なるようにしかならない。そうやって考えながら歩いているうちに、事務所の入り口まで辿《たど》り着いた。島田は見慣れた社屋を見上げる。薄汚れた外壁とは対照的な、梅雨の晴れ間の青空が眩《まぶ》しい。

その時。巣立ったばかりだろう二羽の燕《つばめ》が、ぎこちない弧を描きながら社屋をかすめていった。島田はその姿を見て、押切製菓に入ったばかりの新卒二人のことを思わずにはいられなかった。結局、二人の若者を騙《だま》すことになってしまった。一緒に押切製菓の未来を創ろうと言っておきながら、たった三ヶ月で終わりを迎えてしまった。どんな言葉で詫《わ》びればいいのだろうか。全く思いつかない。

事務所に入ると、いつも通り早く出社している従業員が、いつも通りに仕事をしていた。相変わらず抜けないタバコの臭い、黄ばんだ壁や天井、それに並ぶスチールデスク。いつもの景色にもかかわらず、非日常のような感覚を覚えてしまう。彼、彼女らは銀行周りの事情なんて知らない。いきなり倒産なんて話を聞いたら腰を抜かすだろう。

都築と阿仁の姿は見当たらない。社長室で対策でも練っているのだろうか。しかし今となっては、どうでもいいことだった。島田は自分の席へ着くと、体に染みついた流れでパソコンの電源をつける。いつもであれば月末定例の作業がある。しかし何も手につかなかった。起動が終わってそのままの画面をぼうっと眺めるだけだ。

「課長、おはようございます」

隣から声をかけられた。島田の部下である森町だ。

「ん？　ああ、おはよう」

「どうしたんですか？　今日は一段と覇気がないですね」

思えば社長交代以来、一番負担を強いてしまったのが森町だった。森町はこの三ヶ月で島田が抱えていた仕事をどんどん吸収し、業務のほぼ全てを任せることができるくらいまでになっていた。彼女には本当に助けられっぱなしだった。

「森町さん、今までありがとうね」

つい、そんな言葉が口をついて出てきた。島田の唐突な言葉に、森町は赤縁眼鏡の奥の目をきょとんとさせる。

「なに今生の別れみたいなこと言ってるんですか。悪いものでも食べちゃったんですか？」

「あはは、そうじゃないんだけどね……」

立場上、本当のことを言えないのが辛い。

「てことはもしかして――」

森町は島田の目の更に奥、脳味噌《のうみそ》をのぞき込むような視線を向けた。

ドクン。島田の心臓が跳ねた。

「夫婦喧嘩《げんか》でもして、食事抜きになっちゃったんですか？　ちゃんと朝は栄養のあるものを食べないといけないですよ……ってまあ、冗談ですけど」

そう言って両目を弧の形にし、えくぼを浮かべる。

「ははは。そういうことにしておこうかな。さてと」

島田は会話を切り上げると、パソコンに向かい作業を始めようとする。しかしこれから起こるだろうことが頭を駆け巡り、やはり仕事が手につかなかった。

グルグルと同じことを考えている間に時間は経過。朝礼を挟み午前九時きっかりに阿仁が出社すると、ほぼ同時に東三銀行の支店長、鬼頭がやってきた。てっきり阿仁は社長室で都築と今後の話をしているとばかり思っていたが、そうではなかったようだ。島田は重い足を動かし、社長室兼応接室へと入る。

　上座に鬼頭がどかっと座る。都築は相変わらず飄々とした様子で鬼頭の正面に腰かける。そして意外にも、阿仁の顔からは焦りが感じられなかった。もう覚悟を決めた後なのかもしれない。

「さて。約束の末日となりましたが――」

　全員が席に着くと鬼頭が口火を切った。

「――今のところ口座にご入金はない様子。まずは担保に入れて頂いていた押切会長の自宅を差し押さえるとしましょうかね」

「それは！」

　右頬を吊り上げて笑みを浮かべる鬼頭に向け、阿仁が声を上げた。

「では、どうなさるのですか？　社長がもっと早くにお越し頂いたら、手形貸付の書き換えを考えなくもなかったんですがねぇ。ご存じの通り、もう時すでに遅し、ですよ？」

　鬼頭の態度は相変わらずだ。窪んだ眼の奥から蔑《さげす》むような態度がありありと伝わってくる。以前の島田であれば、はらわたが煮えくり返る思いをしていただろう。しかし今日は不思議とこの空間の、このやりとり全てが、画面の向こうの芝居のように見えた。さつきが「テレビドラマみたい」と言っていたからかもしれない。

「…………」

今までであれば縋りつくような態度を見せる阿仁も、もう何も言葉を発していない。重たい沈黙の時が続くばかりだった。

ドラマであれば、そろそろ都築が奥の手を出してくる頃だ。よくあるパターンとしては、いきなり鬼頭の前に札束でも積み上げて、「これで何か問題でも？」などと宣《のたま》うのだ。しかし悲しいかなこれは現実。さすがの都築といえども、一億六千万円を用意するのは無理だろう。ポルシェを売ったところで二千万円にもならない。会社の借り入れは億単位。文字通り桁が違う。だからこのまま破滅への道をひた進むのだろう。

島田が他人事《ひとごと》のように次の展開を予測していたその時――。

「うん。もういいや。『晴れの日に傘を貸して雨の日に取り上げる』って言葉の意味がよく分かりましたよ」

場違いに感じるくらい軽い都築の声が、ドラマのシナリオを一行、未来へと進めた。

「ちょっと、なんて失礼なことを！　謝りなさい！」

「え？　こいつに頭を下げたところで何か変わるんですか？　もしかして阿仁さん、銀行の回し者ですか？」

「そ、そんな訳ないじゃない！」

慌てるように言った阿仁の言葉で都築は一転、心底楽しそうな笑みを湛《たた》える。

「あはは。もちろん冗談ですよ。でも阿仁さんったら、いつも俺の頭を銀行に下げさせようとするんだから。からかっちゃいました」

ははははは、と朗らかな笑みが重たい空気を満たした部屋に染みわたっていく。

「阿仁さん、あ、それに島田さんも安心してください。対策はちゃんとしてきましたから」

都築は立ち上がると、自分のデスクの下からジュラルミンケースを引っ張り出してきた。それをテーブルの上に置く。重たく、硬質な音が鳴った。

――そんなベタな展開などあるはずがない。

鈍いシルバーの光沢を放つそのケースの中身は、容易に想像ができた。だがこれはドラマではなく、リアルなのだ。しかし目の前では、今まさにドラマのようなイベントが起きようとしている。島田はもちろんのこと、ここにいる全員の視線がジュラルミンケースへと注ぎこまれる。

「はい。東三銀行さん」

都築は鬼頭へ中身を向けるように、ゆっくりと蓋《ふた》を開く。ジュラルミンケースの中に入っていたもの。それはもちろん――。

「あ、あの……これって……」

阿仁の言葉がうわずる。そして島田はといえば、ポカンと開いた口を塞《ふさ》ぐことができないでいた。

無理もない。ジュラルミンケースの中には、本当に一万円札がぎっしりと詰め込まれていたのだから。

「これでどうですか？」

「は、はは……。面白いことをなさる方だ……」

鬼頭は十字に帯のついた札束を一つ、手に取った。

「いやぁ、一度やってみたかったんだよね。返済を迫る銀行に向けてこうやって現金を積んでみるの。本当はもっと早くやってみんなに安心してもらいたかったんだけど、ちょうどいいこれが見つからなくって」

都築はコツコツと指先でジュラルミンケースを叩く。まさか、この演出の準備をするがために、島田は鬱々《うつうつ》とした日々を過ごす羽目になったというのか。

「これ、お札が綺麗《きれい》に見えるように特注しちゃいました。でもよかったぁ。ギリギリ間に合って。でないと紙袋に札束入れる羽目になるところでしたからね」

どうやら、そのまさかのようだ。またしても島田は都築に振り回されてしまったのだ。

「は、はは……そうでしたか……」

鬼頭は額に浮かんだ汗をハンカチで拭う。そして何かを確認するかのようにチラと

　阿仁へと視線を送ると、再び口を開く。

「では、こちらの入金処理をさせて頂きたいと思いますので一旦私は……」

　そう言って自分の黒いカバンを手に取ろうとする。

「ちょっと待ってよ。まだ俺の話は終わってないんだから」

　都築は鬼頭の動きを言葉で制止する。

「お話……とは？」

「おたくからの借り入れ残高、総額で六億二千八百五十二万円だったよね？　これ、来月中には完済するね」

「それは！」

　都築は口を噤む鬼頭の向かいへ腰を下ろす。そしてゆっくりと顔を鬼頭へ近づける。

「できないって言うの？　あれだけ返済を迫っておいて今更」

「へ、弊行にも貸出残高の予算というものがありまして……」

　貸し剥がしをしようとしていた奴がよく言うものだ。

「それはおたくの都合でしょ？」

　島田の気持ちを都築が代弁してくれた。

「そ、そうだ。では、初めてお会いした時に少しだけお話しさせて頂いたM＆Aの件。こちらはいかがでしょう？　有利子負債が減って企業価値が上がりますから、かなりの好条件が期待できます」

言っていることが支離滅裂だ。都築は会社を守ろうとして私財を投げうっているというのに、鬼頭はその会社を売れと言うのか。

「は？　あみもろこしが大好きで社長になったのに、売る訳ないでしょ」

「はは……。そうですよね……」

もう敵わない。そう悟ったのか、鬼頭は全身を脱力させ俯《うつむ》く。

「ついでにメインバンクも変える予定だからそのつもりでいてね」

「……承知しました。では後ほど担当の鈴木に処理をさせますので、一旦私はこれで失礼します」

あれだけ横柄な態度を見せていた鬼頭が。押切製菓の命を狩りに来た鬼頭が、力なく立ち上がる。そしてフラフラとした足取りで部屋の外へ消えていった。

「さて。これで今日のタスク一件完了っと。阿仁さん、このお金、俺からの役員借入金で処理しておいてくださいね」

「………」

しかし阿仁からの反応はなかった。じっと俯き、時おり小刻みに体を震わせるばかりだ。あまりの急展開に感極まっているのだろうか。

「阿仁さーん？」

都築は阿仁の顔の前で手のひらを振る。すると阿仁はようやく視線を都築へと向けた。

「何てことしてくれたの！　メインバンクとの付き合いっていうのは、こんなに簡単に切れるものではないのよ‼」

ギンギンと脳味噌に高周波が響く。

「でも、先にうちとの関係を切ろうとしたのは向こうのほうですよ？」

「そんなことは関係ないの。ああ、もう！　鬼頭さんに何て説明をしたらいいの」

阿仁はそうまくしたてると、鬼頭を追いかけるように社長室から飛び出した。阿仁としては、借入金返済という重荷は下りたが、そのやり方が気に食わなかったのだろうか。

阿仁の気持ちはさておき、都築は借入金の問題を解決した。これから経理は都築が主導権を握っていくことになるのだろう。ゆっくりと閉まるドアを見ながらそんなことを考えていた島田は、思わず笑みを零《こぼ》していたことに気づく。

「まさかこんなことが……」

現実に起こるなど思いもしなかった。今も目の前には一億六千万円もの現金が山のように積まれているのだ。妻のさつきの言う通り、心底面白い展開になった。島田は恐るおそるその現金の山の中から、一千万円の帯がついた束を手に取る。それは、今までに経験したことのない重みだった。

「だからこんなの問題ですらない。そう言いましたよね」

都築はいつもの白い歯をのぞかせた。しかしすぐに笑顔を解くと、全身の力を抜くようにソファーに沈み込む。

「あー。でもほんと間に合って良かった」

そして大きく息を吐いた。

「えっ、どういうことですか？」

「実は、ちゃんと現金を用意できるか綱渡りの状態だったんですよ。余裕を見せてはいたんですけど、実は金策に走りまくってたんです。で、全額を用意できたのが昨日」

「そうだったんですか……」

今日までネタを明かさなかったのは、サプライズのためではなかったのか。

「今の俺の投資のメインは不動産なんですよ。不動産ってすぐには現金化できないじゃないですか。しかも物件がマレーシアだし余計にですね。買い手がつかなかったら今頃、あの嫌味ったらしい奴に土下座してるとこでしたよ」

心底安堵《あんど》した。都築はそんな表情を浮かべた。何も考えなしに振る舞っているようで、実は裏では東奔西走していた。それもこれも押切製菓のためにだ。思うところは色々とあるものの、都築は間違いなく社長の器を持っている。

「社長、お見事でした」

島田の口から思わずそんな言葉が漏れた。都築は再び笑みを浮かべる。

「いやぁ、会社経営は実に楽しい」

まんざらでもない様子だ。だが、一つだけ島田は都築へ言いたいことがあった。

「でも、これからはあまり驚かすようなことはしないでくださいね。返済の見込みがあるって知ってたら、今日までハラハラすることもなかったんですから」

「はは。善処します」

一事が万事こうでは、何か事が起こるたびに寿命が縮まりかねない。

「では、ようやく社長らしいことができたってことで」

都築はそう言いながら右のこぶしを差し出してきた。島田はそれに応じ、自分のこぶしを都築のそれに合わせる。

これで押切製菓は当面安泰のはずだ。しかしこの出来事は島田にとって、激動の序章にしか過ぎなかった。

第三章　新卒社長、会社をひっかき回す

「やっぱり綺麗で明るい事務所は気持ちいいですね。頑張って動き回った甲斐《かい》があるってものですよ」

倒産危機を回避してからあっという間に時は経過。八月に入ったとある日の昼下がりのこと。島田の部下である森町彩智が、深呼吸をしながら赤縁眼鏡の奥の目じりを下げた。

「うん。煙たくなくなったし涼しいし、最高よね」

総務に所属するパート社員の井森《いもり》が言った。彼女は島田よりも勤続年数の長いベテランで、先月、勤続二十年の表彰を受けていた。

二人の言葉通り、押切製菓の本社社屋はリフォームが行われた。壁紙が張り替えられ、床には真新しい紺色のタイルカーペットが市松模様のように敷き詰められている。今にも壊れそうな音をゴウゴウと立てていたエアコンも全て新品だ。清涼な空気の中に、真新しいクロスと糊《のり》の匂いも混じっている。都築が入社初日に不要だと言った社

長室兼応接室も見事に取り払われ、事務所は広く見通しが良くなった。

そしてリフォームは意外な効果ももたらした。それは、遂に事務所内でタバコを吸う人がいなくなったことだ。高原に来たような深呼吸をしたのは森町だけではない。さすがにこの雰囲気の中で煙を上げることは憚《はばか》られたのだろう。

「ここ最近、一気に働きやすくなりましたよね」

しみじみ。そんな感情を声に乗せて森町が再び口を開いた。

「私もそう思う！　お給料の出ない朝礼もなくなったし、取引先への対応も良くなったものね」

「そういえばこの間、購買の佐伯《さえき》さんから聞いたんですけどね。中京《ちゅうきょう》製粉さんに小麦粉発注し忘れたのに、電話したら特別にトラック走らせてくれたみたいですよ」

「あの中京製粉がねぇ……」

「そうですよ。あの中京製粉が、ですよ」

二人の会話はまだまだ続きそうだった。これだけの尽きないネタを生み出したきっかけを作ったのは、もちろん都築だ。都築は宣言通り東三銀行の借入金六億円強を完済した直後、一気にアクセルを全開にしたかのように精力的に動き始めたのだ。

「はぁ、みんなは呑気なものよね。こちらの苦労も知らないで」

島田のもとに来ていた阿仁が、話に花咲かせる女子二人を見ながらため息交じりに言った。

「はは、確かに……」

会社が大きく変わったということは、そのために汗を流した人がいる。押切製菓の場合、それが主に島田と阿仁だった。どのような経緯で二人が都築に振り回されたのか。それは都築が東三銀行を相手に大立ち回りを繰り広げた翌日に遡《さかのぼ》る。

「しーまーださん」

「……なんですか？」

都築が島田のもとへやってくると、ニコニコ顔で名前を呼んだ。嫌な予感がする。できれば面倒ごとは避けて欲しい。

「今、メール送ったから見てもらってもいいですか？」

「あ、はい」

島田はパソコンを操作し、都築から届いたメールを開く。すると真っ黒。そう言わんばかりに箇条書きでびっしりと並んだ文字が、画面を侵食するかのように表示された。一瞬のめまいを感じつつも、島田は文言を一行ずつ拾っていく。その内容は、事務所のリフォーム、外壁塗装、エアコン交換、グループチャットの導入、SNSの運営、借入金をゼロにする、手形取引の廃止などなど、思い付きをそのままメモにしたような羅列だった。その数、ざっと五十件は超えている。

「何ですか、これ？」

「やりたいことリストです。上にあるほど早く実現したいことなんで、島田さん、よろしく！」

ポーンと島田の肩を叩き、都築はそのまま社長室へ戻ろうとする。

「ちょっと待った！　いや、待ってください」

都築は立ち止まると、首から上だけを島田へ向ける。

「どうしたんですか？」

どうしたんですか、ではない。こんな曖昧な指示では動きようがない。しかも、営業や経理のことなど、島田の仕事ではないことまで含まれている。

「僕の守備範囲を超えてることが結構交ざってるんですけど」

「そこはそれぞれの部署の人たちを巻き込んじゃって、どんどん進めてくださいよ。そういうの、得意でしたよね？」

得意な訳あるものか。過去に部署間の壁を取っ払って社内の風通しを良くしたことはある。だがそれは社内の空気が悪くなりすぎて、必要に迫られて仕方なくやっただけだ。

「それで……予算とか期限はないんですか？」

都築は首を傾げながら「んー」と声を出す。そして三秒後。

「コスパ重視で。あ、でもリフォームは最速でお願いします。薄汚い事務所で働いてたら、人間まで薄汚くなっちゃいますからね」

ざっくりとした指示で丸投げだ。これ以上聞いても無駄なのだろう。さすがに三ヶ月も側にいればそれくらいは分かる。

「……分かりました」

ということで、都築リスト最上位にあった社屋のリフォームが始まった。

「うーん、クロスは絶対にこれがいいです！　カーペットはやっぱり無難な線でグレーにします？」

都築リストを投げかけられた五日後の夜。会議室で壁紙とタイルカーペットの見本を見ながら、ああだこうだ言っているのは森町だ。島田が社屋のリフォームをすると話を始めた瞬間に、がっつり食いついてきた。

「えー、僕はカーペットは紺色がいいな。今どきの会社っぽく見えるし」

営業部の佐野が口を挟んだ。佐野は都築が入社した当日に都築に食って掛かった中堅社員だ。しかし、あっという間に都築に絆《ほだ》された。それ以来、佐野は都築フリークになっている。そのため「社長のお達しでリフォームをすることになったから、興味のある人は終業後に集まってください」という島田からの呼びかけに応じ、この場に来ていた。ちなみに集まったメンバーは五人。そのうちの一人に都築もいたが、彼は発言をせずに一歩引いてやり取りを眺めているだけだった。

「課長はどう思います？　カーペットは紺よりもグレーの方が無難だと思いません？」

佐野と意見がぶつかった森町が同意を求めてきた。できればいつも自分を支えてくれている森町の意見を通してあげたい。しかし、部署を横断したメンバーが集まっている今、島田が彼女の肩だけを持つ訳にはいかない。

「クロスが絶対に譲れないなら、カーペットは佐野さんに譲ったら？　このクロスなら紺色でも合うと思うからさ」

「むむ……確かにそうですね。分かりました。ここは私が涙をのみましょう」

森町はそう言って、手でハラハラと涙を流す真似をする。

「ありがと。ならこれで壁と床は決定ね。次は――」

デスクやチェアも一新するため、皆でカタログから選んでいく。東三銀行の借入金がなくなったとはいえ、押切製菓には他銀行からまだ五億円もの借入残高がある。だから島田は皆へ事前にコストのリミットを設定していた。この制限された選択肢の中から、デスクはクロスと同様に白が眩しいスチールデスクに。チェアはライトグリーンのメッシュタイプの物に決まった。明るい事務所になりそうだ。

「社長、こんな感じでいいですか？」

他に書棚なども決めると、島田は都築へサンプルや付箋《ふせん》の貼られたカタログを見せる。

「うん。いいと思いますよ」

ずっとやり取りを見ていた都築は即座に肯定した。そして。

「あと、トイレも総とっかえしてくださいね」

今まで一ミリも出てこなかった要素をいきなり出してきた。

「水回りの設備は値段が張りますよ？」

確かに今のトイレは湿っぽくて臭い個室が一つと、男子用の小便器があるのみだ。

環境が良いとは言えない。

「それくらい、いいですって。みんなが気持ちよく働けるようにすることが目的なんですから。今のトイレは正直、家に帰るまで我慢したくなるレベルですよ。ハイテク便座がついた個室を三つと洗面台を作りましょう」

「社長、素敵すぎます！」

両手のひらを胸の前で組み、目をらんらんと輝かせて森町が言った。

「でもあのスペースにどうやって三つも置くんですか？」

ただでさえ狭い個室が一つしかないのだ。三分割などできるはずもない。

「そんなの事務所側を削ればいいじゃないですか」

「でも、それでは事務所が狭く――」

「それは社長室の壁を取っ払えば解決ですよ。俺もみんなと机を並べたいってずっと思ってたし」

社長だからって別室でふんぞり返るような時代じゃないですよ、と都築は続けた。

これは社長就任初日に聞いた意見だ。やはりそう来たか。

「それいいですね、社長！　より今どきっぽい会社になりますよ」

島田としては、それなりの応接室がないと会社の威厳というものが保てない気がした。壁に並んでいる賞状や年季の入った重厚な家具が醸し出す雰囲気も好きだ。しかし佐野が都築に賛同を示したことで、森町や他の社員までが続いてしまった。

「でしょでしょ。ということで島田さん、よろしくね。会社の顔である外壁も塗り替えるんだから、応接室なんてなくてもいいですよね？」

したり顔で都築は言った。完敗だ。この状況では島田も頷かざるを得ない。しかしあの広さを持つ社長室が間続きになるということは、オフィスのレイアウトを再考しなければならない。他にも考えないといけないことは山ほどある。

「賞状とかトロフィーなんかはどうするんですか？」

「みんなが見えるように外に飾っておけばいいじゃないですか。押切製菓の誇りなんですから」

確かにそれは都築の言う通りだ。

「なら来客の応対は？」

「この会議室。無駄に広いですよね？　よく営業部が全員で集まって何時間も出てこないことがあるけど、あれって必要な会議なんですかね？」

都築は営業部の佐野へ視線を向ける。

「正直、ほとんど大野部長がしゃべってばかりです。自慢と追及ばっかで、ホント苦痛なんですよね。しかもそれが直接関係のない他の課の話だと尚更です」

佐野は小声で答えた。他の営業社員も相槌で追従する。

「よし、決めた。なら会議室は三つに分割しちゃいましょう。四人部屋が二つに八人部屋が一つで。取引先の応対もこれで問題なし」

大野が聞いたら激怒しそうなことを都築は即決した。

「……分かりました。それで見積もりを取ってみます」

これは大変なことになりそうだ。業者との調整もそうだが、事前に大野を含めた他の社員にもしっかりと説明しないと、余計な面倒が起きてしまいかねない。どう進めていこうか、島田は頭の中で算段を立てる。

「じゃ、島田さん。後のことはよろしく！」

颯爽と外へ出ていく都築の背中を、島田は恨めしそうな視線で見送る。指示を出すだけの都築は気楽なものだ。

「課長、すっごく楽しみですね。自分の部屋をリフォームするみたいでワクワクしちゃいます」

ここにもお気楽な者が一人いた。そんな気持ちでいられるのも今のうちだろう。

「森町さんはワクワクしてる場合じゃないよ。いつもの仕事にプラスで乗っかってくるんだからね」

「だからこそです！　こんな仕事なら気合が入るっていうものですよ」

森町は右のこぶしをグッと握った。実に頼もしい限りだ。


翌日。

「よし！　朝礼を始めるぞ！」

押切製菓の朝の風物詩ともいえる大野の声が事務所を震わせた。時刻は八時十分。始業時間の二十分前。今から始業のチャイムが鳴るまでが朝礼タイムだ。所要時間のうち九割五分くらいが、昨日の報告と今日の行動予定のシェア。そして残りが総務課からの情報伝達だ。とはいえ総務課からは毎日伝えるようなネタもない。だから島田にとっては、ほとんど関係のない話ばかりが繰り広げられる。だからといって参加しない訳にはいかない。島田はいつものように立ち上がると、デスクの島を囲うように並ぶメンバーの間に入る。森町も島田の左に並んだ。さらに左には総務のパート社員二人が続く。総勢三十名強。皆が並んだことを確認すると、大野が大きな口を開く。

「おはよう」

「おはようございます！」

大野は皆の反応に、満足げに頷く。ここは自分の城、そして自分は王だ。そう示さんばかりに。

「よし。さっそく今日の行動予定を——」

しかし。

「おっはよー」

底抜けに明るく、この空気には相応《ふさわ》しくない声が大野の言葉を遮った。声の主へ向け、大野の目が横に逸《そ》れた。島田もその視線の先を追う。そこにいたのは、もちろん都築だ。

「珍しいですね」

森町がヒソヒソ声で島田に話しかけた。

「だね」

都築が朝礼に顔を出すのはこれで二度目。社長就任の翌日以来だ。皆の視線が都築の動きに合わせて移動していく。そんな都築は島田の右隣に体をねじ込ませると、全員を見渡すように視線を一周させる。都築と視線が合ったのか、大野が顔をしかめた。

模倣品が発売された直後、都築の「タバコ臭い」発言で両者は完全に決裂。以来、二人が口を利いている姿を見たことがない。どんな風の吹き回しで都築はこの場にやって来たのか。

「実は今日は皆さんにお知らせしたいことがあります。大野さん、ちょっと時間を貸してくださいね」

「…………」

大野は何も答えなかった。ただじっと黙って都築のことを闖入者《ちんにゅうしゃ》と言わんばかりの目で見るだけだ。都築はその態度を肯定と捉えたようで言葉を続ける。

「えっとね、皆さんに朗報です。今月か来月にも、この社屋をリフォームすることになりました。くすんだ壁もデスクも壊れかけのエアコンも、みんな新しくなりますよ」

隣で森町が「そのことかぁ」と呟いた。都築が直接皆に説明してくれるなら話は早い。特に会議室のことは、大野へどう説明しようか悩んでいたところだ。絶対に代替案を用意しないと納得してもらえない。しかし。

「じゃ、後の説明は島田さん、お願いしますね」

「えっ⁉ 僕からですか？」

島田の淡い期待は一瞬にして打ち砕かれてしまった。まさかの——いや、安定の丸投げだ。

「細かなことは把握してませんから」

おっしゃる通り。

「分かりました……」

仕方なく島田はリフォームのあらましを説明する。事務所やトイレのリフォームで損をする人間はいない。そのため一階については、その全てが好意的に受け入れられた。

「それでですね、次は二階の会議室なんですが……」

ここで島田はただ一人、つまらなそうにしている大野へチラと視線を向ける。幸い、まだ島田の右隣には上機嫌な都築が立っている。強く抵抗されたら、その後の対応は都築になすりつけてしまえ。

「えーっとですね……先ほどお話しした通り、一階の応接室がなくなりますので、ええっと、その役割も兼ねられるよう、会議室を四人部屋を二つと八人部屋を一つに分割します」

大野の隣。昨夜のリフォームミーティングに参加した佐野が、下に垂らした右手をグッと握るのが見て取れた。そして大野はといえば。

「なら営業の全体会議はどうすればいいんだよ。貸し会議室を使えとか面倒なことは言い出さないよな？」

予想通りの突っ込みが入った。既にその眉間には、物が挟めそうなほどの皺《しわ》が刻まれている。さて、どうしたものか……と島田が考えていると、すぐに隣から声が上がった。

「大野さん。その会議って、本当に必要ですか？　必要な情報が必要な人に行き渡ればいいんですから、全員で集まる必要なんてほとんどないと思うんですよね。自分と関係のない話を延々と聞かされるのって結構苦痛ですよ？」

都築は、昨日の佐野の言葉を代弁するように言った。

「部員が部内全体のことを把握しておくのは当たり前のことだろう！」

大野は語気を強めた。ビリビリとガラスが震える錯覚を覚える。

「それは部長である大野さんが把握しておけばいいことですよ。そのための部長職なんですから。部長は三人の課長と密にやり取りをして営業方針を共有する。で、課長はそれぞれの課の社員と密にやり取りをする。それが組織の指示系統ってものだと思うんだけどなぁ」

「…………」

都築の理路整然とした弁論に、大野は押し黙ってしまった。

「あ、そうそう。この朝礼も同じですよね。これも意味があるとは思えないから、今日で廃止にしましょう」

「なっ⁉」

右フックと左ストレートを立て続けに浴びたような顔になる大野。

「社長、さすがにそれは」

すかさず島田はフォローに入る。あまりに性急に物事を変えることで営業部全体の士気に影響して、これ以上売り上げが下がっては目も当てられない。

「さっきも言いましたけど、必要な情報が必要な人にだけ入れば済むことですよね？ならグループチャットでも使えばいいじゃないですか。ここにいる三十人の時間給、平均二千円としたら朝礼だけで毎日二万円、一ヶ月で四十四万円も人件費を浪費してるんですよ。ま、なぜか朝礼前にタイムカードを打ったらダメって謎ルールがあるから、今のところコストはかかってないみたいですけどね」

そう言って都築は島田へ視線を向ける。サービス早出の責任は、島田にあると言わんばかりに。

「ということで営業の全体会議も朝礼も廃止。皆さん、明日からは定時きっかりに出社してもらえればオッケーですからね」

勤務時間は短縮、給料は据え置き。しかしこのお達しに、あからさまに喜びを露《あら》わにする者はいなかった。それは都築と大野が睨み合っているからだ。この不倶戴天の仲はどうにかならないものだろうか。島田が人知れず苦悶《くもん》しているその時。

「あ、そうだ」

都築がパチンと手を鳴らした。今度は何を言い始めるのか。自然と島田の体に力が入る。

「大野さん。今夜、時間ありますか？」

「……何の用だよ」

「いろいろと二人で、オハナシがしたいなぁって思いまして」

そう言ってニコリと笑顔を作る。

大野は何も答えなかった。いや、都築の目的が分からず答えられないのだろう。ちょうどそのタイミングで、始業を告げるチャイムの音がいつもの調子で鳴り響いた。

「……よし、解散」

覇気のない大野の声で、朝礼の終了が告げられた。時間ちょうどの打刻をするため、タイムカード前に一瞬で列ができた。この風物詩を見るのも今日が最後になるのだろうか。

◇

時は八月上旬の昼下がりへ戻る。内装のリフォームは完了し、朝礼もなくなった。そして意外なことに、営業部にはグループチャットが浸透した。大野が率先して導入に協力してくれたからだ。あの最後の朝礼の翌日、都築と大野の距離が気持ち悪いほどに縮まっていた。あの夜、都築は大野を連れて夜の街に繰り出し、きれいなお姉さんの前で大野のことをヨイショしまくったそうだ。それだけで大野が懐柔されるとは考えにくかったが、何はともあれ会社を二分するような対立が解消されたのは良いことだ。

「そういえば阿仁さん、キャッシュフローは大丈夫でした？」

森町とパート社員の話に耳を傾けていた島田は、側に来ていた阿仁へ質問をした。

「ええ、大丈夫よ。結局は社長の個人資産に頼ることになったのだけれど……」

都築がリフォームなどに走り回っている間、経理部長の阿仁は資金調達に東奔西走していた。手形取引の廃止を実現するためだ。

都築曰《いわ》く、今どき手形での支払いは時代遅れらしい。そのため仕入れ先となる原料メーカーへの支払いを、三十日サイトの銀行振り込みへと変更することになった。この行為は、手元に置いておける現金の減少を意味する。しかし押切製菓に潤沢な現金はない。そのため阿仁は銀行から資金を調達しようとした。だが毎月赤字を垂れ流している現状に、取引銀行は追加融資に対して難色を示した。支払いサイトの短縮など今やるべきことではない、というもっともな理由からだ。そのため結局は、都築マネーで解決することになってしまったとのことだった。

「なら取り敢《あ》えずは安心ですね」

「そうだけれど……私の苦労はいったい何だったのって思わなくもないわよ」

確かに。それは痛いほど理解できる。

「仕入れ先が喜んでくれたんですから、良いことをしたと思っておきましょうよ」

その結果が、発注忘れをしたにもかかわらずトラックを走らせてくれるなど、日常業務においての対応の差に表れているのだ。

「それでもね……会長と作ってきた会社がどんどん崩れていくような気がしてならないのよね……」

阿仁は思いつめたようにため息を落とす。これまで都築が何かをしようとするたびに、阿仁は高周波を発して反対をしていた。しかしメインバンクが変わってからだろうか。阿仁は借りてきた猫のように大人しくなってしまった。てっきり新体制を受け入れたとばかり思っていた。押切と一緒に作ってきた会社が崩れていく。そんな感覚を抱いているとは思いもしなかった。

「もう、あの人の考えてることは全く分からないわ」

そう言って阿仁はまたため息を一つ落とし、島田のもとから立ち去っていった。もともと細かった阿仁の背中が、更に細くなっているような気がした。

「しーまーださん」

入れ替わるように都築がやってきた。阿仁の、そして島田の苦労などつゆ知らなそうなお気楽な顔で。

「何でしょうか？」

「ホームページのリニューアルってまだできてないんですか？」

「まだです。今、各部署の声を集めたり資料を作ったりしてますから」

制作会社に丸投げすれば終わる話ではないのだ。それに日常的な総務の仕事と並行してやっている。一ヶ月や二ヶ月そこらでできる訳がない。

「はぁい。分かりましたよ」

都築はつまらなそうに自分のデスクに戻った。

翌日。

「ねえ、島田さん」

「……何でしょう」

また都築がやってきた。リフォームをして都築とデスクの距離が近くなったため、声をかけられる回数が増えてしまった。やはり社長室は残しておくべきだった。

「外壁塗装と駐車場の舗装は――」

「まだです。業者が忙しいみたいなので、お盆明けからの着工になります」

内装工事がこれだけスムーズにできたこと自体が奇跡なのだ。

「えー、ここの駐車場に駐めると車が砂っぽくなるからイヤなんだよな」

もうこの説明をするのは三度目だ。待ちきれないのは分かるが、子供のように駄々をこねないで欲しい。車が汚れるのが嫌ならば、電車や自転車で通勤すればいいのだ。

「お盆明けなんて、あとちょっとですから」

「業者のお尻、しっかりと叩いてくださいね」

そう言葉を残して都築は自分の席へ戻った。

そしてそのまた翌日の夜のこと。

「しーまーださん」

またしても都築がやってきた。

「………………」

このモードの時の都築を相手にしてはダメだ。仕事の邪魔をされるだけ。島田は都築の声を無視して、キーボードを叩き続ける。そもそも二百人も従業員がいる中で、なぜ都築は島田にばかり仕事を投げかけてくるのか。社員の中には都築のことを慕っている人もいる。そういった人たちにも直接頼めばいいのだ。

しかし都築は相変わらず島田にばかり声をかけ続ける。銀行との大立ち回りこそドラマを見ているようで、すごい！　と楽しめたが、それも一時のこと。その後は都築の気まぐれに翻弄《ほんろう》されっぱなしだった。もちろん残業時間はうなぎ上り。昨夜だって日付が変わるまで仕事をしていたのだ。そして今日も、もう夜十時を過ぎている。それにもかかわらず、給料は一銭も増えていない。もう、限界だ。

「社長」

島田は視線を上げると、都築の目をしっかりと見る。労働関係の法規について説明する良い機会だ。

「ん……？」

「知ってますか？　月に百時間以上残業をさせたら労働基準法違反になるってこと。しかも残業代も支払われてないから、うちの会社は二重に法令違反をしてることになるんですよ」

都築はきょとんとした顔をする。

「え？　島田さん、残業代もらってないんですか？」

「うちは毎月四十五時間分の固定残業代が給料に含まれてるんです。でもそれ以上はびた一文払わないって方針なんです」

島田の月収は総支給で二十五万円。だがその中には四十五時間分の残業代が含まれている。だから基本給はもっともっと安い。都築は朝礼の早出が無給と知っていたのにサービス残業のことは知らなかった。まだ就任からの日が浅いがゆえの知識の偏りだろう。

「何で支払ってないんですかね？」

「そんなことしたら、あっという間にお金が枯渇しますよ」

多くの社員が毎日夜九時過ぎまで働いているのだ。島田の場合なら給料が二割増しになってもおかしくない。

「ちなみに法令違反がお上に知れたらどうなるんですか？」

「詳しくは知りませんけど、有罪になって、経営者は懲役とか罰金が科せられるんでしょうね。あとは過去二年分にわたって未払い残業代の支払いをすることになります」

残業代は、もらえるものならもらいたい。だがそれをしてしまうと、ただでさえ利益の少ない会社を倒産に一歩近づけてしまう。だから島田はもともと残業代を請求するつもりはなかった。ただ、都築に法令違反だということを知ってもらいたかっただけだ。しかし。

「分かりました。なら未払い残業代、二年分で総額いくらになるか計算しておいてください」

「えっ⁉」

話が思ってもいない方向に飛躍した。

「コンプライアンスは遵守しないと。それは社長である俺の責任でもありますからきっちりとやりますよ。そのあたり最優先で、ちゃんとした仕組みを作っておいてください」

そして新たな仕事を島田へと振った。

「……はい」

残業代が支給される。嬉しいことのはずなのに、素直に喜べない。今まで以上に島田の仕事は増えるし、残業代が支払えるほど会社に利益は出ていない。不足分はまた都築の個人マネーで補塡《ほてん》するつもりなのだろうか。しっかりと時間をかけて準備をしたうえで「お金がないからやっぱり支給できない」と言われては堪らない。

しかし島田の心配をよそに、翌日から早くも都築の働き方改革が始まった。

「みなさーん、今日から残業は禁止です」

午前八時半。始業直後で人が多くいる時間に、都築は唐突に宣言をした。まだ社労士への相談をしていないのにもかかわらずいきなりだ。しかも残業代を支払うという宣言ではなく、残業禁止宣言だった。そんなこと、いきなり実現できる訳もない。尾張《おわり》名古屋は城でもつ。押切製菓は残業でもっているのだ。そんな島田の気持ちをよそに都築は言葉を続ける。

「特に営業部は訪問先に優先順位をつけるなどして労働時間を削減する工夫をしてください。きっと『何となく』で回ってる訪問先、たくさんありますよね」

そこかしこから「えっ、デスクワークは家に持ち帰れってこと？」「そんなの絶対に無理だよ」といった声が聞こえてきた。全くもってその通りだ。しかし都築はそれらを一切気にすることもなく更に言葉を重ねる。

「そのうえでどうしても残業をしないといけなくなった場合は、ちゃんと労働時間分の残業代を支給します。あとパートさんは過去二年にわたって、出勤日数かける二十分の給料が支払われます。これは過去に出席した朝礼分の給料が支払われるってことです。社員については過去の記録がないので推定時間となりますが、こちらも過去二年分……いずれにしても相応の未払い残業代をまとめて支払います」

社内が俄《にわ》かにざわめき立つ。それぞれの脳内で、いくらもらえるか計算しているのだろう。もちろん昨夜、島田も自分の金額を計算した。楽観的に多く見積もると百万円以上に上った。二年の積み重ねは想像以上に重い。果たして会社は、そして都築はこの重みに耐えられるのだろうか。

「また具体的な金額などは個別に説明の機会を設けますので、今日、伝えられることは以上です」

そこまで言うと、都築はどこかへ出かけてしまった。ほどなく窓の外から聞こえてくるポルシェサウンドを聞きながら、島田はひときわ大きなため息を漏らす。

「どうしたんですか課長。お給料が増えるのにお先真っ暗な顔になっちゃってますよ」

森町が心配そうに声をかけてきた。

「だって、また総務の仕事が増えるんだよ……。社長、ひっかき回しすぎだよ。あれもこれもそれもこれもこれも」

そう言って島田はデスクに突っ伏す。森町は「んー」と言うと言葉を続ける。

「課長、一人で仕事抱え込みすぎですよ？　何なら私にどーんと丸投げしてもらってもいいんですからね」

島田は伏せたまま顔だけを左へ向ける。森町は細い左腕をボディービルダーのように曲げると、まったく存在していない力こぶを右手でポンポンと叩く。

「いや、森町さんにもだいぶ負担かけてると思うから」

都築の面倒を見るようになってから、もともとの総務の仕事をかなり森町に振っているのだ。それに丸投げばかりしていたら都築と何ら変わらない。

「それなら社労士さんに丸投げしてみるとかですかね？」

それは考えてもいなかった。押切製菓には、社内でできることは何でも社内でこなすという文化がある。その文化に染まりきっていたため、島田には考えもできなかったアイディアだ。追加コストはもちろん発生するが、検討しない手はない。

「いちど相談してみるよ。ありがと」

だから島田はそう答えた。

午後五時半。終業のチャイムが鳴った。それと同時に、待ってましたとばかりに都築が立ち上がった。

「はーい。皆さん仕事を切り上げて帰ってください」

そしてパンパンと手を叩きながら言った。その都築の突飛な行動に、ぎょっとした顔をする社員が多数。珍獣のような目で見る者も一定数。

「ほら、残業は禁止ですよ。帰った帰った」

都築のこの行動をきっかけに、追い立てられるように皆が帰る……という訳にはいかなかった。外回りから帰ってきた営業部員は、これからがデスクワーク本番なのだ。

それでも都築が口うるさく言い続けた効果か、午後七時には島田を除く全員が退社をした。毎日二時間弱の残業ならば、固定残業として支給している四十五時間に収まる。追加の人件費は発生しないだろう。だが、これでちゃんと仕事が回っていくのだろうか。少なくとも今の島田には無理だ。島田は七時を回った時計を確認しつつも、パソコンに向かい続ける。そして案の定、追い出しモードに入っている都築のターゲットとなってしまった。

「島田さん、何でまだ残業してるんですか？」

「社長が指示した未払い残業代を計算するためですよ」

皮肉を込めて島田は言った。森町の提案通り社労士に相談してみたが、もともと給与計算を社内で行っていたがために先方にデータがない。結局はほとんどの処理を島田が行わないといけなかったのだ。

「それって明日じゃダメなんですか？」

「別にいいですよ。未払い残業代の支給が遅れてもいいんでしたら」

「んー、それはダメだなぁ。島田さんにはこの次に、みんながちゃんと有休消化できる体制を作ってもらわないといけないし。あ、もちろん社員だけじゃなくてパートさんもね」

また新たな仕事が降ってきた。有休というのは勤続年数で個人ごとに使える日数が変わるし、パートタイマーなどフルタイムでない従業員は労働日数に応じて付与される日数が変わるのだ。この計算を二百人分するとなると、どれだけの時間がかかるのだろうか。

「今のままだと絶対に無理です」

体がいくつあっても足りない。そのため島田は、自分自身がどれだけの仕事を同時進行させているかを丁寧に説明する。

「うーん、島田さんは課長なんですし、自分だけで抱え込まずにもっと人に振ったらいいじゃないですか」

「それは森町さんからも言われました。でも、もともと僕が抱えてた総務の仕事がかなりの量、森町さんに行ってるんですよ。総務の人間をあと二人くらい雇ってもいいんでしたら、僕ももっと楽になるんですけどね」

「分かりました。では採用を進めてください」

「えっ⁉」

絶対に何かしらの理由をつけて反対すると思っていたが、都築は即答でOKを出した。そのため島田は間の抜けた声を上げてしまった。そして、どう言葉を返していいのか分からず固まる。

「だから、採用してもいいですよって」

「いや……毎月赤字続きなのに間接部門が人を増やすっていうのは……」

話の流れでつい人が欲しいなどと言ってしまったが、優先すべきは総務ではなく売り上げに直結する部署のはずだ。

「それくらいなら俺が補填するからいいですよ。それに今ここで島田さんに倒れられて一番困るのは俺ですから」

それだ。都築がその考えを持っているから、島田に負担が集中してしまうのだ。

「そもそもなんですけど、社長はどうして僕にばかり仕事を振るんですか？」

島田が都築の教育係というのは自覚している。しかし都築の体制が受け入れられ始めた今、他の人へ振れる仕事も多くあるはずだ。

「そうですね……。俺は勢いばかりで周りが見えなくなることがあります。島田さんは俺とは正反対で、一歩引いたところから冷静に全体を見渡すことができるんです。俺の足りないところを見事に補ってくれるんです。だからこそ、俺は島田さんを頼ってるんですよ」

思わぬ都築のストレートな言葉に、気恥ずかしさを覚える島田。

「それは……どうも」

「島田さんはただの社員ではなくて、そうですね……バディみたいなものですよ。うん、そうだ。島田さん。今日から俺の教育係ではなく、バディになってくださいよ」

「バディ……ですか？」

「うん。社長と社員じゃなくて相棒です。俺たちは」

都築はそう言って白い歯を覗かせる。

「だから島田さん。無理な時は無理って言ってもらって構いません。抱え込まないでください。島田さんにはもっと俺のバディとして活躍してもらわないといけないんですから」

無理な時には無理と言ってもいい。仕事を抱え込みがちな島田には、願ってもないオファーだ。それならば受けない理由はない。

「分かりました。ではバディということで、お手柔らかにお願いしますね」

「もちろん！」

「あ、あと、採用は一人だけにしておきます」

「それは島田さんにお任せします。くれぐれも無理のないように、ね」

こうして、島田は都築の教育係からバディへとポジションが変わることになった。

これが島田の日々にどのような影響をもたらすのか。それはまだ分からない。

◇

押切製菓はお盆休みに突入した。

「ねぎまとつくね、それにハツを二本ずつ。あ、全部塩でお願いね」

連休初日の夜。島田の姿は焼き鳥居酒屋『鳥和哉《とりわかな》』にあった。カウンター席がいくつかと、四人掛けのテーブル席が三つしかないこぢんまりとした店だ。カウンター席の隣に座る白髪の男が、彼のお勧めというメニューを注文しているところだ。

「お待たせしましたー。生二つでーす」

都築とそんなに歳《とし》の差がないだろう男性が、ゴト、と黄金色のビールが注がれたジョッキをカウンターに置いた。

「それじゃ、とりあえず乾杯しようか」

「あ、はい」

島田はジョッキを手に取ると、右隣から差し出されたそれにコツンと合わせる。そして、三分の一くらいを一気に喉へと流し込む。夏の暑さが吹き飛ぶような爽快感が心地良い。透明なアクリル板を挟んだすぐ向こうでは、ちょうど大将がねぎまに塩を振りかけ、炭火の上に置いたところだった。その隣で、別の客が注文したのだろう手羽の脂が垂れ、ジュウと白い煙を上げた。

「どう、いい感じの店でしょう？」

店内は香ばしい焼き鳥の香りに満ちている。もう空腹は限界だ。

「はい。すごく美味しそうです」

小学校低学年の娘がいるため家族で外食に出る時は、気兼ねなく入れるチェーン店になりがちだった。それに一緒に飲みに行く同僚もいない。こういった通好みな店は久しぶりだ。

「よかった。そう言ってもらえて」

「それにしても、会長から誘って頂けるとは思いもしませんでした」

島田はそう言って右隣へ視線を送る。そこに座っているのは、押切製菓の会長となった押切謙二だった。

「あはは。僕もどうしようかちょっと迷ったんだけどね」

都築とのひと悶着があった翌日、島田は珍しく押切から「食事でもどう？」と誘われた。そのため、押切のイチオシというこの店で会うことになった。

「あの社長交代劇でしたから、もう二度と会うことはないのかと思ってましたよ」

「ごめんごめん。事業継承の相手が都築君でしょ。普通に社長を交代してたら、絶対にみんなが反対して都築君の新体制を認めてくれないと思ったからさ。それに前も言ったけど僕もこの歳でしょ。のんびりと五年、十年かけて継承していく余裕もなかったからね。だから思い切ってあんな風に振る舞ったんだ」

そう言った押切の丸い顔は、日に焼けている。どうやら、余生はしっかりとエンジョイしているようだ。

「でも、島田君にそんなにも負担がかかってるとは思いもしなくてね。最近、都築君とそういう話をしたでしょ？　その日のうちに都築君から連絡をもらってね。『島田さんとバディになりました！』って喜んでたよ」

「はは……そうですか」

ポジションが変わったことで、より振り回されないことを祈るばかりだ。

「どう？　都築君の様子は」

「そうですね……」

島田の頭には、混乱した会社の映像が次々と流れていく。入社直後のタバコ事件から銀行を相手にした大立ち回りなどなど……。濃い出来事ばかりで何から話せばいいものか悩ましい。だが、まずは一番の問題だと思っていることからだ。

「社長、かなり敵を作ってますよ。喧嘩状態だった大野部長とはここ最近ようやく打ち解けるようになったんですけど、製造部は工場長とうまく関係が築けてないみたいで……」

「ナベさんは頑固だからなぁ。島田君から見てどう？　今後うまくやっていけると思う？」

島田は首を横に振る。

「正直まだ分からないです」

「そっか、そっか」

押切製菓は製造部の力が大きい。現状、都築が会社全体を掌握するのはまだまだ遠い話だと言わざるを得ない。

「お待ちどおさまですー」

ここでちょうど注文していたねぎまとつくね、ハツがやって来た。押切は串に刺さったハツを二つまとめて口に入れると、幸せそうな顔をして咀嚼《そしゃく》する。島田もハツを食べてみる。程良い弾力の後に肉の旨みが迸《ほとばし》る。直後、塩味が旨みと混ざり合い口の中に広がった。これは美味い。この塩加減が実にビールに合う。

「他はどう？」

「えっとですね。敵を作ってるとは言いつつも、若い人を中心に社長のファンみたいな人もできてます。朝礼を廃止したこととか事務所のリフォームをしたことが、好意的に受け入れられてますね」

「やっぱりそうなってるんだね……。いや、それにしても資金に余裕があるってのは羨《うらや》ましいね。リフォームなんて間接コストは優先順位がずっと下だから、僕だったら永遠にできなかったよ。やっぱり綺麗な会社で働くのは気持ちいい？」

「はい。仕事量はさておいて、空間としては想像以上に気持ちいいです。でも、リフォームをしたせいで、会長の自慢の応接室はなくなっちゃいましたけどね」

「えっ？　そうなの」

押切はねぎまを手にしたまま固まってしまった。どうやら触れてはいけなかった話題のようだ。

「えっと……どれだけお金を持ってるんですか？　社長って」

島田は強引に話題を切り替えた。

「……それは僕にも分からないな。東三銀行の借り入れをポケットマネーで完済したって聞いた時は、僕も釣竿《つりざお》を落としそうになったくらいだから」

「そうでしたか……」

島田もねぎまを食べると、残り少なくなっていたジョッキを空《から》にする。

「あ、祥平《しょうへい》君。生二つ追加。あとは正肉と手羽の塩を二本ずつ」

「はーい。生二つに正肉、手羽を塩で二本ずつ入りまーす」

店員の復唱が店の賑わいを演出している。美味しいだけあって、カウンターの一部を残して席は客で埋まっていた。

「今後、会社はどうなっていくと思いますか？」

新しいビールが運ばれると、今度は島田が押切へ問いかけた。押切は「まず大前提のことなんだけど……」と前置きしてから言葉を続ける。

「会社を永続させるためには痛みを伴う改革が必要なんだよね。それでね、その時ってやっぱり新体制に馴染《なじ》めない人たちってのが出てくるはずなんだよ」

「それじゃあ、会社を辞める人が……」

「もちろん、どんどん出てくるだろうね」

押切の声が、一段低くなった。

「――でも臆病者の僕には、それが怖くてできなかった。時代に合わせて変えなきゃいけないことは分かっていたんだけどね」

だから都築君に丸投げをしちゃったんだ。押切は辛そうに続けた。入社式を行ったあの日、押切は実に楽しそうな様子だった。しかしその裏側にはそんな苦悩があったとは思いもしなかった。島田はまだ続く押切の言葉にしっかりと耳を傾ける。

「都築君のあみもろこしへの情熱は本物だよ。最初に会社を譲ってくださいと言われた時は、正気を疑ったんだけどね。それから何回も自宅にまで押しかけてきてさ。十二年くらい前に微妙に変えた味の変化まで言い当てちゃったんだ。しかも投資で儲けられるってことは、将来を見通す力があるってことでしょ。もう後継者は都築君しかいない。そう思ったんだよね」

都築の話からすると、もっと気軽に会社を買ったものだと思っていた。しかしその実は、これほどまでにエネルギーのかかることをし、ようやく手に入れた会社だった。

島田の中で、都築に対するイメージが少しずつ変化していく。

「もちろん、言葉では言い表せないくらいの苦労をすることになるよって忠告もしたよ。それでもやるって言ったから。あとはもう任せるしかないよね」

普通に事業継承しては受け入れられないからという理由で、いきなり会社のかじ取りをすることになったのだ。裏で押切のサポートがあるとはいえ、その苦労は島田の比ではないだろう。

「だから去っていく人がいたとしても、都築君の若い感性できっと会社は今までとは全く違う、新しい時代に受け入れられる会社になるはずだよ。そうなるためにも島田君、都築君のこと支えてあげてね」

島田は入社する前からあみもろこしが好きだった。そして押切製菓の社員として十三年も働いており、会社に愛着もある。都築を支えられるだけ支えてみよう。そう思わせるには十分すぎる言葉だった。

「はい。分かりました」

島田がそう答えると、押切はにこりと笑って島田から視線を外す。

「大将、そろそろアレ、焼いてもらってもいいかな？」

そして何かを注文した。

「承知！」

この店の串はどれも絶品だった。次は何が出てくるのだろうか。楽しみにしつつ押切と話をしていると、意外なことに大きな切り身の焼き魚がやって来た。こんな物、メニューには載っていなかった。

「どう？　僕が釣った魚なんだ」

まさかの押切の戦利品だった。ふふんと言わんばかりの表情をしている。と、その時。ガラガラ、と入り口の引き戸が開けられる音がした。すると六十代後半くらいだろうか。細身の男性が一人で入ってきた。絵にかいたような額のほくろが印象的な紳士だ。

「あ、菊《きく》ちゃん」

押切とは顔見知りのようだ。菊ちゃんと呼ばれた男は、島田とは押切を挟んで反対側の席へどかっと腰を下ろした。そしてカウンターの上に置かれた魚を覗き込む。

「おっ押切さん、大きいクロダイだね」

「そうなの。落とし込みで五十センチがかかってね」

「そりゃぁ凄い！」

それから二人はひとしきり釣りの話で盛り上がる。どうやら押切の釣り仲間のようだ。

「で、隣の方は、はじめまして……かな？　私は菊井《きくい》。よろしくね」

菊井はカウンターに顔を寄せ、低い位置から覗き込むように島田へと視線を送る。

「あ、はい。押切製菓の島田と申します」

座ったまま島田は頭を下げる。

「ここじゃそんなの関係ないから、固くならないの」

と言われても相手は大先輩だ。そうはいかない。押切の知り合いということは、取引先ということも十分に考えられる。だから島田は「はい」と言いつつも、気は抜かなかった。

「それにしても押切さんが若い子連れてくるなんて珍しい」

菊井にとって三十五歳の島田も「若い子」になるようだ。

「お先に一線を退かせてもらったからね。で、新社長のサポートを彼に一任してるから、お悩み相談と慰労も兼ねて」

「てことは期待のホープだ」

「皆でトゥギャザー」のような表現で褒められた。いえいえ、ただの雑用係です。そんな気持ちを込めて島田は首を左右に振る。

「どう？　新しい体制になった会社は」

「そうですね……」

　少なくとも社外の人間であることは間違いない菊井に対して、内情を話してもいいのだろうか。押切に視線を送ると「何を話しても大丈夫だよ」と言った。では遠慮なく。

「正直、相当混乱してます。ついさっき、押切会長と『痛みを伴う改革の結果、会社を離れる人も出てくる』って話をしてたところです。しかも正面からぶつかる競合商品が出てしまったので、追い打ちをかけられてる状況です」

　菊井は「そっかぁ」と言って苦笑した。菊井もまたどこかの会社の経営者なのかもしれない。仮にそうであれば、近い将来やってくるはずの事業継承のことでも想像しているのだろうか。

「競合とか目先のことばかりを考えると近視眼的になりがちだから、どんな状況が理想の会社なのかをイメージして、そこに向けて一段ずつ階段を上っていくのがいいのかもしれないね」

「あ、はい。ありがとうございます」

　島田は経営者でもないが、いつか役立ちそうなその言葉を心に書き留める。

「ところで島田君はこれ、する？」

菊井は手で釣竿のリールを巻くゼスチャーをした。

「小さい頃、近所の釣り堀に行った経験しかないです」

「そうなの？　釣りはね、本当にいいよ――」

それから三人は、仕事の話は一切せずに、釣りの話に花を咲かせることになった。

第四章　大那フーズとの攻防

九月に入り二週間ほど経った。総務課には約束通りパート社員が一人採用された。今は森町の下で頑張って仕事を覚えているところだ。業績については大きな変化はない。要するに、低空飛行を続けている状態だ。だが相変わらず都築はそんなことを気にすることもなく、島田を振り回し続けていた。とはいえあの日以来、島田は無理な時は無理と言えるようになった。そのため都築から振られる仕事に、それほどストレスを感じることはなくなっていた。

「ねえ、島田さん。今って暇ですか？」

今日もパソコンにかぶりつく島田のもとへ都築がやって来た。暇ではないが、今日中に必ず終えなければならない仕事もない。

「はい。時間はありますけど」

「なら、ちょっとだけお出かけしません？」

外出に誘われるのは珍しい。どこへ行くのだろうか。島田は念のため上着を手にして都築と会社を出る。都築が向かった先は駐車場。太陽から、そして舗装されたてのアスファルトからの熱波がダブルで島田を襲い、一瞬で汗を呼ぶ。島田は汗を拭うと、都築に促されて久しぶりのポルシェに乗る。

「どこに行くんですか?」

「ちょっとすぐそこのカフェまでね。面白い話がありますから」

面白い話とは何だろう。具体的な内容までは知らされることなくポルシェに揺られること僅《わず》か三分。到着したのは、名古屋城がよく見えると評判のホテルのカフェラウンジだった。平日の午後だったが、ほぼ満席に近い。

「それで、面白い話って何ですか?」

島田は注文したアイスコーヒーで喉をクーリングさせると都築へ聞いた。もったいぶらず、そろそろ教えて欲しい。

「あのね。東三銀行はM&Aの仲介を考えてたって言ってましたよね」

「はい」

いつの日かの面会時に支店長の鬼頭が言っていた。

「実は、別のルートから同じ提案が来たんです」

一段低い声で告げられた都築の言葉が、島田の呑気な気持ちを一瞬で硬直させた。

「え、まさか——」

社長になって半年も経たずして身売りをしようとしているのか。

「あはは。それはないから大丈夫」

都築はそう言って自分の注文したソイラテに口をつける。

「……もう。びっくりさせないでくださいよ」

唐突な話に寿命が一時間は縮まった。

「でね。今日この後、ここでその打ち合わせがあるんです。せっかくだから島田さんにも聞いてもらいたいなって」

それでこの場という訳か。

「ちなみに相手はどういう会社なんですか？」

「今のところ話してるのは仲介会社の人なんですけどね、実際に買収したいっていう会社は今日ここに来ないと教えてもらえないって。だから来てみたってのもあるんですよ。どんな会社が興味を持ってるのか、気になりますよね」

「はい。ものすっごく」

こんな落ち目の会社に興味を持つだなんて、きっと経営陣の目は節穴に違いない。

それから十数分後、ラウンジに二人の男がやって来た。島田と都築は立ち上がって二人を迎える。一人は三十歳くらいの整った顔立ちの爽やかな男で、もう一人は小太りで五十過ぎに見える生え際の後退した男だった。いや、近くで見ると肌艶がいいので、もしかしたら四十代かもしれない。額には無数の汗粒が浮いていた。

「どうも、お待たせいたしました」

若い方の男が、迷わず都築へ向けて頭を下げた。当たり前のことだが、いかにもフレッシュな都築のことを社長として認識しているようだ。手にした重たそうな革のカバンを置くと、名刺ケースを取り出す。

「ジャコフパートナーズの江前《えまえ》と申します」

「押切製菓の都築と申します」

都築に続き、島田も名刺交換をする。若い男が仲介会社の人間ということは、隣の男が買収希望の会社の人間という訳か。果たしてどこの誰なのか。

「大那フーズの薄井《うすい》と申します」

大那フーズ⁉ 都築と名刺交換をする様子を隣で見ていた島田は一瞬固まる。聞き間違いか？ 都築の手元を覗くと、名刺には間違いなく大那フーズと書かれていた。しかも肩書が常務取締役の男が何でここに。いや、M&Aの話でここにきているのだから、そういうことなのだろう。島田は極力平常心を保つ努力をしつつ、薄井と名刺交換をした。

「いやぁ、まさか相手が大那さんだとは思いませんでしたよ」

四人が着席すると、都築は開口一番そう言った。注文を取りに来たウェイターへ、薄井はホットコーヒー二つを注文する。この暑さだがいいのだろうか。江前に注文の確認をすることもなかった。

「情報が拡散しやすい昨今、こういったことは直接でないとなかなかお話ができなくて」

島田の余計な心配をよそに、江前が申し訳なさそうに言った。

「どうしてまた弊社なんですか?」

都築の言葉に薄井は待っていましたとばかり、テーブルに会社案内の資料を置く。そして事業領域が載ったページを広げた。

「弊社は商品の多角化を目指しておりましてね、今まで未開拓だったコーンスナックの領域にも進出を図りたいと」

ブルドッグを脂ぎらせたような顔に、にちゃと不快な笑みを貼り付けて薄井は言った。

「ふうん……。でもそれってウェブコーンで達成してますよね?」

都築の言う通りだ。そのおかげで押切製菓は大変な目に遭ったのだ。

「いやいや、痛いところを突きますな」

薄井は光る額に右手を当てる。ようやく自分の汗に気付いたのか、おしぼりで顔を拭い、さっぱりとした表情を浮かべた。

「コーンスナックへ進出こそしたのですが、歴史のある御社のあみもろこしの輝きを前に思うところが多々ありまして。いやはや、商売というのは一筋縄ではいかないところが面白いですな」

演技のような物の言い方だ。だが、話の内容からすると、現状でもあみもろこしは健闘しているように聞こえる。毎月五百万円の赤字を垂れ流す状況に追い込まれているというのに、まだなぶり足らないということなのだろうか。

「それで戦うよりも囲い込んじゃえってなったんですか？」

歯に衣《きぬ》着せぬ都築らしい言葉が突き刺さった薄井は苦笑する。

「平たく言うと、おっしゃる通り。ですが、これは双方にメリットのある話かな、と」

「へぇ……。ならウチのメリットは？」

「とにもかくにも従業員の雇用維持は約束いたします。その上で、東証一部上場企業のグループ会社として恥ずかしくない福利厚生も用意しています。次に大那フーズの販売網を活かすことで、あみもろこしに更なる飛躍を」

薄井の口からは他にも多くのメリットが語られた。信用力向上による借入金の金利圧縮、仕入れ先の変更や共同仕入れによる原価の低減、そして親会社となる大那フーズへの従業員の登用制度などなどだ。

「ちなみに弊社の平均給与は、六百六十万です。御社と比較して、いかがですか？」

そう言って薄井は都築へ、そして島田へと順に視線を送る。間違いなく、コストを下げることができるし、売り上げも増やすことができる。となれば自《おの》ずと収入も増えるはず。そして何より、大那フーズ本体の社員になれる可能性もある。

一度は面接を受け、自尊心に傷をつけられた会社だ。大那フーズの商品は二度と見たくない。そう思いもした。一方で、大那フーズの社員になることができれば、家庭内での劣等感は解消されるかもしれない。島田の心は急速に揺らいでいった。

「それで、いくらで買い取ってもらえるんですか？」

都築が買収額へ踏み込んだ。もしかして、都築も揺れているのだろうか。

「御社の純資産額で買い取らせていただければと」

「純資産額で？」

そう言うと都築は、あははと笑い始めた。その態度に薄井がぎょっとする。

「それはあり得ませんね。自慢じゃないんですがウチは債務超過なんで、将来に対して値付けをして頂かないと」

「それは承知しております。あくまでも今日この場はただのきっかけで、今後少しずつ互いの条件をすり合わせていく形で行ければなと」

江前が二人の会話に割って入った。バトンタッチした薄井は湯気を立てるコーヒーカップを平然と傾ける。その姿を横目で確認した江前は更に言葉を続ける。

「もちろん都築社長の希望は伺いますし、しっかりとデューデリジェンスをしたうえで、双方の納得できる金額を探っていくという流れになります。ですのでもちろん、あみもろこしの未来というのも評価項目としては十分に考えられます。ですが一方で、ちょっと申し上げにくいのですが簿外債務もあるでしょうし……そういったことも考慮せねばなりません」

「簿外債務って？」

都築が質問を返した。

「帳簿上に表れない債務のことです。代表的なのは未払い残業代ですね」

なるほど。確かに帳簿上には載っていないが、本来従業員に払うべき債務だ。だがその問題なら解決済みだ。

「そんなのはありませんよ。ちょうど今月、未払い残業代全部払いましたもんね、島田さん」

「はい。それは間違いありません」

江前の細い目が吊り上がった。

「では退職者の方は？　こちらも同様に簿外債務となり得る可能性がありますが」

都築は再び島田へ視線を向ける。退職者までは考えていなかった。そのため島田は首を左右に振る。この二人の様子を確認した江前はしたり顔になった。

「――という感じで一つずつ状況を把握していくのがデューデリジェンスとなります」

「ふうん、そうですか……。なら、一兆円」

「……へ？」

唐突な都築の言葉に、江前が間の抜けた顔をする。たぶん、島田も似た顔をしているに違いない。

「ですから、俺からの希望額は一兆円です」

しかし都築は数字を曲げなかった。一兆円など、大那フーズの年商すら超えている。吹っ掛け過ぎにもほどがある。

「……ご冗談、ですよね？」

「競合商品をぶつけて弱らせて、挙句の果てには純資産額で買い取りたいなんて虫が良すぎますよ。そもそも俺はあみもろこしが大好きで社長になったんですから、そんな簡単に手放す訳ないじゃないですか」

心が揺らいでいたのは島田だけ。都築の意志は、押切製菓を買収する前から一貫したままだった。そうだ。都築だって困難が押し寄せることを覚悟して社長になったのだ。業績が落ちたくらいで簡単に会社を手放す訳がなかった。それなのに島田は自分のことだけを考え、勝手に心を揺れ動かしていた。

「………」

黙り込んでしまった江前は初めてコーヒーに口をつけると、助けを求めるように薄井へ視線を送る。

「こちらとしては、落ち目の会社を善意で救って差し上げようとしたのですけどね。意図が伝わらなかったようで残念です」

薄井は会社資料を自分のカバンへしまうと立ち上がる。「落ち目の会社」とか「救って差し上げる」とか、上から目線もいいところだ。結局はそういう目で押切製菓のことを見ていたということか。

「我々に喧嘩を売ったこと、すぐに後悔することになりますよ。せいぜい大好きなあみもろこしのために頑張ってください。江前さん、行きますよ」

「あっ、はい！」

コーヒーの伝票も持たず、薄井は江前を促しカフェラウンジから出ていってしまった。そんな二人を都築は笑顔で見送っていた。

「社長」

二人の背中を見ていた都築の笑顔が島田へ向けられた。

「どうしました？」

「ちょっと格好良かったです」

「えっ⁉　ちょ、島田さん。いきなり何を言い出すんですか」

思いがけず、都築が焦りだした。初めて見せるこの反応に島田の悪戯《いたずら》心が芽生える。

「甘い誘惑にぶれることなく意志を貫いた社長は、本当に格好良かったですよ」

この追撃に都築は頬をかきながら俯いてしまった。そして。

「当たり前じゃないですか。本当にあみもろこしが大好きなんですから」

呟くように言った。

◇

「ねえ課長、うちの会社って大那に買収されちゃうんですか？」

「へっ⁉」

M&Aという衝撃的な話を聞いた三日後のこと。昼休憩から帰ると、部下の森町から唐突に話を振られた。何で知っているのだ⁉

「社長が言ってたの？」

「営業部のみんなが言ってました。お昼はその話で持ちきりでしたよ。でも考えてみると、可能性はいっぱいありますよね。業績とか業績とか、あとは業績とか……」

森町の言葉はおどけていたが、赤縁眼鏡の奥の瞳からはかなりの不安が漂っていた。

「そんな話、誰が持ち込んだんだろ」

「分かりません。でも、かなりの好待遇で迎えられるって話までしてましたよ。だから歓迎する人も結構いるみたいで。私、心配になっちゃいます。このまま会社がなくなっちゃうんじゃないかって」

寂しそうに森町は目を伏せる。

「でも、森町さんも大企業の社員になれるチャンスかもしれないんだよ」

「絶対にイヤですよ！　あんなあからさまなパクリ商品を出す会社なんて。えっ？　もしかして課長は賛成なんですか？」

目を見開き、島田に詰め寄る森町。

「ごめんごめん。僕は大反対だから。それに買収なんてないはずだから大丈夫だよ」

「本当ですか？」

「本当だって。この間、社長と今後の話をした時にもそんな話は一ミリも出てなかったから。大丈夫だよ」

都築がこの話を断ったのは事実だ。だが話を持ち込まれたということは、二人の内緒にしたいと頼まれていた。だから真実を言うことはできない。しかし森町から送られる視線は相変わらずだった。これはなかなかに痛い。

「も、もし僕が嘘ついていたら幸福堂《こうふくどう》のバウムクーヘン買ってきてあげる」

短くても一時間は並ばないといけない人気の店だ。いつも差し入れているコンビニスイーツとは格が違う。島田にしては破格の条件を提示したことで、ようやく森町が小さく息を吐いた。

「分かりました。私は課長を信じます」

ようやく森町は自分の仕事に戻ってくれた。それにしても……この情報は誰が流したのだろうか。先日面会した薄井の顔が脳裏をよぎる。情報源は十中八九あのあたりなのだろうが、経路が分からない。噂《うわさ》は一瞬で全社に広がるだろう。

それから十数分後のこと。窓越しにポルシェサウンドが聞こえてきた。都築が帰ってきたようだ。島田は飛び出すように駐車場へと向かう。

「社長」

ちょうど都築が車のキーをかけ、ハザードランプが二回点滅したところだった。

「どうしたんですか？　そんなに慌てちゃって」

「ウチが買収されるって噂が社内に広まってますよ。しかも相当の好待遇で迎えられるって尾ひれまでついてます」

そのうち尾ひれどころか純金の背びれも生えかねない。

「えっ、そうなの？」

まだ知らなかったようだ。この際だから、噂話のことも含めた今後の大那フーズ対策についても話をしたい。だがここで立ち話をしていては、誰が聞き耳を立てているか分からない。社内の会議室でもそれは同じことだ。予算をけちったため、あそこは壁が薄い。

「社長、ちょっとドライブにでも行きません？」

だから島田は男二人のドライブに誘ってみた。車はもちろん都築のポルシェだ。島田は深青に輝くそれに視線をやる。ここなら完全に密室。誰にも聞かれる恐れはない。

「島田さんからお誘いなんて珍しいですね。分かりました。行きましょう」

都築は閉めたばかりのキーを開錠してポルシェへ乗り込んだ。島田も急いで助手席側に回る。

「社長。M&Aの話、誰にも話してないですよね？」

駐車場を出ると、島田が切り出した。

「もちろん。俺が島田さんに内緒にしててってお願いしたくらいですからね」

「営業部から広まってるみたいなんですけど、この情報源って……」

「恐らく大那でしょうね」

やはり都築も同じ考えだった。

「こんな噂流してどうするつもりなんですかね？」

「んー、少なくとも押切製菓を手に入れることを諦めてないってことは確かみたいですね」

正面から買収できないと判明したため、搦手《からめて》に出てきた。二人とも完全に想像ベースの話ではあったが、大那フーズならやりかねない恐ろしさがある。

「社長。働き方改革もして内部の整備はできたんですから、そろそろ外に向けた営業とかマーケティングを強化していくタイミングですよ。何か大那フーズに舐《な》められたみたいで嫌じゃないですか？　このままだと」

「うーん。言われてみると確かに」

都築はウィンカーを出すと、名古屋高速へ乗るためのＥＴＣゲートをくぐった。ごみごみと無機質な建物ばかりが並んでいた視界が一気に開ける。初秋の空は今日も青い。

「なら、積極的に仕掛けてみましょうよ。やられっぱなしでまだ何も仕返しができてないのがもどかしいです」

「大野さんから、コンビニの売り場奪回に力を入れるって聞いてたから営業は様子見かなって思ってましたけど……バディの島田さんがそこまで言うなら、そっちは島田さんに任せますよ。営業を巻き込んで、じゃんじゃんやっちゃってください」

しまった。大那フーズ憎しとはいえ、都築の無茶ぶりを誘発してしまった。

「えっと、僕は総務なんですけど……」

「総務兼、俺のバディでしょ」

そう言って島田へ首を向ける。そしてニヤリと笑った。お願いだからこのスピードでよそ見運転はしないで欲しい。しかし都築はチラと前を確認するだけで、再び島田を見る。

「なら俺と同じで会社の全てのことに関わらないと」

都築の白い歯が、どこかからの照り返しを受けさらに眩しく光った。

「ですね」

気づけば島田は笑みを浮かべていた。ようやく守りではなく攻めに移ることができる。無茶ぶりが嬉しいだなんて、ずいぶんと都築色に染まってしまったものだ。

「なら、名刺の肩書も考えておかないといけませんね」

総務課長という立場で動くのは、明らかにおかしい。

「それはお任せしますよ」

買収の噂が広まっても実際の動きがなければ、いずれは沈静化するだろう。これでこのドライブミーティングの目的は果たした。だから、そろそろ会社に戻りませんか。

そう言おうとした時のこと。

「よし。せっかくだからもうちょっと遠くに足を延ばしてみましょう」

都築はウィンカーを出すと、伊勢湾岸自動車道方面に車を向けた。合流車線に差し掛かったところで、急に島田の全身がシートへと押し付けられた。それと同時にエンジンが管弦楽団のような音を奏で始めた。ジェット機が離陸でもするような勢いだ。

「ちょ、ちょっと。アクセル踏みすぎです。制限速度！」

「え、まだまだこれからなのに」

都築はつまらなそうに口をとがらせる。会社がなくなる前に二人の命がなくなっては元も子もない。

「そういうのはサーキットでやってください。あと、公道では安全運転で」

「はーい」

ちょうどそのタイミングで島田が左側の車線を見ると、あからさまに異質なオーラを放つクラウンが目に入った。中には青の制服を着た警察官が乗っていた。覆面だ。

島田は押切製菓と共に、都築の免許の点数を守ることにも成功した。

◇

「では、弊社があみもろこしを取り扱うとして、御社からはどのくらいのご協力を頂けるのでしょう？」

「えー、月八百万で一パーセントを。ええっとそれから……一千万を超えれば、超えた分に関しては一・五パーセントをお戻しします」

眼前の相手――セイカン食品の佐藤《さとう》は、はははと笑いだした。

「それでは全く話になりませんよ。大那さんの方が圧倒的に魅力のある数字を提示してくれていますから。圧倒的に、ですよ」

守秘義務があるので数字を言うことはできないんですけどね、と佐藤は続けた。

「え……弊社ではこれ以上は。……あ、いや。えっと、もう一度チャンスを頂けないでしょうか。上と交渉してきます」

ポルシェの車中で、営業やマーケティングについて一歩踏み出すと決めた。その翌日には都築は皆へ、「これからはガンガン販売面の強化をしていきます！」と宣言をしていた。だから島田は今、早くも独り立ちした新卒営業社員の難波と一緒に商談の場に同席していた。新たな肩書――経営企画室室長と書かれた名刺を携えて。

商談の相手は、今までに一度もあみもろこしを取り扱ったことのない卸会社だ。広大な倉庫に併設されたプレハブ小屋。そこが島田にとって初めての商談の場となった。壁面にはスチールのロッカーが立ち並んでいる。きっと会議が行われていない時間は従業員の休憩スペースになっているのだろう。

難波がまだ不慣れで説明がたどたどしいからなのか、島田はこれが商談なのか？

と感じずにはいられなかった。話題に上るのは価格のことばかり。商品についての話は一切ない。あみもろこしのことは商品名を聞けば分かるくらいに浸透していると取ることもできるが、島田にはこのやり取りは異質としか思えなかった。

「どうしても、あみもろこしはウェブコーンと食い合ってしまいますからね。敢えてあみもろこしを取り扱うには、相応の利益を弊社にもたらしてくれないと。しかもこう言ってしまうのは失礼かもしれませんけど、あみもろこしは新鮮味がないんですよね。『新商品』って看板がつくウェブコーンと比べると」

「えっと……」

次の言葉が紡げず、難波は黙り込んでしまう。

「ご提案は以上ですか？　次の商談が控えていますので」

相手の佐藤は腕時計を確認する。話が始まってまだ五分と経っていない。

「あの、サンプルを持ってきましたので、せめて試食をして頂けませんか？」

見かねた島田がフォローに入る。ウェブコーンと味の比較をすれば、その違いは自ずと分かるはずだ。しかし佐藤は島田が差し出したあみもろこしを受け取ることもしない。

「もちろん食べたことはありますよ。その上での判断ですので」

「そこを何とか」

「ですから、食べたことはありますと」

佐藤はサンプルに視線すら向けなかった。それほどまでに金銭面での条件が乖離《かいり》しているのか。これはもう何を言っても駄目そうだ。

「分かりました。貴重な時間をありがとうございました。難波君、行こう」

サンプルとして持ってきたあみもろこしを置いたまま、島田と難波はセイカン食品を後にした。

「商談っていつもこんな感じなの？」

秋とはいえジリジリと日差しの熱い帰り道。島田は難波へ聞いた。

「どこもこんなです……。先輩と一緒に回ってた時も」

けんもほろろ。そんな扱いを受けた難波はぼそぼそと答えると、大きなため息を落とした。

「そうなんだ。なら新規じゃなくて既存の取引先は？」

「そっちも似たようなものです。最近は価格交渉ばかりで」

どうりで売り上げ額も減っているのに輪をかけて、粗利率も下がっている訳だ。価格攻勢をかけているウェブコーンと戦うために、あみもろこしの価格も下げざるを得ない。これではどちらかの体力が尽きるまでの消耗戦だ。そしてこの戦いで、圧倒的な体力を誇る大那フーズに押切製菓が勝てる可能性は、一パーセントもないだろう。

「こんなの……意味あるんすかね」

「それは大いにあるよ。たくさん回った中の一社でも取り扱ってくれたら、会社の売り上げは増えるんだから」

島田は反射的に言ったが、果たして本当に意味のある活動なのか分からなかった。

「………」

「せめてウェブコーンと比較した試食の場が設けられたら、違ってくるとは思うんだけどなぁ」

先ほどは断られてしまったが、金額の違いはクオリティの違いと取ってくれるはずだ。

「絶対に無理ですよ。……少なくとも自分の営業力では」

「そうかなぁ。絶対に方法はあると思うんだけどな」

食べ比べたくなってしまう誘導方法が。とはいえ島田はこれといった営業の知識を持ち合わせていなかった。そのため気落ちする難波に向け、これ以上の気の利いた言葉を投げかけることはできなかった。

◇

「えー、皆さん、お疲れ様です」

島田は大会議室——といっても八人が定員だが、ここに集うメンバーへ向けて挨拶をした。島田が営業に顔を出すようになって三日後のことだ。島田と都築以外は皆、営業部の社員。机の上には、あみもろこしとウェブコーンが置かれている。

「今日は事前にお知らせした通り、あみもろこしの魅力をどうやったら取引先に伝えることができるか、みんなで意見を出し合いたいと思います。えーと、早速ですが、何か良いアイディアがあるって人はいますか？」

ここにいるのは、社長と一緒に新しい営業方法を模索する勉強会を開こう。その声掛けで集まったメンバーだ。

「…………」

自発的に集まったメンバーのはずなのに、反応がない。島田が皆を見回すと、次々と島田からの視線を逸らしていった。

「どんな小さなことでもいいです。思い付きでもいいので」

島田が営業部員の一人を名指しすると「テレビＣＭを打つことですかね」と言った。

しかしその意見に対し「そんなのできる訳ない」といった否定的な言葉が続いてしまった。そのため次のアイディアが出ることはなかった。皆、思考が後ろ向き過ぎる。これではまともなディスカッションにならない。

「なら取り敢えず試食をしてみましょうか」

島田はウェブコーンのパッケージを開け、口へと入れる。やはり味の進化はしていない。香りの立ち方は悪いし、食感もゴワゴワしたままだ。他の社員たちも島田に続く。

「やっぱり食べ比べると全然違いますよね」

営業部員の一人が言った。その言葉に他の社員も追従して頷く。

「商談の場でこうやって試食してもらうことってできないんですかね？」

島田は営業に同行した際に叶《かな》わなかったことを聞いてみる。

「そんな時間、作ってもらえそう？」

「無理無理」

「やったことはあるんですけどね。食べ慣れた味って言われただけでした」

「この間サンプルは置いてったけど、実際に食べてもらえたかどうかは……」

それぞれが、それぞれの言葉を言い始めた。だが、その全てがやはり後ろ向きな言葉だった。

「なら売り場にマネキンさん置いて試食してもらうっていうのはどう思います？」

卸問屋が駄目ならば、主戦場となるスーパーの店頭で直接消費者へ向け、通称マネキンと呼ばれる試食販売員を配置してみてはどうか。島田はそう提案してみた。

「スナック菓子でマネキンさんなんて聞いたことないですよ」

「ですね。やったところで経費倒れになるだけです」

「匂いで釣れる商品じゃないとね」

島田の俄かアイディア、あえなく撃沈だ。

「結局のところ、仮に試食してもらえたとしても最後に言われるのは値段のことなんだよね。ウェブコーンが出てからは特に」

「だよねぇ」

「あっちはいつもどこかで特売やってますもんね」

数名の声が数珠つなぎに出てきた。そして。

「社長、もっとリベートを払うことってできないんですか？」

結局はその話に回帰してしまうのか……。皆の視線が都築へと集まる。

「あはは。現状でも毎月五百万くらいの赤字が出てるのに、さらに赤字を積み増すことなんてできませんよ」

「でもそうしないと大那にシェアを奪われるばかりですよ」

「同じくそう思います」

「僕も」

建設的な話にならない。素人なりに考えてきた意見を出せば、即座に否定の嵐に見舞われてしまう。そして行きつくところは値段、値段、そして値段。

「皆さん、この場は今までのやり方ではない方法を探るために設けられてます。何か違ったアイディアを思いついた人はいませんか？」

島田は声を張って流れを変えようとした。しかし。

「とは言われてもね……手は尽くして今の状況だからなぁ……」

「確かに」

「そうそう。値段以外のことなんて思いつかないですよ」

ピンチに見舞われてなお、この弛緩しきった空気。このやり取りを都築はどう感じたのだろうか。

「社長はどう思います？」

「んー、入社日にも言いましたけど、マーケティングを広くしっかりと打たないとダメだと思うなぁ。問屋や小売店に営業をしかけるだけじゃなくて、実際に買ってくれる消費者にどうＰＲしていくのかを考えないと。特に若い人に直接リーチするような方法でね」

島田は都築が入社した当日のことを記憶の底から思い起こす。確か都築は、あみもろこしの消費者が高齢化しているから若者はあみもろこしのことを知らないと言っていた。

「ってことは、SNSとかネットのメディアを使うってことですか？」

取り敢えずホームページは完成していたが、SNSは人事面の仕事が忙しかったためアカウントを作っただけで放置していた。

「そうそう。D2Cってのも当たり前になってきましたから、ウチがネット上のマーケティングを駆使して消費者に直販するってのもありですよね。ま、いきなりそれはハードルが高そうだから、取り敢えずSNSだけでも始めてみるのは価値のあることだと思います。大那のテレビCMに対抗するなら、小さなウチはゲリラ戦法でいかないと」

そんなに簡単にいくものか。それこそ通販サイト然り、SNS然り、誰が運営するというのだ。島田がそう考えていると都築はスマートフォンを操作し始めた。

「ほら。これ見てみてくださいよ」

都築はSNSの画面を島田へ見せる。そこには押切製菓と似たような規模の駄菓子メーカーの投稿が表示されていた。内容は、アカウントをフォローしこの投稿をシェアすると、抽選でお菓子の詰め合わせがもらえるというキャンペーンだ。

「これ、結構見かけるSNSのキャンペーン方法なんですけどね、この会社はいい感じでファンが広がってるんですよ」

このキャンペーンに参加しているユーザーを辿っていくと、キャンペーンとは関係なくその会社のお菓子を「絶対に食べるべき！」と推す投稿をしている人がいた。都築の言う通り、完璧なファンだ。誰か分からない一人の投稿からシェアの輪が広がっている。

「あみもろこしも誰かやってくれないのかなぁ」

そうすれば勝手に売れていくようになるのに。だが、そんな都合の良いことなどある訳もない。そう思いつつも島田が独り言のように呟くと、都築がしたり顔で「で、こっちも見てくださいよ」と画面を切り替えてきた。するとそこには、あみもろこしの写真と共に「めっちゃ美味しいお菓子に出会った！」といったメッセージが添えられていた。そしてそこには百以上の「いいね」がついていた。下にスクロールすると、「私はウェブコーンに浮気しちゃったけど、今はあみもろこしに戻ってきました」「やっぱあみもろこしは安定の味だよね」といったコメントも添えられている。

「へぇ、こんな投稿がされてるんですね」

皆も順番に都築のスマートフォンを覗き込む。それぞれがそれぞれの反応を示したのだが、ここまで一言も発していなかった最年少の難波が誰よりも嬉しそうな顔をしていた。

「これをもっと伸ばしていけば、置いてないお店に対して『何で置いてないの』って問い合わせが増えると思うんですよね。あとは小売店のバイヤーさんなんかがこういった情報にたくさん触れたら『仕入れなきゃ』って気持ちにもなるでしょ。それがたくさん重なったらどうなると思いますか？」

都築は難波へと視線を送る。

「こちらから営業する必要はなくなりますね」

満足の行く答えだったようだ。都築は白い歯をのぞかせた。

「そう。それが俺たちの目指すところのような気がするな」

なるほど。売り込むのではなく『売ってください』と言われるようになる。それは押切製菓にパラダイムシフトを起こすことになりそうだ。

「では誰かSNSの運営、やってみたいって人はいますか？」

島田は皆へ問いかける。しかしお互いに顔を見合わせるだけで、応える者は誰もいなかった。やはりこの展開だ。取り組みは面白そう。だが、残業時間を削られ仕事の密度が上がった今、余計な仕事を増やしたくない。それが本音だろう。

「では取り敢えず僕がやってみます。あと、たとえばですが『SNSで話題』って営業資料を作って、そこに社長に見せてもらった投稿のスクリーンショットを添えてみるってのはどうですか？」

　せっかく良い投稿があるのだから、それはそれで活かしてみたい。この話を聞いて前に進まないのはダメだ。

「そうですね」

「それなら」

「でも、大野部長が聞いたら何て言うか」

　この場では最年長の営業部員の言葉で、皆が「あー」と声を合わせる。

「部長的に突飛って感じることをやると、怒りそうです」

「それなら大丈夫ですよ。大野さんならちゃんとお話しすればきっとOKしてくれますから、俺が一言言っておきます」

　大野との距離の近くなった都築が動いてくれるなら問題なさそうだ。

「ではそこは社長に任せるということで、今日のミーティングはこれで終わりにしましょう」

「あのぉ……」

　島田が立ち上がろうとしたその時、この場であまり発言をしていなかった難波がおずおずと手を挙げた。

「どうしたの？」

「SNSの運営、自分が担当してみたいです。個人でアカウントも持ってますし」

意外な言葉が飛び出した。そういえば面接の時に、パソコンとかネット関係が得意だと聞いていたことを思い出す。完全に忘れていた。

「ちなみにフォロワーは?」

「一万とちょっとです」

「本当に!?」

このSNSのフォロワー数の平均は四百人くらいという記事をどこかで見た覚えがある。一万人なんて、ちょっとした有名人並みではないか。島田の反応に難波は得意げな表情をした。

「本当に本当です。というか、さっき社長が見せてたアカウント、あれ、自分のっす」

難波はスマートフォンを取り出すと、アプリの画面を島田へ見せる。お菓子の食べ歩きがテーマのアカウントだった。確かに、そのフォロワーは一万人を超えていた。タイムラインを過去へスクロールしていくと、そこにはついさっき都築が見せたあみもろこしの投稿があった。

「社長、このこと知ってました?」

都築は笑顔で首を横に振る。

「初めから言ってくれればよかったのに」

「会議とか苦手で言い出せなくて……でも、今、言わなきゃチャンスを逃しそうでしたから」

難波らしい言葉だ。

「では、会社のアカウントは難波君に任せてもいいですか？」

素人の島田がやるよりも、難波が取り組んでくれた方が百倍以上は有意義だ。島田は反対意見を待ったが、誰も異議を挟まなかった。

「なら、難波君がSNS担当者ということで、よろしくね」

「ありがとうございます！」

難波のおかげで話がうまくまとまった。

「社長、こんな感じでいいですか？」

「うん。いいと思うよ。どんどん進めちゃってください」

これで一歩前へ進める。

「では皆さん、よろしくお願いします！」

これがどのような結果をもたらすかは分からない。それにSNSが業績に直ちに影響を及ぼすとは思えない。それでも、前に進んだことは間違いない。

◇

「渡辺さん」

島田は難波を伴い押切製菓の第二工場へ行くと、恐るおそる工場長の渡辺に声をかけた。工場の片隅に設《しつら》えたデスクでノートを見ていた渡辺は、深く皺の刻まれた顔を島田へ向ける。その表情はいつものように険しいものの、拒絶は感じられなかった。

「伺いたいことがあるんですけどお時間、大丈夫ですか？」

渡辺はコク、と頷いた。

「消費者から質問がありまして、あみもろこしの網って何で八本ずつになったんですかって」

渡辺は質問を聞くと腕を組んで、視線を正面の壁の更に向こうへと向けた。

「懐かしいことを聞くな。そういえば社長と色々試したな……」

ここで言う社長というのは、先代のことだろう。

「かなりの試行錯誤があったんですよね」

「あった、あった。細かい網目にすれば食感が楽しくなる。確信はあったんだがな、作れど作れど形が崩れたんだよ」

壮大なストーリーになりそうだ。これはしっかりメモを取らねば。そう思い難波をチラと見ると、スマートフォンで録音をしていた。賢い。

「生地に含ませる水分量。網一本の太さ、それに網の数。六本だと軽すぎて、七本、八本で悩んで。社長や機械メーカーと侃侃諤諤《かんかんがくがく》やりあったんだが、結局は『名古屋なら丸八だがね』って社長が言って、ようやく作り上げた。ま、そんないい加減な経緯で決まった」

そこまで言って渡辺は、棚に数十冊は並んでいる中から一冊の古びたノートを取り出した。

「当時の記録だ」

島田と難波は開かれたページを覗き込む。そこには網の本数が違うあみもろこしのイラストと共に、食感などが事細かに記載されていた。そして何より目立つ太ペンの文字で、『大名古屋なら八本！』と書かれていた。

渡辺は島田へ視線を向ける。表情が柔らかい。こういった質問を渡辺にするのは初めてだったためドキドキでここまで来たが、案ずることはなかったみたいだ。

「まさか名古屋だから八本になっただなんて知りませんでした」

「面白い話です。この話のことを考えながら食べたくなってきました」

押切製菓の所在地である名古屋市の市章は、丸に漢数字の八が入ったものだ。開発秘話としてSNSやホームページに載せる価値のある話題なことは間違いない。

「他の質問もいいですか?」

「いいぞ」

それから島田と難波は、SNSで聞かれたこと、また、聞かれそうなことを次々と質問していった。渡辺はその一つひとつに丁寧に答えてくれた。

「――ごめんな、次の予定があるから」

六つ目の回答をもらった後のこと、渡辺が申し訳なさそうに言った。壁面の時計を確認すると、いつの間にか三十分が経過していた。

「すみません。長時間ありがとうございます」

「また聞きに来てもいいですか?」

「ああ」

渡辺は相好を崩した。

「ありがとうございます!」

二人は渡辺に頭を下げると、その場を辞した。

「いやぁ、島田さん。めっちゃ面白い話、聞けましたね」

難波が感慨深そうに言った。

「だね。入社十四年目にして初めて知ることだらけだったよ。でも情報量多いし、S

NS向けに短くまとめるのは難しそうだね」

網が八本になった秘密など、百文字ちょっとの制限では収まりそうにない。

「それは連投するか画像にすれば大丈夫ですよ。それか動画にする手もあります。渡辺さん、渋さの中に優しさがあるから、うまくキャラ立てできたら人気出るかもしれませんよ。簡単な動画だったら自分、編集できますし」

なるほど。そんな手もあるのか。やはり餅は餅屋だな。

「あっ難波君！　久しぶり」

工場内を出口に向けて移動していると、女性の声が難波の名を呼んだ。声のもとに視線を向けてみれば、難波と同じ日に入社し製造部へ配属となった唐沢未海がいた。配属当日に「あみもろこしの新味を開発したい」と宣言して渡辺の顰蹙《ひんしゅく》を買ったが、その後はうまくやっている。

「あ、うん。久しぶり」

「元気してた？」

「うん。ここ最近は楽しくやってるよ」

続けて難波はここに来た目的を端的に伝えると、「そっちはどう？」と聞き返した。

「うーん、まだまだってとこかな。今のところ覚えることは多くないんだけど、熟練の技みたいなのがいることが結構あるから」

工場では、誰がやっても同じ品質が保てるようオートメーション化するのが時代の流れだ。だが、押切製菓では最後の味付けに職人が腕を振るう工程が残されている。それが味の秘訣になっている一方で、技術習得や原価の面で難しい戦いを強いられているという現実もある。

「そっか。大変そうだね」

「全然。希望が叶ってここにいるからね。難波君も新しいこと始めて大変みたいだけど、頑張ってね。それじゃ」

唐沢は難波へひらひらと手を振る。それから島田へ向けて会釈をすると、踵《きびす》を返して工場の奥へ戻っていった。

「さて、戻ろうか」

「はい」

普段は見せない嬉しそうな顔をした難波を連れ、島田は第二工場を後にした。

島田と難波がこうして渡辺にインタビューを行った理由。それはSNSの運営が軌道に乗ってきたためだ。難波が個人で運営しているアカウントを使い、公式アカウントを積極的に広めてくれたことが大きい。

――あみもろこしの網はなぜ八本なのか。

渡辺にインタビューをするきっかけとなった素朴な質問を皮切りに、SNSユーザーからの質問や意見がパラパラと入るようになった。

——小さな頃から大好きです！

——何であみもろこしは塩味だけなんですか？

——中の人の好きなお菓子は？

——近所のスーパー、ウェブコーンに駆逐されてた。ぴえん。

——ここ見て初めて買いました。ファンになりました！

難波はそれらに可能な限り丁寧に回答をしている。分からないことがあれば、渡辺だけではなくそれぞれの担当者に話を聞いて丁寧にフォローをしていた。そして、ウェブコーンと比べて価格が高いといったマイナスのコメントに対しても、製造工程や素材のこだわりを伝えるなど丁寧に説明をした。その姿勢がまた共感を呼んでいる。

「そうだ。お勧めの蕎麦《そば》屋さんがあるから、ランチに寄っていこうか」

SNSの運営を開始してから一ヶ月も経過した十月の下旬。今日も第二工場へインタビューに行った帰り、島田は難波をランチに誘った。もちろん僕が奢《おご》るから。島田はそう続けた。

「いいんですか？　御馳走になります」

家計は妻のさつきが管理しているため島田は小遣い制だ。そしてその額には当然、限りがある。痛い出費になってしまうが、これも必要経費だ。難波は島田が思っている以上の成果を出しているのだから。

「好きなの選んでいいよ」

カツオ出汁《だし》の香りに満ちた店に入ると、二人は四人掛けの席に向かい合わせで腰かける。島田は難波に向けてメニューを広げると、自身も何を注文しようか考える。無難にいつも注文しているざる蕎麦でいいだろう。月末が近い財布にも優しい。

「自分は天ざるで」

しかし、難波はメニューの中でも最高峰をついてきた。これは痛い。だが何でもいいと言った手前、後には引けない。

「……はは。美味しそうだね。なら僕もそれで」

給料日まではコンビニおにぎり生活が確定だ。ひくつく頬を隠しながら、島田は天ざる二つを注文した。

「SNS担当になって一ヶ月経つけど、この仕事はどう?」

営業の仕事と掛け持ちをしているため、負担になっていなければいいのだが。

「毎日充実してます。正直……自分、入社してからずっと営業成績はゼロでしたから、働くのが向いてないのかなって思ってたんですよ」

そんなことを考えていたのか。確かに初めて一緒に営業に同行した時は、憔悴《しょうすい》すらしているように感じた。それが今では顔色も良く、生き生きとしている。

「だから島田さんには本当に感謝してます。あのミーティングがなかったら、今頃ニートしてたかもしれませんから」

退職まで考えていたのか。すんでのところで貴重な人材が流出しなくて本当に良かった。

「それを言うなら社長に言ってよ。SNSを使いたいって言い始めたのは——」

社長だから。そう言おうとしたところ、店の駐車場に青のポルシェが停車するのが見えた。

「社長だ」

ポルシェから降りた都築は店に入ると、すぐに島田たちの姿を見つけた。

「珍しい。島田さんと難波さん、二人でデートですか」

都築はそう言いながら島田の隣に座る。難波が小さく頭を下げた。

「はは。そんなところです」

「何を注文しました？」

「二人とも天ざるです」

「お、いいですねぇ。じゃ、俺も天ざるで」

都築は水を持ってきた店員に注文をした。ついでに三人分の会計を持ってくれないかな。都築の横顔を見た島田の頭に、そんな考えがよぎった。

「で、二人で何を話してたんですか？」

「ずっと前から社長がSNSをやりたいと言ってたって話をしようとしてました」

「ああ、その話ですか。島田さんったら全然取り組んでくれませんでしたもんね」

きっと都築は冗談で言ったのだろう。だが、島田のこめかみが無意識にピクと動く。

「ですから、それは社長があれもこれも押し付けるから」

「あはは。ごめんごめん。今はちゃんと反省してますって」

確かにここ最近は『都築リスト』の進捗《しんちょく》について無茶な催促をしてこなくなった。

都築なりに気を使ってくれているのは間違いない。

「難波君、SNS担当になってなかったら会社を辞めてたそうですよ」

都築が「えっ⁉ そうなの？」と軽く目を見張ると、難波は「はい……」と頷く。

「それは良かったぁ。島田さんをせっついた甲斐があったよ。二人しかいない同期が一人でも欠けるのは嫌だから」

そう言って都築は大げさなくらいの笑顔を作った。

「あ」

難波が話の流れを断ち切るように、突然小さく呟いた。視線がテーブルに置いていたスマートフォンに落ちている。

「どうしたの？」

「リプが入りました」

難波はスマートフォンを島田へ向ける。スーパーのご意見箱に『あみもろこしを取り扱ってください』という意見を入れました、という報告だった。

「そんなことまでしてくれてるんだ」

完全にあみもろこしの営業ではないか。しかも無償で動いてくれる。

「この『ちゃちゃ丸』って人、近所のスーパーがウェブコーンばっかになって悲しいって言ってくれた人です。これで受注に繋がるといいんですけど……」

こういった「お客様の声」に小売店は敏感に反応してくれる。こういう時こそ営業を仕掛ける絶好のタイミングだ。

「きっと繋がるはずだよ。こういうリアルな反応を見ると、本当にこの前の『アレンジチャレンジ』キャンペーンはやって良かったよね」

「ですよね」

アレンジチャレンジというのは、先日SNS上で大いに盛り上がった「あみもろこしをアレンジしてもっと美味しく食べよう」というユーザー参加型のイベントだ。あみもろこしを料理の素材として使い、そのレシピと出来上がりの写真を投稿してもらう。そして参加者の中から抽選で二十名にクオカードをプレゼントするという内容だ。

だが、キャンペーンを始めた直後は、投稿が全く集まらなかった。島田がサクラとして「あみもろこし炊き込みご飯」を上げたのが唯一のものだった。

しかしそこに転機が訪れた。難波が、柔らかくしたバニラアイスにあみもろこしをいくつも突き刺しただけの、レシピともいえないものを考案した。しかしこれが、あみもろこしの塩味が甘味をうまい具合に引き締めており、食べてみると実に美味しかった。そのため難波はこのレシピ(?)を公式のアレンジとして投稿。それは『偏差値三のアレンジ』と、大いにバズった。もらった「いいね」の数は十万を超え、それがきっかけでSNSユーザーからのアレンジレシピも数多く集まった。

「こういうの聞いてると俺もやりたくなってきちゃったな。難波さん、今度運営のコツを教えてよ」

「あ、はい。完全に我流ですけど。それでよければ」

「もちろん」

それから三人は、ツルツルでコシのある風味豊かな蕎麦を堪能。そしてそれらはものの五分足らずで、それぞれの胃へ収まることになった。さて、そろそろ会計をしよう。島田がそう言おうとしたタイミングで、卓上に置いていた難波のスマートフォンが振動した。何度も震えている。SNSの通知ではなく、電話の着信のようだ。

「セイカンさんからです。ちょっと失礼します」

難波はスマートフォンを取ると、「はい、難波です」と言いながら外に出た。

「セイカンって？」

「難波君が開拓しようとしてる新規の営業先です」

とはいえウェブコーンに完敗だったことは記憶に新しい。あれから再アプローチは受け入れてくれていないと聞いている。

「ふうん。そうなんだ」

都築はそう言って伝票を手に立ち上がったため、島田もそれに続く。そしてそのま都築が三人分の会計を済ませた。島田のおにぎり生活、回避成功だ。島田は都築に礼を述べると、店の外へ出る。

「分かりました。では後ほど伺います。ありがとうございます！」

ちょうど難波は電話を切ったところだった。二人の姿を認めると、難波にしては高めのテンションで言葉を発する。

「セイカンさん、うちが提示した条件であみもろこしを取り扱ってくれるそうです！」

「本当に？」

「ここ最近、小売りからの引き合いが急に増えたそうです。それで社内で二つの食べ比べをしてくれたみたいなんです。その差は歴然。そう言ってくれました」

やはり食べ比べれば違いは分かってもらえる。今回はそのきっかけを小売店が作ってくれたということだ。そして小売店からの注文が増えたということは、もしかしたらSNSを見た人が何人も動いてくれたのかもしれない。これは良い流れだ。

その後も営業面での快進撃は続いた。営業部長の大野が、東海地方限定ながらも大手コンビニチェーンの棚をウェブコーンから奪い返すことに成功したのだ。コンビニの取り扱いが復活するのは極めて大きい。「新しい」という価値がなくなった今、ウェブコーンの強みの一つがなくなったのだと大野は言っていた。この流れに都築自らもトップ営業マンとして参戦。なんと地元の中堅スーパーチェーンとの取引をもぎ取ってきた。それから一ヶ月も経てば、コンビニだけでなく駆逐されていたスーパーにも商品が戻り始めていた。

「社長、これで一息つけそうですね」

終業のチャイムが鳴り、一人、また一人と人数が減り始めてきた頃のこと。島田はできたばかりの十一月の資料を都築のデスクへ置きながら言った。一時は昨年対比で七十パーセント台にまで落ち込んでいた売り上げが、とうとう百パーセントを超えるまでに回復していた。

「うんうん。さすがは島田さんだ。見事にウェブコーンを返り討ちにしてくれましたね」

都築は島田へ笑顔を向けた。

「みんなが頑張ってくれたおかげですよ。僕はきっかけを作っただけですから」

難波はもちろんのこと、営業部の皆が動いてくれなければこうはならなかった。それに製造部の人たちにもインタビューで相当の時間を割いてもらったのだ。

「それでも期待以上ですよ。ようやく数字も安心ラインに来たってことで」

都築が右のこぶしを向けてきたため、島田は自分のこぶしを軽く合わせる。都築とこうするのは、銀行問題を解決した時以来だ。前回は都築一人の大立ち回りだったが、今回は島田も走り回った結果だ。感慨深いものがある。

「この勢いでどんどん攻めていきましょう」

この流れならいけるはずだ。しかし都築は島田の言葉に答えることなく、島田の向こうへ視線を向ける。

「社長、今いいですか？」

背後から声が聞こえてきた。振り返ると、そこには営業部の中堅社員、佐野がいた。そして後ろからゾロゾロと他の社員たちが二人のもとへ集まるところだった。

「みんな揃ってどうしたの？」

佐野は何も答えずに、都築のデスクへ封筒を置いた。他の社員もそれに倣い、次々と都築のデスクへ封筒を並べていく。並べられた封筒に書かれていた文字。それは、退職願だった。その数、十通。

「僕たち、今月で会社を辞めさせてもらいます」

都築は並んだ封筒を数秒間眺めると、視線を上げる。

「えっと……冗談、かな？」

「冗談ではありません。皆、本気です」

温度の感じられないこの言葉に、氷の世界に閉じ込められたような錯覚に陥る。営業部ばかり。しかも中堅やベテラン社員が十人だ。これだけの人数に一度に辞められては仕事が回らなくなる。人事の立場としてもこれは回避せねばならない。しかし。

「……どうして」

あまりに突然のことすぎて、島田の口からはそれだけしか言葉が出てこなかった。

「もっと条件のいい会社から声がかかったんで」

「正直、押切製菓には恩もあるんすけど、あの条件を提示されちゃうと」

「しかも一週間以内に決めないと駄目だったから」

次々と島田に言葉が向けられた。この話を総合するに、どこかから引き抜きの声がかかったということか。賞与目前にしてこの大量離職。いったい、どれほどの条件が提示されたのか。

「ちなみに……次の会社は」

都築がかすれる声で聞いた。

「大那フーズです」

――大那フーズ。

現在進行形でしのぎを削っている会社ではないか。

「営業強化のための即戦力が必要みたいですんで」

「いちど大企業で働いてみたかったんだよね」

「ここだと頑張っても給料上がらないから」

次々と社員たちからその理由が告げられる。

「でもそれだと今度は押切製菓が」

困ることになってしまう。世の中全体が不景気の今、人は採用できたとしても戦力化されるまでに多大な労力が発生するのだから。

「それはほんと申し訳ないとは思います……。でも、これが人生最後のチャンスかもしれないんです」

その気持ちは島田にも分かる。過去に何度も心を動かされたのだから。だが、大那フーズに行くのは危険だ。

「もしかしたらその条件は初年度だけで、次年度からは悪くなるって可能性は？」

甘言に釣られ、使い捨てされる可能性だって十二分に考えられる。

「ちゃんとそのあたりの条件は書面で確約されてるから大丈夫ですよ」

完全に目が眩《くら》んでいる。これはもう島田の力で引き留めは無理だ。しかし肝心の都築に動きがない。ただじっと卓上の退職願を眺めるばかりだ。いつもの都築なら、ここから形勢逆転すべく弁を振るうはず。いや、そうしなければならないタイミングだ。それにもかかわらず……。

「そういうことですので、長年お世話になりました」

「では失礼します」

その言葉を最後に、十名の社員は外に出てしまった。都築と島田以外いなくなった社内。そこに、ひときわ大きな都築のため息が広がった。

「社長……」

「みんなのこと、大切にしてきたつもりなんだけどなぁ……」

「大切にされてますよ。労働環境は良くなったって評判なんですから。それに残業を減らしたのに売り上げを戻したんですから、もう敏腕社長間違いなしですよ」

「それなのに何で……」

島田の言葉は届かなかった。せっかく会社が上向いてきたこのタイミングでなぜなのか。思えば模倣品から始まり買収の打診、そして引き抜き。その全てに大那フーズが関わっている。大那フーズは完全に敵だ。憤り、やるせなさ、そして今まで感じたことのない怒りが島田の心に渦巻く。

大那フーズなどに絶対に負けてなるものか。

何としてでもあみもろこしを圧倒的な存在にし、大那フーズをぎゃふんと言わせてやる。島田はそう心に誓った。


時は経ち深夜。

島田は名古屋随一の繁華街——錦三《きんさん》で都築を精いっぱい励ました後、酔い覚ましを兼ねまだ人波の絶えない夜の街を歩いていた。残念なことに大量離職による都築が受けたショックは相当に大きく、島田が精いっぱい盛り上げても元気を取り戻すことはなかった。

「ん？」

終電も近いしそろそろ地下鉄に乗ろう、島田がそう考えて道を一本曲がったその時。敷居の高そうな料亭の前に立つ、見知った人物が視界に入った。小太りで夜の街の明かりを照らすような頭の男——大那フーズの薄井だ。更にもう一人、知らない男もいる。これは何かある。直感的にそう感じた島田は、建物の陰に体を隠す。

「いやぁ小中《こなか》君、今日は目出度《めでた》い。大手柄ですよ」

僅かにだが、薄井の声が聞こえてきた。

「せいぜい二、三名がいいところかなと思ってましたからね。押切製菓から引っ張ってこられるのは」

「——!?」

島田の頭に急に血が上り、全身の血液が沸騰しそうになる。

こいつが引き抜きの黒幕だった!

アルコールなど一瞬で蒸発した。だが、ここで突撃することだけはギリギリ自制できた。このまま情報を聞けるだけ聞く必要がある。そう判断したからだ。

「いえ。……さんが協力………からですよ」

小中と呼ばれたもう一人の男の声は聞き取りづらい。ものすごく大切な情報を言っているような気がするのだが、もどかしい。

「あとは会社に決定的なダメージを与えれば……」

「………で、………すか」

会社に決定的なダメージを与える!? 十人を引き抜いてなお、押切製菓へちょっかいをかけようとしているのか。

「そして、私たちが喜ぶことを考えて行動しろ、とけしかければ、ね」

間違いない! 薄井はここにいないもう一人の協力者をけしかけようとしている。

これは一刻も早く都築へ報告しなければならない。解散し立ち去る薄井の背中を見送ると、島田はスマートフォンを手に取った。

第五章　プロジェクト・エイト

パンパン、と柏手《かしわで》を打つ音が静謐《せいひつ》な境内に染みていく。島田は手を合わせると目を瞑《つぶ》り祈る。新年を迎え祭りのような賑わいとなる熱田神宮とは違い、ここは神社ともいえないくらいのささやかな社《やしろ》。この時期、貸し切りにこそならないが、ほとんど人が来ることもない島田お気に入りの神社だ。十秒、二十秒。投入した五円玉に見合わない量の問題ごとの解決を神に懇願すると、島田はようやく祈りの姿勢を解いた。

「今年は特に念入りだったね」

妻のさつきはとうの昔に祈り終え、二人に挟まれた芽衣と手遊びをしていた。

「まあね、あれもこれもありすぎの年になりそうだから」

回れ右をし路上に駐めた車に向かい歩き始める。昨年は四月に社長が代わって以来、怒濤《どとう》の毎日を過ごすことになってしまった。都築に毎日振り回され、何度も退職という二文字が頭をよぎった。そして社員の大量離職という出来事は、つい最近起きたばかりだ。今年も早々から大荒れの日々となるに違いない。だからこそ安寧の日々を真剣に願わずにはいられなかった。

「芽衣は何をお祈りしたの？」

「パパが遊んでくれるようになったから、ありがとって言ったの」

芽衣はちょっとだけ恥ずかしそうに、十二月の誕生日プレゼントにもらった雪うさぎのようなマフラーへ顔をうずめる。

「へぇ……」

嬉しくも複雑な言葉だ。確かに、都築の働き方改革が始まってから残業は激減した。だから家庭で過ごす時間は劇的に増えた。裏を返せば、今までは愛娘《まなむすめ》と関わる時間をほとんど取れなかったということになる。子供の成長は早い。その一瞬一瞬が、その時にしか味わえない物語の一篇《ぺん》だ。既に島田は多くのドラマを見逃していた。だからこそ、これからは可能な限り成長をこの目に焼き付けなければならない。

「ほら、そこ危ないよ」

珍しく大晦日《おおみそか》に雪が降ったため、所々にぬかるみができていた。島田が手を伸ばすと芽衣はその手をしっかりと握る。芽衣は小学二年生。こうして素直に手を取ってくれるのも、そう長くはないだろう。

島田は年始の三日間、束《つか》の間《ま》の平和な時間を過ごした。

一月四日。新年の営業が始まった。例年であれば社長の抱負に始まり、皆で近くの神社へ商売繁盛祈願へ行き、そして午後からぼちぼちと仕事を始める。そんな静かなスタートになるはずだった。しかし、もちろん今年がそうなる訳もなく――。

「森幸《もりゆき》商事に出してた見積もりは見つかったか？」

「それが年末からずっと探してるんですけど見つからないんですよ」

「部長、お年賀の品が用意されていません！」

「誰だぁ、担当者は！」

「そんなの佐野に決まってるじゃないですか」

ほぼ半数の社員が退職した営業部は、大いに荒れていた。さながら初セリの鮮魚市場のようだ。引き継ぎこそ行われていたものの、その期間はごくわずか。だからこの混乱は無理もないことではあるのだが……。

「島田ぁ！　補充は」

赤鬼状態の営業部長大野。彼の怒声は島田にも向けられてしまった。

「来週から一人来てくれる予定です。それまでは現状――」

「一人じゃ足りるか！」

ごもっとも。だからあらゆる媒体に求人を出しているのだ。

「この時期は人が集まりにくいんですよ」

「なら島田、お前も外回りしてこい！」

「えっ⁉」

何を言っているのだ、この男は。

「この会社のピンチに総務だけのうのうとしてるっていうのか？」

「それは……」

明らかに越権行為だ。それに総務だってやることは山のようにある。島田は助けを求めるように視線を都築へ向けるが、彼は苦笑するだけだった。大量離職以来、都築からは覇気が完全に失われていた。あの夜、島田が偶然耳にした大那フーズの密談を報告しても、うわの空。この営業部の問題について解決に乗り出す様子もない。そのため翌日から、島田は取引先への新年の挨拶回りに駆り出されることになってしまった。しかもその営業先は、九州だった。

それから三日が経過。営業としての役割を終えた島田の乗った飛行機は、名古屋空港へランディングした。国際空港の座をセントレア——中部国際空港へ譲った今、ローカル路線と航空自衛隊の共存する県営名古屋空港だ。

「はぁ。疲れた……」

飛行機を降り空港の駐車場に駐めていた愛車のハンドルを握ると、思わずそんな声が漏れた。遠方のため薄い取引しかしていない相手ばかり数社へ挨拶をしつつ、「謹賀新年」とスタンプを押した名刺を置いて回るだけの簡単な作業だ。正直なところ、これが売り上げにどれだけの影響を持つのかよく分からなかった。

中川区の自宅までは遠い。お気に入りの九〇年代J-POPもまるで子守唄のようだ。眠い目をミントの利いたタブレットでごまかしながら、空《す》いた国道をひた走る。

「ん?」

途中、会社の社屋が近づいてくると、明かりが漏れていることに気づきブレーキを踏む。

「まだ荒れてるのかなぁ」

時刻は夜十時過ぎ。総残業体制で営業部は戦っているのだろうか。しかし従業員用の駐車場へ車を回してみると、そこにはポルシェしかなかった。社屋に入ってみると、都築は一人でパソコンの画面を眺めているところだった。

「あ、島田さん。お帰りなさい。営業の手伝いありがとうございました」

都築は島田を見上げながら言った。画面上には何かの数字をシミュレートしているのか、複雑なグラフがいくつも並んでいた。

「いいえ、挨拶に回るだけの簡単な仕事でしたから」

「それも必要のない仕事のような気はするんですけどね」

ならばなぜあの時、大野を止めてくれなかったのだ。そうは思うものの、都築が本調子でないことはよく分かる。だからそのことについては何も言わず、島田はこの三日間の出来事をかいつまんで説明する。

「──といった感じでした。こっちは落ち着いてきましたか？」

都築は首を左右に振る。そんな簡単に会社を激震させた混乱が収まる訳もなかった。

島田が「そうですか……」とため息交じりに言うと、それにつられたように都築も大きなため息をついた。

「みんな、元気してるかな……」

大量離職の傷はまだ癒えていなかった。強靱《きょうじん》な心臓を持っている都築にこんな弱点があったとは……。人を大切にしたいがあまりに、人が原因で傷つけられる。これも会長の押切が以前に言っていた「痛みを伴う改革」の一つなのだろうか。

「実は昨日、佐野さんと電話しました」

佐野は退職した十人のうちの一人だ。出張中、島田の携帯電話に思いがけず電話をしてきた。この島田の言葉に都築が即座に食いつく。

「佐野さん！　何て言ってました？」

島田は昨夜のことを思い起こす。島田の電話が鳴ったのは、ちょうど夕食の博多《はかた》ラーメンを食べホテルに戻った直後のこと――。

「どうしたの？　佐野さんからかけてくるなんて珍しい」

労務関連の手続きで何か漏れでもあったのだろうか。

『いや、ね。島田さん、元気してるかなって』

どうやら違うようだ。しかも威勢よく転職した割に声に元気がなかった。慣れない環境で苦労しているのだろうか。佐野は島田と同い年ということもあり、部署は違えどもよく話をすることがあった。これくらいの違いはすぐに分かる。

「元気は元気だけど、僕まで営業に駆り出されてるところだよ」

『はは。それは悪いことしたね……』

島田はそれから荒れ模様となった押切製菓の現状を簡単に説明する。

「で、そっちはどうなの？」

といっても佐野が大那フーズで働き始めたのは今年に入ってからだ。まだそれほど語れるようなこともないだろう。

『それがさ……』

しかし佐野は言い淀《よど》んでしまった。そしてそれから二、三秒の沈黙を挟み、まさかの言葉を口にした。

『――配送部に配属だよ』

「えっ？　約束と違うんじゃ」

大那フーズは営業の即戦力が欲しいという理由で、押切製菓の貴重な人材を引き抜いたのだ。しかも十人も。

『あの時、島田さんの言うことちゃんと聞いておけば……』

あの時とは、退職願を出した時のことだろう。初年度だけ良い条件で釣って、次年度から約束を反故《ほご》にされる可能性があると言った。まさか初っ端《しょぱな》からこうなるとは。

大那フーズの危険性をしっかりと説明し、もっと強く引き留めるべきだった。

「なら、さっさと見切りをつけて戻っておいでよ」

『いや……それでも憧れの大企業だからさ。異動のチャンスもない訳じゃないと思うし、しばらく粘ってみる』

そう言うのならば強くは言えない。……いや、あの時も強く言えなかったがために、こうなってしまったのだ。ならばここはもっと粘るべきだ。

「今なら猫の手も借りたいくらいだから、戻ってくれるとすごく嬉しいんだけど」

『家族にも祝ってもらった手前、それは無理だよ』

「でも今ならまだ――」

『だから大那で頑張るって!!』

佐野の言葉がスピーカーを大きく震わせた。島田は思わずスマートフォンを耳元から遠ざける。

『……ごめん』

しばらくの沈黙の後、佐野がつぶやくように言った。

「いや、いいよ。気持ちは分かったから……。ちなみに他のメンバーは？」

『ほとんど一緒。少なくとも自分が把握してる範囲だと営業は一人も……』

「そっか……」

何となく予想はできたが改めて言葉で知らされたことで、思わずため息交じりの言葉が出てしまった。それから二人の会話は盛り上がることもなく、二言、三言だけ交わすと電話を切った。

島田はそんな昨夜のやり取りを頭に浮かべながら、都築へ佐野の現状を伝えた。

「どうして！」

都築が体を小刻みに震わせる。

「はなからウチにダメージを与えることしか考えてなかったんですよ。その人の人生なんて二の次です」

そして更なるダメージを与えようとしているのだ。

「ウチに戻ってもらえる可能性は？」

都築も島田と同じ期待を抱いたようだが、残念ながらそうはいかない。

「憧れだった大企業だから、頑張って食らいつくみたいです」

「そっか……。そうだよね。もし戻りたいって人から連絡があったら、ちゃんと受け入れてあげてくださいね」

「もちろんです」

都築は再び自分のデスクに視線を落としてしまった。そしてため息をひとつ。

「せめて大那で幸せになってもらえなかったら、俺たちの痛みは何だったんだろう……」

確かに都築の言う通りだ。

「社長。こんな状況だからこそ、次の攻めの手を打ってみませんか？」

皆を引っ張っていく都築が落ち込みっぱなしというのは士気に影響する。このまま混乱が続けば、半年前の危機的状況に逆戻りしかねない。

「でも人はすぐに集まらないんですよね？」

「はい。だから営業部に負担をかけないところで、できることを考えてみましょうよ。製造部は今のところノーダメージなんですから、今から新商品の研究をしてみるとか」

「製造部かぁ……」

都築は渋い顔をする。相変わらず都築は、工場長の渡辺とコミュニケーションが取れていない。それどころか、渡辺以外の製造部の人間との距離も開いていると言わざるを得ない状況だ。その理由は、都築が社長になってから生産量が乱高下したため、製造部の労働時間調整が度々あったこと。本社ばかり綺麗になって工場は見捨てられたと感じる人が出ていることなどだ。だが、この状況をいつまでも継続させていい訳がない。

「新卒チームで何かプロジェクトを立ち上げるって建前ならどうですか？」

都築は二人の新卒を同期として特別視している節もある。製造部員でも、唐沢であれば都築も抵抗なく接することができるはずだ。そして唐沢を通じて製造部を巻き込んでいく。上が駄目なら下から切り崩していけばいい。

「うーん、でもなぁ……」

しかし都築は動かない。そろそろ「でも」「だって」は終わりにして欲しい。島田は「社長」と言いながら右手を都築の肩に置く。二人の視線がしっかりとぶつかった。

「このまま大那にやられっぱなしでいいんですか？　このままだと本当に身売りしないといけなくなっちゃいますよ。そうなったら今、必死に頑張ってくれてる人たちにも迷惑をかけることになるんですよ」

島田はしっかりと都築の目を見ながら言葉を続ける。

「年末に言いましたよね。どんどん攻めていきましょうって。あの気持ち、まだ変わってませんからね。さっさと動いて大那なんてやっつけちゃいましょうよ」

押切製菓を守るのではない。大那フーズにぎゃふんと言わせるのだ。そのためにも都築が率先して動かなければ誰が動くというのだ。

「……ですね」

都築は自分の中で島田の言葉を咀嚼するように「そうだ」と言いながら何度も小さく頷く。それから島田の双眸をしっかりと捉えた。

「うちの大切な人たちを弄《もてあそ》んだ報いは、しっかりと受けてもらいましょう」

都築の瞳に炎が灯《とも》った。

◇

「こうやって同期で集まるのは久しぶりだね」

「ですね」

「はい。お久しぶりです、社長」

本社の会議室に都築と島田、そして新卒入社組の二人が集まったのは、都築が大那フーズに対する怒りの炎を灯らせた五日後のことだった。

「難波さん忙しいところごめんね。無理に時間作ってもらっちゃって」

「とんでもないです」

難波は時間ギリギリに会議室に滑り込んでいた。営業先から急いで戻ってきたのだろう、軽く息が上がっていた。

「営業部の調子はどう？」

難波は深呼吸をして呼吸を整える。

「ずっとバタバタです。新しく入った人もまだ戦力になってませんし」

「そっか。ならSNSまでは、まだ手が回らないよね」

「すいません。DMのチェックだけはしてるんすけど……」

申し訳なさそうに難波が頭を下げる。SNSの運営は、隙間時間に思いつくままに更新していればいい訳ではないらしい。じっくりと考え投稿し、そして時間をかけてフォロワーへの対応もしなければならない。フォロワーが三万人を突破してますます盛り上げていこうとした矢先のこの事件は、痛打としか言いようがない。

「あっ、別に責めてる訳じゃないから。難波さんの代わりに自分でやってみようかなって思ったんだけど、やっぱりフォロワーとのやり取りとか距離感が分からなくてね。余裕ができた時に再開してくれればいいから」

「了解す」

都築は難波へフォローを入れると、その隣へ視線を切り替える。

「唐沢さんはどう？　最近」

スーツ姿の男三人とは対照的に、唐沢はセーターにジーンズのボトムというカジュアルな装いだった。製造部の制服は工場内だけの着用だ。

「えっと。仕事に慣れてきたせいってのもあるとは思うんですけど、ここ最近は流れ作業をするために入社したのかなって疑問を感じてるとこです」

相手が同い年だからか、唐沢は島田であれば言うのをためらうような悩みを言った。確かに、入社前にさんざん新商品を開発する未来を夢見て入社したのだ。その夢と現実とのギャップは大きい。

「そうそう。その話をしたいなって思って今日は集まってもらったんだ」

「ってことは、どういうことですか？」

唐沢が首を傾げる。

「そろそろ、あみもろこしに味のバリエーションを作りたいなって」

都築は笑顔を作った。その変化とシンクロするように、唐沢の顔にも笑みが満ちていく。

「大賛成です！」

唐沢ならこの話には絶対に食いついてくれると思っていた。だが想像以上の反応だ。

「ちょっと前に島田さんが言ってくれたんですよ。どんどん攻めていきましょうって」

「島田さん、素敵すぎます」

キラキラ輝く目を向けられ、思わず頰をかく島田。

「ま、まあ、それは僕も一緒に見た夢でもあるからね」

島田は視線を泳がせながら言った。採用活動で唐沢からこの夢を引き出したのは島田だ。

「それでね。その攻勢の一つが、あみもろこしの新味かなって思ってるんですよね。今はウチってポテチでいうところの塩味しかない状態ですよね。コンソメに値する商品を生み出せば、売り上げは伸びるはずです。それをこのメンバーでプロジェクトとして取り組みたいなって。唐沢さんはもちろん開発で、難波君はSNSでの情報発信役。あ、もちろんこれは営業のバタバタが落ち着いてからでいいよ。で、島田さんがみんなを取りまとめる役」

都築はそれで売り上げを一・五倍くらいに伸ばせる可能性もあると息巻く。確かに味の好みは人それぞれだ。今まで塩味になびかなかった人も、他の味ならば手に取ってくれる可能性は十分に考えられる。

「でね。目標としては、会社設立五十周年の節目となる八月一日に発売を目指したいなって思ってます」

あみもろこしの新味を会社の節目となる日に発売する。良いスケジュール感だ。

「ならすぐに動かないといけないですね」

島田がそう言ったところで、唐沢が「はいっ」と手を挙げた。

「私、チーズ味を食べてみたいってずっと思ってました！　やっぱりスナック菓子の定番だし、ラクレットとか牧場直送のチーズも流行《はや》ってますから」

「うんうん。確かにそうだね」

都築の相槌で唐沢の言葉にブーストがかかる。

「えっと、チーズって何にでも合うと思うんですよ。ピザとかパスタはもちろんですけど、シーザーサラダみたいにフレッシュな野菜にも合うし、ジューシーなハンバーグにのせたらそれはもう絶品の料理になります。それだけじゃなくって、味噌を使った和食なんかとも意外といけちゃったりするんですよね。そんなチーズなんですけど、主役になることは滅多にないんです。私はそういう名わき役って存在そのものからして大好きなんです。それでですね、あみもろこしにはチェダーチーズが一番合うと思うんですよ。何でかっていうと、生地の香ばしさとタメを張れるのは濃厚なチーズが最適で、しかもスナック菓子での採用実績もばっちりです。だからパウダーになった原料も仕入れやすいと思うんですよね」

そこまで言い切って、唐沢は満面の笑みを湛えた。本当にチーズ愛にあふれている。

しかしその独演の直後、唐沢は「でも……」とトーンを落とす。

「工場長、何て言うかな……」

「そこなんだよね……」

唐沢の言葉に都築が続いた。頑固という言葉を体現したような存在である渡辺が、すんなりと新味の開発に首を縦に振るとは思えなかった。少なくとも一度、唐沢が配属直後に新味を開発するのが夢と言ったことが原因で、渡辺を激怒させたことがある。そして未だに都築のことを受け入れていない。新体制に馴染めない渡辺という存在は会社にとって足枷《あしかせ》なのか、それとも守護神なのか。

「社長からの命令ってことで強引にやったら駄目なんですか？」

難波が不思議そうな顔で言った。

「難波君、それは絶対にダメ。工場長は製造部のみんなにすっごく慕われてるから。工場長が駄目って言ったら誰も手伝ってくれないよ」

唐沢の言う通りだ。渡辺だけでなく製造部のほぼ全員を敵に回すことになる。それは避けたい。

「もう難攻不落の砦じゃん。落とせる人なんて誰もいないんじゃゃ……」

ため息交じりに呟いた難波は、はた、と思い出したかのように島田へと視線を送る。

「えっ、僕？」

気づけば、ここにいる三人の視線全てが島田に注がれていた。やはり、この役回りは島田にやってくるということか。

「相手は渡辺さんだから、時間かかるかもしれませんよ」

「それでも俺から頼むよりもずっといいですよ。何度も話しに行ってるんですけど、未だに口利いてくれませんから」

今までのインタビューを経て、渡辺について分かったことがある。それは渡辺も阿仁と同様、会長の押切と二人三脚で会社を創ってきたという自負があるということだ。だから都築を社長と認めていないし、押切以外の誰からの指示も受け付けない。だが新味の開発をするのならば、渡辺の協力は必須事項。船頭が示す道へ向けて、ちゃんと舵《かじ》を切ってもらわなければならない。そうでなければ……。

座礁。遭難。沈没。あらゆる不吉なワードが島田の頭をよぎった。それだけは避けねばならない。

「分かりました。僕が渡辺さんの協力を取り付けてきます」

島田にとって、今年最初の大仕事が始まった。

「――という経緯があるんですけど、渡辺さん、新味の開発に協力して頂けませんか？」

◇

翌日。夕刻のため機械は止まり、残った数名の社員が掃除などをしているだけの静かな工場内。島田はさっそく渡辺に、新味開発プロジェクトを始めたいという旨の相談をしに行った。

「三十年間守ってきたこの味を冒瀆《ぼうとく》することなんてできん」

しかし、というよりも、案の定の反応だった。

「渡辺さんも知っての通り、模倣品を出してきた会社から押切製菓を守るには、どうしても新しい商品が必要なんです。お願いします。協力して頂けませんか！」

島田は渡辺に頭を下げる。しかし渡辺は島田に背を向けると機械の清掃を始めてしまった。これは完全に拒絶の姿勢だ。このまま食いついても話を聞いてくれそうにない。そのため島田はいったんこの場を辞することにした。

どうすれば渡辺の協力を取り付けることができるのか。島田は週末に考え続けた結果、翌週月曜日から工場通いをすることに決めた。島田が狙ったのは、機械の稼働が終了して後片付けや明日の準備に入る夕方の時間帯だ。工場内の人間も多くが帰宅しており、渡辺を独占しやすい。

「渡辺さん、お疲れ様です」

島田は白い長靴をカポカポ言わせながら渡辺のもとへ近づく。冬の工場内は空調が効いているとはいえ、ひんやりと寒い。渡辺は生地を高温で乾燥させる機械のカバーを開け、ブラシで丹念に掃除をしていた。とうもろこしの香ばしい匂いが島田の鼻腔《びこう》をくすぐる。

「それ、手伝いますよ。事務仕事ばかりしてると体が固まっちゃいそうで」

島田が改めて考えた作戦は、仮初《かりそめ》でもいいから渡辺と師弟関係を構築することだ。そうすれば渡辺が頑《かたく》なに新味開発を断る理由が分かるかもしれないし、島田からの依頼を受けてくれる可能性も上がるかもしれない。

「いいよ。自分でやるから」

しかしファーストアプローチは、にべもなく断られてしまった。遠くから唐沢の視線を感じる。他にも「何でお前がここにいるんだよ」という複数の社員からの視線も感じる。ここで引いてはダメだ。とはいえ何をしていいのか分からない。

島田は手際の良い渡辺の作業をつぶさに観察する。渡辺は左手でコンベアを少しずつ回しながら、右手の小さなブラシで掃いていく。ただの掃除に見えて、かなりコツがいる作業のようだ。気軽に手伝うなどと言ったが、しっかりと指導を受けないとこれは難しそうだ。

島田が観察をしているとコンベア部分のメンテナンスが終わったようで、渡辺は機械のカバーを元に戻す。そして場所を移すと、今度は原材料であるコーングリッツの投入口を丁寧に洗浄していく。この二軸エクストルーダーという機械が、生地の攪拌《かくはん》から膨化・成形までを一手に担う最重要設備だ。

「コーングリッツを入れる時にもやっぱりコツってあるんですよね？」

「水の量だな。これは天気、気温、それに原料のロットで変わる。一朝一夕には身につかん。あとはこの生地をこねる時間に加熱時間」

まだ付きまとうのかという雰囲気を感じなくもないが、渡辺は丁寧に答えてくれた。それらは長年の経験と勘に頼ってやっているらしい。さらに掘り下げてみれば、この工程をこなせるのは六人しかいないという。そして最後の工程である味付けについては、何と三人しか行えないとのこと。特に味付けについては、機械に頼らず文字通り職人が腕を振るっている。

「そのネタ、SNSに書いてもいいですか？」

渡辺は島田へ振り返ると「あ？」と一言。直後、過去に何度も行っているインタビューのことと納得したのか、「ああ。いいぞ」と続けた。

「ありがとうございます」

押切製菓はわずか三人の匠《たくみ》によって生き長らえていた。以前にも当時の社長だった押切から聞いたことはあった。だが、実際にこうして本人から話を聞くとイメージも変わる。この状況はあまり良くない気がする。とはいえ今の島田にできることはないし、そもそも今回の目的はそこにはない。

「この後はどこを掃除するんですか？」

そもそもの目的は、インタビューではなく渡辺との距離を縮めることだ。島田の言葉で渡辺は作業の手を止めると、工場内をぐるっと見回す。

「あとは床だ。箒《ほうき》で大きなごみを取ったらモップ掛け。道具はあそこの用具箱にある」

「分かりました」

島田は渡辺のもとを去ると、用具箱へ向かう。既に箒掛けは終わったようなので、数名の社員たちに交じりモップを手に取る。四角いバケツの中には泡が立った水が入っていた。洗剤はこれだろうか。島田が動きを止めていると――。

「島田さん手伝ってくれるんですか？」

唐沢が島田の側にやってきた。そして「こうして液につけたらこのローラーでこう」と足でバケツについたペダルを踏みながら見本を示す。

「了解」

島田も真似てモップに洗浄液を含ませると床掃除を始める。

「どうですか？　感触は」

「今のところは何とも……」

「そっか。そうですよね」

会話はそこで途切れた。それから数十秒。黙々と手を動かしていると、唐沢が「あの」と声を出す。

「私、自分のできる範囲で味の研究始めてます」

プロジェクトとしては渡辺の参加待ちという状況だが、自発的に動いてくれるのは嬉しい。

「島田さんのこと、ものすごっく応援してますから」

「ありがと」

唐沢はモップ掛けの手を止めると、島田に向かって意味ありげな笑顔を作る。

「私の夢の実現のためにも、ですけどね」

島田はそれに苦笑を返すことしかできなかった。彼女の夢が叶うかどうか。それは今後の島田自身の行動にかかっている。責任重大だ。

「……善処するよ」

二人は一度モップを濯《すす》ぐと、再びせっせと床を磨く。第二工場は二百坪くらいあるため、なかなかに掃除する面積も広い。

「お手伝い助かります。最近はずっとサービス残業が続いてますから」

「最近って、秋頃から？」

ウェブコーンの登場によるダメージで夏に生産調整をした。しかしSNSを始め、秋頃からは数字を取り戻しつつあった。忙しくなるといえばその頃からだ。

「ですです。生産が減った時に辞めてもらったパートさんもいましたよね。でも補充せずにそのままでしたから」

製造部はちゃんと稼働時間が管理されているため、都築の働き方改革以前から残業が発生する部署ではないという認識でいた。工場から上がってくる勤怠情報にもそれは表れていなかった。だが、工場の明かりが定時よりも遅くまで灯っていたことは把握していた。

「……それはすぐに改善しないとね」

忙しさにかまけて目を逸らしていた事実を突き付けられたところで、工場通いの一日目は終了した。

翌日も、そのまた翌日も夕方になると島田は第二工場へ通った。勤怠管理についてはすぐに対応をした。掃除を含んだすべての作業が終わってからタイムカードを押すように徹底。これは現場のメンバーから好意をもって受け入れられた。

工場通いをしたことにより今まで気づけなかったことに気づいたのは、勤怠のことだけではなかった。まずは工場内で作業している従業員たちの白衣がヨレヨレなことだ。人目に触れるものではないが、衛生上あまり良くないことでもあるし、何よりこの白衣に袖を通すことが気持ち良くないだろう。そのため島田は制服支給担当の森町に早急に対応するように指示を出しておいた。

そして今日。

「渡辺さん、もしかして画面、見づらいですか？」

四日目に島田が気づいたこと。それは生産管理をするためのパソコンの古さだ。渡辺が画面に向かい、時に眉間に皺をよせ、時に眼鏡をかけたりはずしたりしていた。

「この歳でこのちんまい画面はなぁ」

渡辺は右手で自分の眉間をマッサージするように揉《も》む。渡辺は御年六十四。エクセルに並ぶ小さな数字を追うのは応えるようだ。しかも問題はそれだけでなかった。

「ちょっと触ってもいいですか？」

島田はマウスを手に取ると、パソコンのスペックを確認する。たった二ギガしかないメモリ使用量のグラフは、ほぼ天井を打っていた。今どきのパソコンでこれはなしだ。OSこそ最新だったが、やはりその動作一つひとつは極めて遅かった。

「新しいの、用意しておきます」

「動くからいい」

渡辺はきっぱりと断った。モノを大切にするのはいいことだが、それでストレスがたまっていては意味がない。しかもパソコンくらいなら購入する余裕はある。今後の業績がどうなるかはさておき、今は営業部の人件費が大幅に浮いているのだから。

「いや、この動作の遅さはもう寿命です。明日いきなりプツッと動かなくなるかもしれませんから。朝出勤してスイッチを押しても動かない、は困りますよね」

ちょっと強引だが、島田自身がこのパソコンを操作するに堪えない。そんなパソコンを渡辺に使ってもらいたくない。

「……なら、任せた」

「分かりました。すぐに用意しますね」

島田は工場を出ると、都築にパソコンを買うことの了承を得る。そして家に帰る前に家電量販店に寄り、画面の大きな二十四インチのデスクトップパソコンを購入した。今までの十七インチとは比べ物にならないくらいの大きさだ。これで少しは仕事が快適になるだろう。

◇

「本当にすいません。製造部のことをまったく理解していなかったとしか」

「もういい。聞き飽きた」

島田が工場通いを始めておよそ十日が経過したとある日の夜。第二工場の休憩室で、島田は向かいに座る渡辺に頭を下げた。

この十日で、島田と渡辺との距離は大きく縮まった。それはもちろん島田が毎日第二工場に通った結果だ。だが、当初島田が描いていた方向とは大きく違った経緯で二人の距離は詰められた。

——本社だけがリフォームで綺麗になり、待遇も改善された。ボロい設備がいつまで経っても更新されない工場は見捨てられたのだ。

今までも断片的にそんな話は聞いていた。だが冗談抜きに、工場にはそんな空気が充満していたのだ。社長が交代する前は、本社もボロかったし皆でサービス残業をしていた。だから本社にも工場にもある種の一体感があった。それが本社にだけ都築マネーが注がれたことで、この絶妙なバランスが崩壊。工場内に不満がくすぶるようになってしまったのだ。

工場へ通い始めるまで、その空気に気づくことができなかった。インタビューのために来た時は目的が明確だったため、インタビュー以外に気を回すことができなかった。島田痛恨のミスであったことは否めない。それはもちろん島田よりも工場から足が遠のいていた都築にも同じことが言える。ますます都築に対して渡辺が意固地になるのも納得の結果だ。

「どうですか？　新しいパソコンの調子は」

「目が疲れんくなった。若いもんも、速くなったって言っとるわ」

渡辺だけではなく、パソコン作業が発生する人の多くから似たような言葉をもらっていた。十万円足らずの投資で皆のストレスが減らせたのは大きい。

「気に入って頂けてよかったです」

「新しいのも、物によっては悪くないもんだな」

渡辺は島田の更に向こうへ視線を向ける。休憩室に置かれていた錆《さび》の浮いたロッカーも、白の眩しい新しい物に取り換えられている。そのおかげか部屋の空気が軽く感じられるようになった。

「はい。本当に今まで細かいとこに気づけず——」

「くどいぞ」

「あ、はい。すみません」

島田は紙コップに注がれた温かい緑茶に口をつける。淹《い》れる際、ボタンの反応が鈍かったので、この給茶機もそろそろ更新が必要なタイミングなのかもしれない。

「で、今日の用向きはな」

実は今日、「話したいことがある」と渡辺から声をかけられ、この場が設けられていた。もしかして新味に関することかもしれない。島田は思わずつばを飲み込む。

「――あみもろこしの新味についてだ」

「では！」

前のめりになる島田を渡辺は手で制す。

「期待しとるとこ申し訳ないんだが、味は増やせん」

しかし渡辺の口から出たのは、島田の期待する言葉ではなかった。島田は乗り出した体を逆再生させるように、ゆっくりと折り畳み椅子へ戻す。

「…………」

「社長と一緒に築いてきた愛着のある味だでな。他の味は考えられん」

「でも新しい手を打たないと会社が」

潰れてしまいかねないのだ。しかし渡辺は黙って首を横に振る。

「それでもだ」

「…………」

どこまで頑固なのか。渡辺は会社の生死と自分の思い出を天秤《てんびん》にかけ、後者を選択しているのだ。もうこれは島田には想像もつかない力学が働いているとしか思えなかった。

「去りゆく間際の一人の老人の我《わ》が儘《まま》だと思って諦めてくれんか？」

個人の思い出とか我が儘を言っていられる状況ではない。しかし島田はそれ以上粘ることもできず、この場はお開きとなってしまった。

帰宅後。島田は渡辺攻略の糸口を摑むため、会長の押切へ電話をした。そして新味を開発しようとしていること、今日きっぱりと断られたことなどを一通り説明した。

『そっか。相変わらずナベさんはそんなこと言ってるんだ』

「会長からも言ってもらえないでしょうか？　もう会社の代表者は代わったんだから、新しい方針に従って欲しいって」

電話の向こうで唸り声が聞こえてきた。

『うーん……。ナベさん頑固だからなぁ。一度駄目だと決めたことを、僕が言って変えてくれるとは思えないんだよなぁ』

付き合いの長い押切がそう言うのだ。ならば正面からぶつかる今の方法は諦めて、攻める方向を変えるしかない。

「では、外堀から埋めていくしかないでしょうか」

唐沢のように、製造部の中でも渡辺との付き合いが浅い社員から順に落としていく。そして中堅あたりまで落としていけば、皆で渡辺を説得してくれるかもしれない。

『いや、ナベさんはそういうの嫌うから、ストレートに頼んだ方がいいんだけど……』

いつになく押切の歯切れが悪い。

「正面からぶつかった結果、会長との思い出の味を変えたくないってきっぱりと言われてしまいましたからね……」

再び電話の向こうから『むむ』と唸る声が聞こえてきた。

「何でそこまで嫌がるんでしょうか」

今ある菓子の開発は、ほとんど渡辺が関わっている。そして三年前にはラムネ菓子の新味を出している。だから新しい菓子そのものの開発をしたくないという訳ではないはずだ。

『うーん………』

しかし押切から答えは出てこない。相変わらず唸るばかりだ。

「あみもろこしも十三年くらい前に味、変えましたよね？」

『ああ、あれね。あれは調味料を仕入れる会社がなくなっちゃったから仕方なくって側面が強かったんだ』

「そうだったんですか」

それは初耳だ。

「…………」

しばらくの沈黙の後。押切は『これは内緒にしておいて欲しい話なんだけど』。そう前置きをし、語り始めた。

『実はね。あみもろこしが絶好調だった頃に、新味の開発をしたことがあるんだよ。何度も試作して満を持して送り出したんだけどね、それがものすごく不評で売れなかったんだ。それからナベさんはあみもろこしに関しては基本、現状維持を貫いてるんだよ』

「えっ、そうだったんですか？　そんな情報、一度も聞いたことないです」

『封印したい過去だったからね』

既に渡辺が新味の開発にトライしていたとは。そして辛い結果も受け止めていた。今日は初耳の話がどんどん飛び出してくる。しかし、そのトラウマともいえることが原因ならば、渡辺が新味の開発に協力してくれる可能性は限りなく低いではないか。

「もう定年まで待つしかないのかなぁ」

島田は軽く息を零した。渡辺は現在六十四歳。押切製菓の定年は延長して六十五歳だ。あと一年待てば、工場長を後任に譲ることができる。だが、再雇用制度もあるため来年で渡辺が去る保証なんてない。

『――あ、そうだ』

その時、押切が思いついたように声を上げた。

『あのね、島田君。前に僕と一緒に行った鳥和哉《とりわかな》って焼き鳥屋さんあるでしょ? 試しにあそこにナベさんと一緒に行ってみてくれないかな?』

「えっ、鳥和哉ですか?」

何を藪《やぶ》から棒に。いや、渡辺は古い男だからアルコールを交えて話せば伝わり易《やす》いということか。

『そうそう。昨日行ったんだけどね、ナベさん最近まったく来てないって大将が言ってたから。きっと喜んでくれると思うな』

とりあえず気分転換でもしてみろということか。

「なるほど。そういうことですね。ではいちど渡辺さんを誘ってみます」

今の状況なら渡辺もきっと付き合ってくれるはずだ。

『ごめんね。何の役にも立てなかったのに、また島田君の負担を増やしちゃって』

「そこは大丈夫です。総務の人を増やしてもらいましたから」

『それなら安心だ。味を創り出す能力はピカイチだから。ナベさんのこと、よろしく頼むね。今度釣りに行ったら、たっぷり島田君の家に送っておくから』

「はは……。ありがとうございます」

誰が丸魚《まるざかな》を捌《さば》くのだろうか。島田は苦笑しつつ電話を切った。

◇

「ねぎま、つくね、ハツ」

月が替わって二月一日の夕方。平日の早い時間ということで今のところ貸し切り状態の鳥和哉のカウンター席に、島田と渡辺の背中が並んだ。以前と同じ若い男性店員──祥平が注文を取りに来ると、渡辺はメニューも見ずにオーダーした。聞き覚えのある組み合わせだ。

「全部二本ずつで、塩でいいっすか？」

「ああ」

祥平の言った味付けまでも同じだ。連帯感すら感じる。そんな彼は流れ作業のようにメニューを復唱して厨房《ちゅうぼう》へ戻っていった。

「食べられんもん、あったか？」

「いえ、そういえば会長も同じのを最初に注文してたなって思いまして」

「会長？　ああ。ここはあみもろこしができる前から社長とよく来とったからな。この三本は商売繁盛の願掛けみたいなもんだ」

そんな昔から営業しているのか、この店は。そしてこの三本がどう願掛けに繋がるのかは分からなかったが、ここの焼き鳥は本当に美味しいので気にしないことにする。

「お疲れ」

「はい。お疲れ様です」

渡辺から差し出されたビールのジョッキに自分のジョッキを合わせる。名古屋としては厳冬と言える寒さとなった今日も「一杯目は必ず生」と言う渡辺に合わせて島田も生ビールを選択した。寒い日に温かな店内で飲む生ビールというのも、なかなかに悪くない。

「ちなみに渡辺さんのお勧めの串は何ですか？」

願掛けの三本などすぐに食べ終えてしまうため、島田はさっそくその次の検討に入った。

「白レバーだ」

即答だった。前回押切と来た時には食べなかったメニューだ。

「なら今日は絶対にそれ、注文してみたいです」

　ここの串はどれも絶品だった。渡辺が即答するほどの白レバーはどれほどの味なのか。期待感が高まる。

「ああ。次にな」

　渡辺はお通しの土手煮へ箸をつける。そして目じりの皺を深く長くした。島田も軽く一味を振ってから食べる。焼き鳥以外の料理も相変わらず美味しい。甘さと赤味噌の濃厚さのバランスが絶妙だ。

「三十年以上も通ってるんですから、当たり前ですけどその頃からずっと美味しかったってことですよね」

　もっと早くにこの店を知っていたら、食生活が少し豊かになっていた。

「ああ」

　渡辺は短く返事をすると、アクリルボード越しに串を焼いている大将の姿を眺める。

「……そういえば昔は会議室代わりによく使っとった」

「会議室、ですか？」

　喫茶店ならまだしも、焼き鳥居酒屋を会議室代わりに使うとは。

「それこそ、あみもろこしを開発しとった時なんかはな、ここで社長と侃侃諤諤やってな。ああでもない、こうでもないと意見をぶつけて。殴り合いこそしんかったが、つかみ合いくらいはしたたな。で、次の日は二人で試作と試食」

ま、社長はほとんど試食ばっかだったがな。渡辺はそう続けた。

「ものすごいエネルギーをかけてたんですね」

「今よりもっと小さかった会社で何千万も投資するんだからな」

確かに、あみもろこしができる前の年商は、全盛期の五分の一くらいだったと聞いた記憶がある。まさに社運をかけた大ばくちだったという訳だ。それほどまでに情熱をかけて開発し、そして成功を収めた。果たして島田は、そして都築はそこまでのエネルギーを新味の開発にかけることができるのだろうか。

――いや、絶対にできる。

あの都築の情熱は本物だ。唐沢のチーズ愛だって負けてはいない。ならば島田はサポート役として彼、彼女らを全力で支えなければならない。その結果、大那フーズにぎゃふんと言わせられれば一石二鳥だが、それはあくまでも副次的なことだ。しかしそれを実行するためには今、隣にいる渡辺の協力を取り付けなければならない。

「お待たせしましたー。いつもの三点でーす」

ここからどう話を繋げていこう。島田が悩み始めたタイミングで、祥平がいい感じに焼き色のついた串を二人の間に置いた。それからしばらく、渡辺の昔話を聞きつつ島田は最初の三本を堪能する。

そしてそれらが二人の胃袋に収まり、ドリンクが熱燗《あつかん》に切り替わった頃のこと。

「白レバーのタレ、お待たせしましたー」

追加注文したレバーが二人の間に置かれた。果たしてこれはどんな味なのだろうか。島田は期待をしながら先端の一つを口に入れる。

「ん！」

タレの香ばしい風味が瞬間的に口腔を満たし、一歩遅れて甘辛い味覚と共に肉が舌の上で躍った。三十幾年の歴史が込められたタレの味に違いない。歯を立てなくても潰れるほどの柔らかい食感を楽しみつつ二回、三回と嚙《か》み締めていく。するとレバー特有の脂の甘みが口に広がるだけに留《とど》まらず、鼻腔を通り抜けていった。これは今までに味わったことのない極上の味だ。渡辺が「ここに来たら絶対に食べる」と言っていたのが頷ける。しかし。

「ん？」

「どうしました？」

一口だけ食べた渡辺が複雑な顔をしている。口に合わなかったのだろうか。

「大将、タレが違う」

アクリルボード越しの大将が、右の眉毛をピクと動かした。

「気づいた？」

「これは醬油《しょうゆ》か」

「ご名答。さすがナベさん。で、味はどうだい？」

「悪くない。むしろ前より美味い」

「そりゃ、どうも」

渡辺は串に刺さったレバーの二つ目、三つ目を立て続けに食べた。その横顔は、美味いと言った言葉に見合わない渋いものだった。

「……やっぱり変えんといかんものかねぇ」

「だね。変わらない中にも変化は入れていかないと、飽きられるだけだから」

大将は焼いていたねぎまをタレの壺《つぼ》へ漬けると、また炭火の上に戻した。タレが落ち、ジュウと白い煙が上がる。その様子を眺めていた渡辺は最後の一つを口に入れた。同じ職人同士、何か感じるものがあるのだろう。島田は温《ぬる》くなった熱燗のとっくりを渡辺の猪口《ちょこ》へ傾ける。

「お前さんはあみもろこしの味、どう感じてる？」

それは、唐突な振りだった。

「どう、って言いますと？」

「前回味を変えてもう十三年経つ。製造量が年々減っとることは理解しとる。何かしないといかんことも理解しとるつもりだ」

渡辺は「だが……」と言うと、手元の猪口に視線を落とす。

「正直、新しい菓子が出過ぎて感覚が追い付かん」

「そうですか……」

渡辺は彼なりに悩んでいた。これは島田の言葉でああだこうだ言うよりも、消費者の声を直接見てもらうのが早いだろう。だから島田はスマートフォンを取り出すとSNSの画面を開く。

「これ、見てみてください」

渡辺は上着の内ポケットから取り出した老眼鏡をかけると、画面に沿って目を動かす。特に嬉しかった消費者からのメッセージを島田がピックアップしたリストだ。

「あみもろこしは、ちゃんと今も変わらず受け入れられていますよ。ただ、人の嗜好《しこう》はそれぞれ違いますから。焼き鳥と一緒で塩じゃなくてタレが好きな人もいるみたいです」

もちろんメッセージの中には、新味が欲しいという言葉も交ざっている。それから一分、二分と渡辺はスマートフォンをゆっくりとスクロールさせていった。すると次第に渡辺の表情から力が抜けていく。

――頼むなら今しかない。

意を決した島田は大きく息を吸い込む。

「渡辺さん、どうか新味の開発に協力して頂けませんか。僕たちも押切製菓を守るために、いや、小さくとも尖った会社にするために本気で取り組んでるんです。渡辺さんの経験を次の世代に繋いでください！」

そこまで一息で言い切った島田は頭を下げた。

「…………」

静まり返った店内に、ジュウと油が落ちる音だけが響く。

「……最終工程の味付けだけ分離すればいい」

「てことは！」

島田は勢い良く頭を上げると声を上げた。そこには、柔和な渡辺の顔があった。

「ああ。お前さんたちが言ってた新味ってのに挑むべきだ」

孫娘から塩味しかなくて飽きたと言われちまったばかりだしな。渡辺はそう言って照れ臭そうに、くしゃっと皺を寄せた。

◇

それから三日後には、本社会議室にいつの日か以来のプロジェクトメンバーが集まった。

「――という訳で、新味開発プロジェクトに新メンバーが加わってくださることになりました」

　島田が切り出すと、唐沢から始まった拍手が他の参加者へ広がった。

「渡辺さん、本当にありがとうございます！」

　誰よりも今日この場の到来を待ちわびていた都築が、感無量といった様子で深々と渡辺に頭を下げた。

「気にするな」

　渡辺が都築のことを新社長として受け入れてくれたのかは分からない。だが、この場に参加してくれるようになっただけでも大きな一歩だ。

「何だよ。何か俺が空気みたいだな」

　もう一人の新メンバーである営業部長の大野が、自分でそう言ってわははっと笑った。

　怒っているのか笑っているのか分からない厳《いか》つい顔は、相変わらず迫力満点だ。

「あ、いや、大野さんはね。もう俺の中では最初からいたつもりでしたから」

　慌てて都築は弁明をした。そして島田に視線を送り助け舟を求める。

「ええっと、目標は前と変わらず創立五十周年記念の八月一日に発売すること。これは共通認識として進めたいと思いますが、いいですか？」

「はい！」

　今が二月上旬。およそ六ヶ月で発売までこぎつけるというスケジュールだ。いっけん余裕のあるスケジュールに感じる。だが大野や渡辺へ聞き取りをしたところ、発売の四ヶ月前には営業を開始しないといけないし、一ヶ月前には大量生産を開始しなければならないことが判明。そう考えるとギリギリのラインだ。

「それで、まずは肝心の味についてなんですが……」

島田がそう切り出したところ「ちょっとその前にいいですか？」と都築が割って入った。

「どうしました？」

「プロジェクトの名前を決めたいなって」

それは良いアイディアだ。テレビで企業ドキュメンタリーを見た時も、プロジェクトには名前がついていた。一体感が高まる効果もあるとかないとか。

「社長はどんなプロジェクト名がいいんですか？」

言い出したということは、既に考えを持っているのだろう。

「『プロジェクト・エイト』てのはどうかなって。あみもろこしの網の数と、今日は来れなかった製造部の二人を合わせて八人のチームって意味をかけてます」

ちょっと強引な部分がなくもないが、悪くない名前だと思う。だが皆で動くプロジェクト名を決めるのだから、他の意見も聞いておかなければならない。

「他に何かアイディアが浮かんだ人はいますか？」

「私は『プロジェクト・エイト』って素敵だなって思いました」
「ああ、いいんじゃないか？」
場を一周見渡してみるが、異論は出てこなかった。
「では『プロジェクト・エイト』に決定ということで、どんな味を開発するかという
ところに話を進めていきましょうか」
唐沢がおずおずと手を挙げたため、島田は「はい、唐沢さん」と促す。
「えっと、私はチーズかなって……」
以前チーズ愛を滔々《とうとう》と披露した唐沢にしては控えめな言い方だ。だが一度は激怒し
た渡辺がいる前で、むしろよくぞ言った。唐沢はチラと渡辺の反応を見るが、今回は
表情一つ変えなかった。
「自分はとうもろこしなら醬油味っすね。焼きとうもろこしのあの味、最高じゃない
ですか」
島田が自分の希望であるカレー味を提案しようか悩んでいたところ、難波からも意
見が挙がった。チーズに醬油。どちらもカレー味よりも美味そうだ。
「実は去年、市場調査をしたことがあるんですよ」
都築が珍しく持ち込んでいたノートパソコンの画面を皆に見えるように向ける。そ
こにはスナック菓子の名前が並び、味ごとのランキングが表示されていた。

「要約をすると、ポテチの場合だと一位は塩味で二位がコンソメ。他社のコーンスナックだと、チーズが一位で塩が二位」

残念ながらカレー味は最下位の五位だった。島田は自分の希望を封印することに決めた。

「ま、これはあくまでも調査結果だから、誰もが驚く味をこちらから提案するってのもアリだとは思いますけどね。ポテチには鉄板のコンソメがコーンスナックには少ないところなんて特に狙い目かなって」

都築はコンソメ推しだった。確かに都築が口にする新味の例は、毎度コンソメ味だった。

「うちの香ばしさ強めのコーン生地には、コンソメは合わんかったぞ」

しかし渡辺が都築のアイディアをばさりと切り捨てた。もしかして、押切の言っていた「失敗」というのは、コンソメ味のことだったのか。そんな経緯をつゆ知らない都築は目に見えて肩を落とす。

「渡辺さんはどうですか？　これぞ！　という味がありましたら」

「ここは若い感性に任せる。実際の味創りで口を出させてもらう」

確かに、渡辺の経験が活きるのは開発の場だ。

「では大野さんはどうでしょう？」

「チーズは売り易くていいと思うぞ」

営業的な視点からもチーズが後押しされたことで、成り行きを見守っていた唐沢が笑顔を作る。

「では皆さん。チーズと醬油味の試作品を作るということでいいですか？」

二種類を試作し、どちらかを発売するということは事前に渡辺と決めていたことだ。

「やった！」

唐沢が髪を揺らし両手のこぶしをグッと握った。都築や難波からも「はい」という返事が返ってきた。これで一番の議題は片付いた。続いてはどのように販売していくかの調整だ。

「売り方については社長、何か考えがあるんですよね？」

ここからはバトンタッチだ。

「はい。目標は全盛期の売り上げを取り戻すことです。つまり今の一・五倍の売り上げにするってことです」

難波は「おぉ」と声を漏らした。あみもろこし単体の売り上げは二十億強といったところだが、これを三十数億にする。なかなかに強気の数字だ。大野がニヤリと笑みを浮かべたところを見ると、事前にコンセンサスが取れているようだ。しかし彼らの反応とは反対に、渡辺は腕を組み目を瞑った。

「渡辺さん、気になることがあったら遠慮なく言ってくださいね」

待つこと十秒弱。渡辺は目を開けると島田に向かってゆっくりと口を開いた。

「それだけの製造量に、今のポンコツが耐えられるかがな……」

現在稼働中の設備の年齢は十五歳を超えている。へそを曲げることがあるため扱いの難しい機械という話は聞いたことがある。

「これを機会に設備も更新するタイミングですかね？」

「そんな経費、うちの会社がかけられる訳ない」

渡辺は即時否定をした。しかし前向きな設備投資ならば都築は納得してくれるはずだ。

「そこは社長が。ね」

銀行からの借入金返済に仕入れ先への支払いサイクル短縮、そして未払い残業代の支払いと億単位の金を次々と動かしたのだ。経理の阿仁が承諾しなかったとしても、これくらい都築のポケットマネーでポンと買えるはずだ。

「んー、そうですね……」

しかし島田の予想に反し都築は考えこんでしまった。もしかして、都築の中では優先順位は低いことなのだろうか。せっかく渡辺が前向きになってくれているのに、水を差すことはしたくない。ここは畳みかけてしまえ。

「ここは絶対に投資すべきですよ。機械を酷使して予定通りに発売できなくなったら、それこそ取引先各所に迷惑が掛かります」

それだけではない。塩味のあみもろこしすら作れなくなるのだ。押切製菓の被《こうむ》るダメージは計り知れない。

「……ですね。取り敢えず見積もりを取っておいてください」

終始考え込む様子だったが、都築は承諾した。これで前に進める。島田は「分かりました」と言いつつメモを取ると、都築へ続きを促す。

「それでですね。売り上げ一・五倍を達成するために、ブランディングをしていきたいと思ってるんですよ」

ブランディング。それは答えのないふわっとしたこと。島田にとってそんなイメージしかなかった。

「前にも言ったことがあると思うんですけど、あみもろこしの消費者は高齢化してるんですよね。で、スナック菓子は四十歳を超えるとどんどん食べなくなるってデータもあります」

都築はパソコンの画面を指で指し示す。いくつか添えられたグラフが都築の言葉を裏付けていた。

「難波さんの活躍で少しは若年層に届き始めたとは思うんですけどね。それでもまだまだ弱いと思ってます。でね、若い人たちがあみもろこしを食べてくれる理由って何だと思います？」

都築は皆の顔を見回す。「美味しいから」「食べ慣れてるから」「コーンスナックが好きだから」といった意見が挙がった。

「どれもランキングには入ってる理由ですね。でも、一位は『何となく』なんです。この資料からすると」

都築はパソコンに表示していた資料のページを切り替える。確かに「何となく」という理由が一番上に来ていた。全体の三十三パーセントも占めている。これはかなり意外だ。

「だからこそ目的をもって買ってもらえるように、ブランディングをしないといけないんです」

うんうんと難波が小刻みに頷いている。

「やっぱり『美味しいから』っていうのが一番の理由にならないといけないのかなぁ」

唐沢が言った。

「そうですね。味には絶対の自信を持ってますよね。でも、それって手に取って買ってもらわないと気づいてもらえないですよね？　俺たちがスーパーに出向いて試食をするにも限界があるから、それ以外のところで『食べたい！』ってなる価値を創造していかないといけないのかなって思ってます。それってどんな価値なんでしょうね」

味を推す以外に何を推せばいいのだろう。メンバーからは、「パッケージのデザイン」「大学生協への売り込み」「スマホゲームとのコラボ」といった意見が挙がった。以前営業メンバーが集まった会議で「価格」しか出てこなかった時と比べると、話の建設度に雲泥の差がある。これぞディスカッションだ。

「あ、そういえば」

難波が思い出したように呟いた。皆の視線が難波へ集中する。

「共感を呼ぶストーリーがあると、SNSでも拡散されやすいって聞いたことあります」

「それいいですね！　もう少し詳しく教えてください」

都築が満面の笑みを湛える。島田にはまったく思いもつかないネタだ。そもそも共感を呼ぶストーリーとはどんなものなのか。

「『小さい会社だからこそ応援したくなる』っていうのも価値になるんじゃないかなって思ってたんすよ。たとえばこのプロジェクトでやってること、どんどんSNSにアップしますよね。開発の時の失敗談なんかもシェアすると、共感を呼びやすいんじゃないかなって。新味の試食なんかはフォロワーさんを巻き込んでもいいと思いますし」

「うんうん、いいですね！　機密にすることなんて何もないですから、じゃんじゃんやっちゃってくださいよ」

「了解す」

二人の間で話がまとまった。しかし島田は一つだけ引っかかりを感じた。

「でも社長、大那が同じ味を真似してくる可能性がありますよ？」

「そんなの別にいいですよ。そういうのにも負けない体質の会社にしていきたいっていうのが『尖る』ってことなんですから」

なるほど。都築がそういう考えを持っているのなら、それでいいだろう。

「分かりました」

それからパッケージの手配など細かな役割などを確認していると、時計の針は夜の八時を回ってしまった。あまり残業時間が長くなると都築が口うるさくなる。

「以上で今日のミーティングは終わりにしようと思いますが、他に意見や質問のある方」

島田は皆を見回すが誰も反応しない。よし、あとは都築に締めてもらおう。島田はバトン代わりの視線を都築へ送る。

「みんな、お疲れ様でした。そこそこの規模の会社ならマーケティング専門の部署があって、そこでやるような内容だと思うんですけどね。正社員がたった四十人しかいない会社だから、ここにいるみんなで考えるしかないんです。普段の仕事にプラスされて大変かもしれません。特に営業部はもの凄く負担がかかっているとは思います。ですがここが頑張りどころですので、引き続きよろしくお願いします」

「むしろこっちがあるから仕事ができるんです」

「私も入社前からの夢が叶うんだから、こんなのぜんぜん」

難波の言葉に唐沢が続いた。都築は嬉しそうに白い歯を覗かせる。もう完全に大量離職による精神的ショックは癒えている。渡辺は難しそうな顔をしているが、それはいつものこと。ここにいてくれること自体が、プロジェクトに前向きになってくれている何よりの証左だ。大野の表情にも気合が入っている。

「みんなありがとう。こうやって力を合わせれば近い将来必ず、押切製菓は俺の夢見た、小さくとも尖った会社になれるはずです。みんな、協力よろしくお願いします！」

営業、製造、そして雑用が新社長のもと一つにまとまった今なら、もしかしたら本当に往年の勢いを取り戻すことになるのかもしれない。島田自身が抱えていたモヤモヤも同時に解消されつつある。

――仕事が楽しい。

島田は久々に、仕事に対するワクワク感を覚え始めていた。

第六章　正面対決

プロジェクト・エイトが始動した。デッドラインが決まっているため、試作品の開発は急ピッチで進められている。夜八時過ぎ。島田が様子を見に第二工場へ寄ってみると、今日もまだ煌々《こうこう》と明かりが灯っていた。夜間は研究室となった工場の休憩室には、開発担当となった四人の製造部員がいた。長机の上にはあみもろこしが盛られた紙皿がいくつも並んでいる。香ばしいコーンの香りの中に、うっすらとチーズの香りを感じた。

「皆さん、今日も遅くまでお疲れ様です」

「あっ、島田さんもお疲れ様です」

小さく頭を下げた唐沢の手には、うっすらと赤みを帯びたあみもろこしがあった。

「順調に進んでるみたいだね」

「渡辺さんがいろんなメーカーから三十種類もチーズを取り寄せてくれましたから。それと塩とかうま味調味料を組み合わせて、もう百パターン以上は試食しましたよ」

大好きなお菓子の開発とはいえ、それだけの量を試食するのはもはや苦行だろう。しかし唐沢の表情は明るい。

「渡辺さん、感触はどうですか？」

「醤油は分かりやすいが、チーズは奥が深い」

確かに、醤油味はすぐに味が決まったと聞いていた。

「でもさすが渡辺さんなんですよ。一回チーズの味見をしただけで、見事にあみもろこしに合う調味料を調合しちゃうんですから」

渡辺に視線を送るとそっぽを向いていた。表情は変わらないが、あれは照れているな。

「島田さんも試食してみます？」

「ぜひ」

島田は改めて卓上の試作品に視線を落とす。粉末をまぶしたものが五種類と、半分がオレンジ色のチーズソースにディップされたようなものが一つの計六種類だ。順に食べていくと、塩味しか感じられないものから、どこかで食べたことのあるようなチーズスナックの味など、様々な表情を見せてくれた。そして最後の一つ。半分がオレンジ色になったものを口に放り込んだ時、島田は目を丸くさせる。

「これ、口の中でチーズが爆発するね」

極めて濃厚。パウダーをまぶした他の五つとは次元の違う味だ。

「やっぱそうですよね。でも、それ。売ろうと思うと二百円を超えるんです」

それでは売れない。先の会議で、小売単価は現在販売している塩味と同じ百四十円にすると決めていた。

「贅沢《ぜいたく》仕様ってことか」

「ですです。ちょっと遊んじゃいました」

これはこれでプレミアム仕様として出すのもありな気はしたが、決まった方針から脱線させるほどの時間的、そして資金的余裕はない。

「醤油味の方は？」

「かなり美味しく仕上がりましたよ」

今度は紙皿でなくジッパー付きのビニール袋に入っていた試作品を手渡される。試食してみると、生地のコーンに負けない醤油の香ばしさが鼻腔を抜けていった。真夏の屋台で食べる焼きとうもろこしが脳内でイメージできるくらいだ。

「これはもう商品として完成されてますね」

島田は渡辺へ視線を送る。しかし渡辺は首を横に振った。

「今回は見合わせになりそうだ」

「どうしてですか？」

「醤油をスプレーした後にもう一回、焼き工程を入れないと再現できない味なんですよ」

渡辺の代わりに唐沢が答えた。

「てことは原価がその分上がっちゃうってことか」

「残念ながらそうなんです」

「ま、醤油パウダーを使う手もある。もう少し時間をくれ」

「分かりました」

まだ開発は始まったばかり。この段階でこれだけの試作品ができているのだ。期待感が高まらずにはいられなかった。

「ある程度候補が絞れたら、SNSを通して消費者さんにも試食してもらおうと思ってるから、その辺は難波君と連携してやってね」

「はい、もちろんです！」

唐沢は今日一番の笑顔で返事をした。

「僕が心配することじゃなかったか」

押切製菓の公式SNSには、かなり頻繁に新味開発のことが写真付きでアップされている。ということは本来の業務が忙しい中、難波は足しげくここに通っているということだ。難波の気合もしっかりと入っているのはいいことだ。

開発に日常業務に慌ただしくしているうちに時は経過。営業活動を始める都合上、味の決定をしなければならない二月下旬がやって来た。チーズ味か醤油味。どちらがマーケットという戦場に送り出されることになるのか。本社の会議室には、久しぶりにプロジェクト・エイトの全メンバーが集結した。

「チーズ味AとB。それに醤油味のCとDという四つの試作品でモニター調査を行いました」

集まったメンバーに向けてプレゼンを始めたのは、SNS担当の難波だ。これまでにフォロワーの中から希望者百数十名に試作品を送り、自由に感想をSNSへ発信してもらっていた。

「SNSは皆さんも見て頂いていると思いますので、結果はおおよそ分かってると思いますが……」

その結果は、チーズ味のAが一位。そしてBが二位という結果になっていた。そして社内のモニター調査の結果も同様に、チーズAが六十三パーセントという得票でダントツの一位だった。チェダーチーズの濃厚な風味が、好評な結果の立役者となったのは間違いない。自身の発案した醤油味が終始劣勢を強いられていたということもあり、難波のテンションは低めだった。

「社長、どうしますか？」

島田は都築へ視線を送る。モニター調査の結果はチーズ味優勢だったが、醬油味の評判だって悪くない。鶴の一声で醬油味にすることだってできる。都築の味覚では、醬油味の方が好みと言っていたのだから。

「難波さん、ごめんね。今回はチーズ味のAでいきます」

しかし都築はチーズ味を選択した。

「うぅ……醬油味が……」

関節が外れたのではという勢いで肩を落とす難波。

「難波君、元気出して」

唐沢にポンと肩を叩かれた難波は、顔を上げると照れ臭そうな顔をする。だいぶ前から大勢はチーズ味に傾いていたから心の準備はできていたはず。これが唐沢の気を引く演技だとしたら相当な策士だ。

「チーズで儲かったら次は醬油が出せるようになりますから」

都築もフォローに入った。

「はい……ですよね。そうなるように、しっかり売り込んでいきます」

難波は緩んだ顔を引き締める。

「うんうん。その意気でお願いします」

都築は笑顔を作ると、いちど皆の顔を見渡す。

「ということで、新味はチーズ味のA、チェダーチーズ味に決定です！」

都築の拍手に合わせ、全員がパチパチと拍手をした。

ここまでの道のりは長かった。都築の社長就任と同時にバラバラになった会社を一つにまとめ上げ、大那フーズからのちょっかいに抗《あらが》い、ようやく新味が完成したのだ。都築も万感の思いだろう。いよいよ次のステップ。バトンは営業部へと渡される。しかし、そんな目出度い空気を裂くように、卓上のスマートフォンが振動音を立てた。

「ちょっと悪い」

大野のスマートフォンだった。大野は「はい、もしもし」と電話の応対をしながら会議室を出た。その直後のこと――。

『それは本当ですか⁉』

大野の声がペラペラの壁越しにはっきりと聞こえてきた。何を伝えられているのか、大野は『はい、はい』と相槌ばかりを打っている。

『――はい、分かりました』

そして一分も経たないうちに、全員の視線に迎えられ大野が会議室に戻ってきた。

「また大那がやらかしてきたぞ」

「大那⁉」

この単語を聞くだけで島田の心臓はちくりと痛みを感じる。せっかくのお祝いムードに水を差さないで欲しい。

「今度は何を？」

都築が代表して聞き返す。

「向こうも新味を出してくるんだと。しかも三つの味を同時にだ」

大那フーズの次の手は、押切製菓の新味に新味をぶつけてくるというものだった。SNSで広く拡散させながら開発をしているので、その情報は当然大那フーズにも伝わっている。都築は、真似をしてくるのならばそれでもいい、とは言っていた。しかし同時に三つもぶつけてくるとは。さすがは資本力のある大企業だ。

「で、電話してきたのはサークルセブンへ卸してる問屋の加藤忠食品だ。知っての通りコンビニは棚が少ない。だから試食会でどちらの新商品を並べるか決めることになった」

要するに、初めて大那フーズと直接的にぶつかる機会ができたということだ。

「面白いことになってきましたね」

都築は不敵な笑みを浮かべた。

◇

対決の場は、東京は新橋にあるサークルセブン本社ビル。ここに押切製菓チームとして都築と大野、そして試作品が詰まった大きなキャリーケースを引いた島田が参じた。

「立派なビルですね」

押切製菓の本社がすっぽりと入りそうな容積のエントランスホールに、白い石張りの床が輝いている。正面の受付カウンターには五人もの受付係がおり、それぞれの前には来客者の列ができていた。

「コンビニだけでもすごいのに、総合スーパーやらファミレスまでやってる最大手だからな」

今もサークルセブンへは、東海地方限定であみもろこしを卸している。そこには、いちど大那フーズのウェブコーンに取られた棚を奪回したという経緯があった。新味でもこの棚を勝ち取ることができれば、スタートダッシュは間違いないものになる。三十年間の歴史、ここ最近のマーケティング、そして渡辺を中心に一丸となって開発した味。その全ての活動の成果が今日この日に表れる。島田は思わず武者震いしそうな感覚を覚えた。

「おやおや、お久しぶりですな」

三人が受付のための列に並んだタイミングで、背後から声をかけられた。小太りで頭の薄い男――大那フーズの常務・薄井だ。両隣には二人の男を侍《はべ》らせている。そのうちの一人はいつの日かの夜、名古屋の繁華街にいた男に違いない。

「社長自らがお出ましとは、気合が入っていますな」

「そちらこそ。大企業の常務様自らがお出ましなんですね」

売り言葉に買い言葉。薄井の嫌味を都築がそのまま返した。

「はは。弊社としてもコーンスナックというカテゴリーへの進出は、社運をかけておりますゆえ」

「それは奇遇ですね。ウチも社運をかけて、本気で開発をしてきましたので」

五百種類もある商品ラインナップの一つごときで社運をかけているとは大げさな。年商三十億円の押切製菓は、この取引だけで最大年間六億円の売り上げを見込んでいる。文字通り「社運」がかかっているのだ。この対決、ぜったいに負ける訳にはいかない。三人対三人。互いの視線がぶつかり合うことで、周辺の温度が一気に十度は上昇した錯覚に陥る。

「あの……次の方どうぞ」

受付係の困惑した声で、ようやくにらみ合いは持ち越しとなった。代表して島田が訪問の手続きをする。

「こちらの札をお持ちになって十階の第七会議室へお願いします」

通された試食会の場所は、重厚な印象の会議室だった。毛足の長いじゅうたんに、陸上トラックのような配置のテーブルは深みのある木製。何もかもがペラペラの押切製菓とは大違いだ。テーブルの向かい側に、サークルセブンの社員が男女合わせて六名。その並びの下座には卸問屋である加藤忠食品の社員が三人。手前側左右に大那フーズと押切製菓のメンバーが並ぶかたちとなった。島田のもらった名刺の数、十一枚。既にどれがどの人のものかこんがらがっている。特にサークルセブンの社員については、七福神の大黒天のような顔をした矢部《やべ》部長と紅一点の山田《やまだ》バイヤー以外、判別不能になってしまった。

「本日は商品部の選定会議にお越しいただきありがとうございます。大那フーズさんと、ええと、押切製菓さん。本日は両社のコーンスナックにつきまして、類似したスペックを持つどちらの新商品を取り扱わせていただくかを決める場とさせていただきます。では前置きはこれくらいにして、さっそく試食に入らせてください」

名前の判別不能な男の一人が切り出したことで、場が動き出した。島田はさっそく試食の準備に取り掛かる。じゅうたんに調味粉末でもこぼした日には、掃除が大変なことになりそうだ。島田は気を引き締めつつ紙皿にチーズ味のあみもろこしを盛ると、サークルセブンと加藤忠食品のメンバーへ配っていく。もちろん同時進行で大那フーズも同じことをしている。しかし彼らの用意した試食セットは、紙皿に盛っただけの押切製菓とまったく違っていた。小さな籐《とう》のカゴのようなものに三角に折られた紙が敷かれ、その上に色の違う試食品が三種類。まるで敷居が高めの天ぷら屋のような盛り付けだ。サークルセブンの社員たちの視線もそちらに釘付《くぎづ》けとなっている。初手は完全に持っていかれた形となってしまった。

「あみもろこしの新味はチェダーチーズ味です。仕切り価格については事前にお送りした資料の通りです」

配膳が終わると、押切製菓を代表して大野が商品の紹介をした。

「弊社の新商品はチーズ、醬油、ソースです。チーズについては正直、この価格帯ではありえない原料を使っていますので、じっくりとご賞味ください」

自信たっぷり。そんな様子を隠すこともなく薄井は全員へ向け試食を促した。そして各々《おのおの》が試食を始めると、島田の前にも小さな籐のカゴが差し出された。

「押切製菓の皆さんも、ぜひどうぞ」

「……どうも」

正直、どんな味かは相当気になっていた。そのため島田は三種のウェブコーンの中でも直接の対抗馬となるチーズ味を試食してみる。

「ん⁉」

島田は思わず目を見開いた。そして同じく試食をした都築と顔を見合わせる。これは美味しい。以前、唐沢が原価無視の高級仕様を作っていた、あの味を彷彿《ほうふつ》とさせるような風味だ。さすがに大企業。最初こそ拙速だったかもしれないが、今回はしっかりと研究開発をしてきたということか。醬油味、それにソース味もそれぞれ味がしっかりと立っていて、美味しい。これならあの自信たっぷりな態度も頷ける。

「いかがですか？　弊社渾身《こんしん》の新商品は」

正直、塩味と同様、食べ比べてもらえば勝利は堅いと信じていた島田には、何も返す言葉が見つからなかった。しかし。

「上代百四十円で利益が出るんですかね、これ」

大野が冷静に、ちくりと刺すように言った。

「さすがは大野さん。鋭いですね。そこはハイ・ローミックスということで。四つの味を送り出すことによるスケールメリットが出ればこそ」

なるほど。押切製菓と直接ぶつかると分かっていたチーズ味は、利益を圧迫させてでも贅沢な仕様にし、あみもろこしを潰そうという算段か。さすがは大那フーズ。相変わらずやることが卑怯《ひきょう》だ。

「すみません、このチーズの原材料は――」

やはりこの味が気になったのか、サークルセブン側からも原料に関する質問が入った。それから両社とも、次々と上がってくる質問に答えるというスタイルで試食は進んでいった。その間、島田はとあることを気にかけていた。それはこの場で一番役職の高い部長の矢部が、あみもろこしにだけ手を付けていないことだ。

「――さて。そろそろ品評に入りましょうか」

全員がそれぞれを試食し終えたところで、最初にこの場を仕切った男が次のステップへ進める発言をした。

いよいよジャッジされる時が来た。島田の体に思わず力が入る。

「チーズ味に関してはどちらも良さがあって甲乙つけがたいですね。あみもろこしはやっぱりコーンそのものの素材の良さが活きていますし、ウェブコーンはこれでもかってチーズのパンチがワインと合わせたくなっちゃいます」

バイヤーの山田が先陣を切った。

「いや、チーズはどう考えてもウェブコーンが上を行ってますよね。ソースも濃厚で食べ出したら止まりませんよ」

即座に隣の男から反対意見が出てきた。「ありがとうございます」という薄井の声が聞こえた。声が弾んでいる。島田とは横並びのため顔は見えないが、きっと厭《いや》らしい笑みを浮かべているに違いない。

それからも参加者から様々な意見が出された。その中には「ここ最近コーンスナックは盛り上がっているのだから両社のすべてを並べてはどうか」という意見もあった。しかし今回用意できる棚はワンフェイス。計四つの新作の中から選ばれるのはただ一つだ。

「塩味の時もそうでしたけど、あみもろこしはやっぱりコーンの良さをすごく引き出していて他にない味かなと思います」

「部長、ここは大那フーズさんの方が安心ですよ。全国展開した際の安定供給は間違いないですから」

せっかくあみもろこし擁護の言葉が出たかと思ったら、終始大那フーズを推していた男が全く違う角度から水を差した。安定供給の面で大那フーズが優位に立つ。それは間違いない。

「そこは安心してください。弊社はラインを更新するための設備を発注済みです」

大野が言葉を挟んだ。そうだ。押切製菓だって体制を整えるために動いている。

「日産でどのくらいの規模に？」

「現状六万五千袋が八万程度には」

隣から「ふっ」と嘲笑するような声が聞こえてきた。

「弊社は二万強の店舗展開をしておりますので……御社のリソースを食い尽くすことになってしまうと思いますが？」

「ですが、まずは一日当たり二万袋を納入するというお話では？」

「では、仮に人気が爆発したとして、全店舗への展開となった時に、どのように対応いただけるのでしょうか？」

「それは……様子を見て二交代制にするなり設備の増強を――」

「私は今の話をしているのです。まさか貴重な棚に穴をあけるなんてことは言わないでしょうね」

　設備をフル稼働させてサークルセブンだけに納品したとしても、毎日一店舗当たり四袋しか納品できない。大野は二交代制という可能性も口にしていたが、最後の味付けは限られた三人の職人にしかできない。だからこれ以上の増産はしばらくできない。具体的な数字を突き付けられつつ高圧的な口調で言葉を遮られた大野は、遂に黙ってしまった。

「弊社は日産六十万袋の体制ですので、御社のニーズにも必ずやお応えできるかと。いずれは名古屋圏だけでなく北関東の工場に増強する用意もございます」

　ここぞとばかり薄井が自社のリソースを誇示し始めた。その言葉に、大野を説き伏せた男は満足げに頷いた。

「味については分かれましたが、それ以外の条件を加味すると大那さんの方が安心ではないでしょうか?」

そして、そうまとめつつ隣の山田バイヤーに視線を送った。

「……はい。確かに、三宅《みやけ》さんの言う通りですね……」

ここでようやく男の名前が課長職の三宅だと判明した。それにしてもまずい。あもろこしを支持してくれていた山田バイヤーまで落とされてしまった。形勢は終始大那フーズ優勢だ。にもかかわらず、ここまで都築は一言も発していない。

「社長、どうしましょう」

島田は小声で都築を突っつく。すると。

「んー、ちょっといいですか?」

ようやく都築が動き出した。その声に応じて、三宅を含めた複数の視線が都築へと集まった。

「どうしました? 仕切りを下げて頂ける話なら大歓迎ですが」

「そんなことを話したいんじゃありません」

都築の棘《とげ》のある言葉に三宅はむっとした表情を浮かべ、「なら何ですか?」と返した。

「ここ最近のコンビニの売り場って、PBとか有名どころの企業の商品ばかりで面白みに欠けるような気がするんですよね」

「失礼な！」

前のめりになった三宅を、隣に座った矢部部長が手で制した。そして、都築に「続きをどうぞ」と促す。

「押切製菓みたいなマイナーな会社の商品を並べたほうが、お客さんに新鮮な体験を提供できると思うんですよ。正直、ここ十数年ウチは東海地方以外では元気がなかったですから。三十年前の爆発的なヒットを知ってる人なら、あみもろこしを久々に見て『懐かしい』と感じてくださるでしょうし、初めて出会う人なら『マイナーなメーカーの美味しいお菓子を発見！』と喜んでもらえると思います。ウチはこれからも新しい体験をどんどん提供していく予定です。だから御社はあみもろこしを選ぶべきだと思うんですよ」

都築の言葉はなかなかに危険をはらんだ内容だった。三宅の都築を睨む目は更に鋭くなっている。しかしその直後のこと。そんな三宅を逆なでするかのような「あははは」という笑い声が起きた。声の主はサークルセブン部長の矢部だ。三宅はぎょっとした目で矢部を見る。

「ははは。都築さん、面白い話をありがとうございます。その話を聞いていろいろと納得ができましたよ」

「納得、ですか？」

　都築が首を傾げる。

「実はうちの高校生になる娘がここ最近、急にあみもろこしのファンになりましてね。SNSがきっかけだったようです。醬油味かチーズ味を決める時なんて、まるでアイドルのオーディション番組を見てるみたいだと言っていましたよ。お菓子一つにそんなことあるものかと思っていたんですけどね、これも都築さんの言う体験の一つなのかなって」

　ゆっくりと、そして温かみのある声で部長は言った。まさかこんなところにまでSNSの活動が伝わっていたとは。

「今回の商品。大那さんは数ある中の一商品かもしれないですが、押切さんのところは会社のほぼ全てがかかっています。しかも社長は創業家でもないのにこの若さ。それどころか、味付けの工程は未だに職人が腕を振るってるんですよね？」

　矢部部長はしっかりと押切製菓のことを知ってくれていた。

「はい。最後の味付けの工程は、限られた職人の手作業です」

　押切製菓の強みでもあり弱みでもあるこの工程。今回は幸いにも強みとして捉えてもらえたようだ。

「だからこそ活きてくる素朴な味わいが非常に美味しいと感じました。あ、ここでは食べていませんが、娘が試食のモニターに応募してましてね。そこでしっかりと味は見させて頂きましたので」

「部長、ダイエット中ですからね」

からかうような山田バイヤーの声が挟まった。道理で矢部部長はあみもろこしの試食をしなかった訳だ。

「そうそう——ダイエット中ですので試食は最小限に……と。ええ、話がそれましたが、こういった特色のある会社が生き残るような仕入れをするのもまた、我々の責務かなと。皆さんはそう思いませんか？」

「思います！」

山田バイヤーが声を上げると、ここまであまり存在感を示さなかった他のメンバーも「確かに……」といった声を漏らす。

「部長！　ですが供給能力に難ありです。それにリベートは圧倒的に大那さんの方が多いんですよ。合理的な判断とは思えません！」

三宅はそれでも大那フーズを支持し続けた。そしてやはり提案された金銭的な条件も、大那フーズのほうが良い条件だったことが判明した。

「そうだ、矢部部長。もう少しリベートを上乗せしましょう。あとコンマ五パーはいかがでしょう？」

薄井も三宅の言葉に乗る。

「今回選ぶのは一つだけ。大那さんもチーズだけを売られては困りましょう。それに御社の商品は今でもたくさん扱っているじゃないですか。一つくらい譲って差し上げましょうよ」

しかし矢部は歯牙にもかけなかった。そして今度は顔を隣へ振り向ける。

「三宅さん、言いたいことは分かります。ですが二万ある全店舗に陳列する訳ではありません。供給される日産二万袋をいかに効率よく分配するか。そこがあなたの腕の見せどころではありませんか」

「ですが……」

まだ不服なようだ。しかし言葉が続かなかった。

「ということで私はあみもろこしを採用したいと思っています。他に異論のある方は？」

矢部は身を乗り出して自社の部下たちの反応をうかがう。しかし誰も言葉を挟むものはいなかった。

「では今回は押切製菓さんのあみもろこしを取り扱うということで、よろしくお願いいたします」

「ありがとうございます！」

都築、大野、そして島田は声を合わせて頭を下げる。

「では具体的なスケジュールの確認などを行いたいと思います。申し訳ありませんが大那フーズさんは以上となりますので――」

矢部に促され、憮然《ぶぜん》とした顔の薄井を先頭に大那フーズの面々は、会議室から去っていった。

競合品の参入、買収の打診、そして人の引き抜き。数々の妨害をしてきた大那フーズから大勝利をもぎ取った。

遂に勝ったのだ。もう、万感の思いだ。これで押切製菓の飛躍は間違いないものになるだろう。

◇

「では、見事に勝利を手にしたってことで、乾杯！」

香ばしい焼き鳥の香りが充満する店内で、ビールやウーロン茶のジョッキ八つが一つに合わさった。集まっているのはプロジェクト・エイトのメンバー。場所は島田にとっておなじみとなった会社近くの焼き鳥居酒屋――鳥和哉だ。見事にサークルセブンの棚を勝ち取ることに成功したということで、都築が祝勝会を開こうと言ったため集まることになった。

「島田さん、現場の雰囲気はどんな感じだったんですか？」

唐沢からの質問で島田は当日のことを思い起こす。もう四日前の出来事だが、様々なシーンが明瞭《めいりょう》に浮かび上がってきた。

「なかなかにピリピリした空気だったよ。賄賂《わいろ》でももらってるんじゃないかってくらいに大那を推す人がいてさ」

「うわぁ、それは大変でしたね」

唐沢は現場に行った三人それぞれに「お疲れ様でした」と声をかけた。島田には雑用しかできることはなかったが、都築と大野は大変だったに違いない。

「俺は大野さんがもっと攻めてくれると思ったんですけどね」

都築が大野へ話を振った。確かに、歴戦のつわものである大野にしては、大人しかったのかもしれない。

「いや、あれだ。今まで生産能力のことであれだけ突っ込まれたことはなかったんでな」

大野はばつが悪そうに頬をかく。

「自分もその場に行ってみたかったです」

そう言ったのは難波だ。彼はあの現場に行っていなかったが、ある意味で一番の活躍だったのかもしれない。事前にサークルセブンの部長を落としていたのだから。そんないきさつを都築が説明すると、難波は笑みを浮かべた。そして唐沢から「難波君、すごい！」と褒められると、その頬を緩めた。

「そうそう。味付け工程が機械でなく職人さんが腕を振るうってとこも評価してもらえました」

都築の言う通り、今回は素材の良さを引き出す味付けということで評価をしてもらえた。とはいえ生産量が増えると予測されるなか、この技能をどうやって若い世代に継承させていくのかは今後の課題だ。

「一時は退職を考えたこともあるのに、こんなにやりがいのある仕事になるなんて」

難波が感慨深げに言った。

「それは私も同じかも。理想と現実のギャップが埋まってなかったら、この場にはいなかったと思うから」

難波、そして唐沢の気持ちはよく分かる。島田だって似たような思いを抱えていたのだから。あの時、感情に任せて退職をしなくて本当に良かった。あとは業績を回復させて昇給することを祈るばかりだ。

「うんうん。本当に良かったですよ、みんなにそう思ってもらえて。社長として動き回った甲斐があるってものです。ありがとうございます！」

そう言った都築の顔は、もう立派な社長の顔だ。就任直後の頼りなさは微塵《みじん》もない。

それからは湿った話はなしで、ワイワイと賑やかな時間を過ごした。難波が筋金入りのアニメファンだということが判明したり、実は唐沢も同じ趣味を持っていて大盛り上がりしたりした。そして渡辺が、まだ世の中に存在しないチーズ味のサンプルを食べた孫娘の反応に蕩《とろ》けたという話を聞いた時は、島田も大いに共感をした。なぜなら、島田も同じことで娘の芽衣から大きなリアクションをもらったからだ。他にはリアルタイムでSNSに『チーズ味が待ち遠しくて自分で作ってみました』という嬉しいリプライが入り、その場に華を添えることもあった。そんな時間はあっという間に経過。

「いやぁ、それにしてもいい感じになってきましたね、島田さん」

都築が今日何度目かのビールのお代わりをすると、島田の肩に腕を絡ませる。もう宴《うたげ》を始めてから三時間近く経過している。竹でできた串入れはもうすぐ一杯になりそうなくらいだ。渡辺と大野以外のメンバーは、とうの昔に席を辞している。

「よかったですね。夢だったあみもろこしがこうして進化することになって」

島田にもいい感じでアルコールが回っている。よしよしと娘を褒めるように都築の頭をなでる。たとえ酔っていたとしても、押切相手だとこれはできない。都築の年齢と人柄がそうさせるのだろう。

「あのね、皆さんだから話すことなんだけどね」

ひとしきりじゃれ合うと、都築は島田の正面——難波が座っていた席に腰かけた。

「俺、小さい頃は本当に貧乏な家庭で育ったんですよ。もともとは父が事業をしていて、それなりの暮らしをしてたんですけどね。でもそれが傾いちゃって。で、両親は離婚。ローンの払えなくなった自宅は銀行に奪われて……といっても、七歳くらいのことでしたから、当時はあんまり分かってなかったんですけどね」

唐突に語られた都築の過去は、なかなかに悲惨なものだった。ローンが払えなければその担保となる自宅が差し押さえられるのは普通のことだ。だが少年だった都築の目には奪われたように映ったのだろう。銀行に対して冷たい当たり方をしていた理由が少しだけ分かった気がする。それにしても、良い家庭環境だったからこそ投資で儲けられた。少なからずそう思っていた島田は、心の中で反省をする。

「それからはボロアパートで母と二人暮らしをしてたんですよ。普段はお菓子なんて登場することもない貧乏な生活でした。でも、たまに近所のスーパーで特売になると買ってくれたあみもろこしが本当に御馳走で……」

だから過剰ともいえるくらいにあみもろこしに思い入れがあったのか。

「このあみもろこしを生み出してくれた渡辺さんは、俺のヒーローです」

まっすぐ面と向かって言われた渡辺は「そうか」とぶっきらぼうな態度を取る。

「だからこそ、このチーズ味を成功させたいんです。いや、成功させなきゃ駄目なんです」

この都築の想《おも》いは本物だ。何が何でも都築の目標が成就するように全力を尽くさなければならない。しかし、島田の盛り上がった気持ちに水を差すかのように、都築から電話の着信音が聞こえてきた。

「あれ？　阿仁さんからだ。こんな時間に珍しい」

都築は「ちょっとごめんなさいね」と言って電話を手に取る。すると「——え？」と言って固まってしまった。

「社長？」

都築の顔から表情が消えている。どうしたのだろう。スマートフォンを持つ手がその重みに耐えられなくなったかのように下がっていく。

「第二工場が……」

「工場がどうしたんですか？」

「——火事になったって」

火事!?　それなら呆然《ぼうぜん》としている場合ではない。島田と渡辺は顔を見合わせると、力強く頷く。

「すぐに行きましょう！」

　ここから第二工場なら距離は近い。

「大将！　ちょっと席外すぞ」

「おう、早く行ってこい！」

四人は店を飛び出すとタイミングよくやって来たタクシーを拾い、第二工場へ駆けつけた。そこで目に映った光景。それはあまりにも絶望的なものだった。

「………………」

　割れた窓から真っ赤な炎が噴き出していた。赤の光に照らされ、どす黒い煙も立ち上っている。細かな火の粉は島田の体にも降り注ぎ、刺激的な臭いが鼻を突く。もうなす術《すべ》もない。ただ呆然と燃え上がる工場を眺めることしかできなかった。

「俺たちの……あみもろこしが……」

　都築が消防車のサイレン音にかき消されそうな声を上げる。赤く揺れるその瞳は絶望の色を宿していた。一台目の消防車が今まさに消火活動を始めようとしているところだが、もうこの工場が駄目なことは誰の目にも明らかだった。

「社長、ここは消防に任せるしか」

　ここにいては危険だ。火の手は更に猛烈になろうとしている。そのため都築の腕を取り下がろうとした。しかしその時。

「ノート。ノートが……」

上ずった声と共に渡辺が一歩、また一歩と炎を上げる工場に近づいていった。

「ちょっと、渡辺さん！　危ないですよ！」

しかし島田の言葉を無視し、渡辺は激しく火炎を巻き上げる工場に駆け込んでしまった。

「くそっ。何で！」

是が非でも引き留めねば。島田は慌ててその後を追った。

第七章　大那フーズから差し伸べられた手

目についたのは、ほんの小さな火だった。老朽化した機械のヒーター部から熾《お》きた親指の先ほどの小さな火。それが次の瞬間にはゴウと音を立て、一瞬で長さ八メートルはある機械を包み込んだ。危ない！　島田は炎に背を向け逃げ出そうとするが、その先にあった別の機械も突然炎に包まれてしまった。気づけば島田の周囲はことごとく炎に満たされていた。熱い。灼熱《しゃくねつ》の空気が島田の皮膚を、そして懸命に呼吸しようとする呼吸器を焼く。やがてその炎は生き物のように工場の構造物を伝い天井へと駆け上っていく。そして遂に熱に耐えられなくなった鉄骨がぐにゃりと曲がり、天井が島田の上に落下し——。

「うわああああっ！」

島田は飛ぶような勢いで起き上がった。体が燃えるように熱い。節々に痛みも感じる。

「大丈夫？　ずいぶんうなされてたけど」

涼しさ、心地よさを感じる声が脳に届いたことで、島田はようやく夢から覚めたことを自覚する。さっきが心配そうな顔で島田を見ていた。

「……うん」

喉はカラカラ。汗はびっしょりだった。島田は洗面所へ行くと、両手いっぱいの水を二度、三度と飲み干した。そして四度目で顔を洗い、ようやく人心地ついた。

押切製菓第二工場の火災から二晩が経過した。無慈悲な業火は押切製菓の宝ともいえる機械、原材料、完成在庫、そして渡辺が書き溜めていたあみもろこしの歴史ともいえるノートを焼き尽くした。稼働時間外だったこと。そしてあの時、工場に飛び込もうとした渡辺をすんでのところで引き留められたことで死傷者は出なかった。これだけが唯一の救いだった。


「さて、どうしましょうね。これから……」

本社二階の会議室に都築と阿仁、そして出社したばかりの島田が集まった。昨日は現場検証や取引先対応などに追われ、今後の話をする余裕などなかった。火災後のことを話す場を持つのはこれが初めてだ。

「もちろん再建するんですよね？」

不幸中の幸いにも、あみもろこしを製造する新しい設備一式は発注済みだ。あと一ヶ月くらいで納品される予定となっていた。プレハブのような作りでもいいから工場さえあれば、製造をすることができる。

「俺はそのつもりですけど」

「それは難しいと思うわ」

阿仁が都築の言葉にかぶせてきた。

「どうしてですか？　火災保険くらい入ってますよね」

自宅でも工場でも、いざという時のために保険に入るのは変わりないはずだ。しかし阿仁は何も言わない。そのまま口を噤んでしまった。

「もしかして……」

都築の顔がさあっと青ざめる。

「そうよ。資金繰りが苦しくなった時が保険の更新日と重なってしまったから……」

ということは、保険金での再建は不可能ということだ。

「それなら社長のポケットマネーで」

「設備を発注した時の前金ですっからかんです。もう俺の資産なんて株をほんのちょっと持ってるだけだから」

「えっ……」

あれほど羽振りの良かった都築の個人資産は、ほぼ尽きていた。そんな状況に至るまで都築は個人資産を吐き出していたのか。都築を叩けば金が無尽蔵に湧いて出てくると思っていた島田の心に、慚愧《ざんき》の念が渦巻いていく。

「なら第一工場をフル稼働させるしか……」

島田にはそれくらいしか思いつかなかった。

「第一工場だけでみんなを養うことなんてできないですよ」

押切製菓には四十一名の正社員と百五十人ほどのパート、アルバイトがいる。あみもろこしだけで年商の三分の二を稼ぎ出していたのだ。第一工場で製造している駄菓子だけでは到底全員を養うことなどできない。

「なら新しい機械が完成したら、どこか賃貸の工場で動かせば」

「島田さん。それじゃ間に合わないですよ。今月は先月分の入金があるからいいとしてもその先がね。うちは相変わらず自転車操業だったから……」

「もしかして来月には」

「資金の枯渇で倒産、かな」

重々しい空気が会議室を支配した。せっかく最後の牙城だった製造部とも強い連携を取れるようになったのに。遂に都築は会社全体のかじ取りに成功したというのに。いよいよ新味を発売するところまで来ていた。それにもかかわらず、押切製菓は創業五十周年という記念すべき節目を目前にして消え果ててしまう。

「こんなことになるなんて思わなかったのよ！」

唐突に阿仁が耳をつんざくような声を上げた。そして、そのまま両手で顔を覆って泣き崩れてしまった。

「阿仁さん……？」

「ちょっとだけ……ちょっとだけ、機械を止めるだけのつもりだったのよ。火事になるなんて……」

「もしかして、阿仁さん……」

都築が震えた声で言った。

「そうよ！　全部私のせいよ！」

昨日の消防の現場検証で、火元はあみもろこしの製造ラインと推定された。なんらかの理由で機械から出火。それが生地のかすなどに引火し、そこから一気に燃え広がった。渡辺は機械から火が出るはずもないと主張したが、熱を発するヒーター部が経年劣化で誤動作を起こしてしまったということで原因は落ち着きそうな状況だった。

だが確かに、他にも不自然な点があった。火災の通報者が、第二工場とは縁遠い阿仁だったということだ。阿仁はたまたま忘れ物を取りに行った時に発見したと言っていたが、そもそも阿仁は普段工場に行くことがない。

「どうして……そんな……」

「だって……大那が……協力をすればって……」

まさか――。

『あとは会社に決定的なダメージを与えれば……』

あの日、繁華街で耳にした大那フーズ常務である薄井の言葉が島田の脳内に再生された。あれからもう三ヶ月近く経っていた。だが薄井は何も行動を起こさなかった。だからあの計画は不発に終わったのだ。そう自分を納得させていた。それがまさか阿仁をけしかけて工場を燃やすようなことをさせるなんて。

――これでは犯罪ではないか。

阿仁を警察に突き出すべきなのか。しかしそれをやってしまうと内部の犯行――しかも役員が起こしたということが広まり、押切製菓の信頼は一気に地に落ちるだろう。ただでさえ火災で方々に迷惑をかけているのだ。再起することは二百パーセント不可能になるだろう。

この事実を受け、都築はどう行動するのか。しばらく様子を見ていると、都築はおもむろに立ち上がり阿仁の側へ寄る。そしてその肩に手をかけた。震えていた阿仁の動きがゆっくりと収まっていく。

「いいですか、阿仁さん。これは故意ではなく事故です。俺が設備更新のための調査を、慣れない阿仁さんに頼んだのがもともとの原因なんです。その時にたまたま老朽化した機械から出火したんですから、事故でしかないですよ」

　阿仁がくしゃくしゃに崩れた顔をゆっくりと都築へ向ける。

「え……どうして……？」

「阿仁さんは、押切製菓を潰したいんですか？」

「そんな……そんな訳ないわよ……。私はただ……会長に報いたくて……。ここまで身をすりつぶして会社を育ててきたのに、会長、退職金だって一円ももらってないのよ。大那に協力したら、押切製菓はもっと良くしてもらえるって。それに謝礼も……。そうすれば会長にも報いることができると思ったから。どうせあの頃の会社ではなくなってしまうのなら、いっそのこと――」

　再び阿仁は声を出して泣き始めてしまった。阿仁が蛮行に走った理由は、やはり大那フーズにあった。そして大那フーズに唆《そそのか》されるきっかけとなったのは、兄へ報いたいという偏った想いのせいだった。

「阿仁さん、今まで会長と二人の内緒だったから誰にも言ってなかったんですけどね、俺は会長から五千万円で押切製菓を買ったんですよ」

「……え？」

　初めて明かされた押切製菓の買収金額。都築は借金まみれの会社にそれだけの値段をつけて買っていたのか。当時も今も押切製菓は債務超過だ。一円という価格でもおかしくはない。

「だからもう報いるとかそんなことは考えずに、また押切製菓で腕を振るってくれませんか？　これから資金調達に忙しくなりますよ」

「社長⁉」

大那フーズと内通していたと知ってなお、阿仁の力を頼るというのか。

「会長から、阿仁さんのこともよろしく頼むねって言われてたんですよ。それに今回の事故は、阿仁さんの気持ちを量ることができなかった俺の責任でもあるんですから」

阿仁がひときわ大きな声で号泣した。都築の器は島田の想像をはるかに超えた大きさだった。これが法律的に大丈夫なことなのかはよく分からない。だが島田には、事の成り行きを黙って見ていることしかできなかった。

◇

三日後のこと。

「はい。森町さん、これお土産」

「あっ、課長。ありがとうございます！」

島田は昼休憩から戻ると、久しぶりに買ってきたコンビニスイーツを森町へ渡す。ここ最近は暗い話題ばかりで落ち込んでいた森町も、久しぶりに赤縁眼鏡の奥の目じりを下げてくれた。ちなみにいつもであれば、総務課女子全員の分を買っていた。しかし今日は一つだけ。経費削減のため、三人のパート従業員は出社停止という苦渋の決断をせざるを得なかったからだ。

「うーん。さくら味ってのが渋いし、春が来たって気持ちになりますね」

早速食べ始めた森町が頬を緩める。しかし明るい春の訪れとは正反対に、会社再建は暗礁《あんしょう》に乗り上げていた。その原因は現金がないことに集約される。だから火災現場を片付ける見込みすら立たない状況だ。資金調達に向けて阿仁が走り回っているが、状況は芳しくない。だから今のところできているのは、せいぜい第一工場で製造している駄菓子を積極的に営業するくらいだ。

「島田さん、今からちょっと出かけられますか?」

自分用に買ってきた缶コーヒーを開けたタイミングで、都築から声をかけられた。

「はい。大丈夫ですよ」

昨日は、第二工場近隣に菓子折りを持って火災のお詫びへ回った。それも一段落し、島田の手は空いている。

「僕の車、出しますか?」

都築はいつの日からか「健康のため」と言って自転車通勤をしていた。雨の日は公共交通機関だ。

「いや、名古屋駅だから電車で行きましょう」

「了解です」

二人は徒歩で九分ほどの場所にある地下鉄浄心駅へ向かい足を進める。

「今日はどこに行くんですか？」

「大那フーズです」

意外すぎる名前が出てきた。阿仁をけしかけ大惨事を引き起こした黒幕ではないか。

「殴り込みにでも行くんですか？」

「あはは。そんなことはしないですよ。向こうから『協業』のお誘いが来たんでね。話を聞いてみようかなって」

「そうでしたか……」

現在まさに戦争状態の大那フーズへ行く。その話を聞いたとたんに島田の足は重くなった。名古屋駅で地下鉄を降りると、島田はいつの日か来たことのあるビルに入り、押した覚えのある二十三階というエレベーターのボタンを押す。あの面接以来、二度と来るものかと思っていた場所に来ることになるとは。

「いやいや、この度は災難でしたな。お見舞い申し上げますぞ」

面接を受けた時とは違う役員応接室というプレートのついた部屋へ通されると、正面に座った薄井が形ばかりの言葉を宣った。隣には先日サークルセブンでの試食会にもいた男の一人がいた。

「あなたがうちの阿仁に『押切製菓にダメージを与えろ』なんてけしかけなければ起こらなかった事件なんですけどね」

思わず島田の口から怒りが言葉に乗って出てしまった。意識はしていなかったが、相当に腹に据えかねていたみたいだ。

「はて、何のことでしょう？」

言葉ではとぼけていたが、薄井は島田から視線を逸らしている。白々しい態度だ。

「で。そんな御社が支援してくださるなんて、どんなことをしてくれるんですか？」

都築の声にも嫌味が含まれていた。

「あ、ああ。そうでしたね。さて。幸いなことに弊社の工場にはあみもろこしと似た菓子を製造するラインが複数ありましてね。しかも今すぐ受け入れ可能な準備まで整っています。そこで製造した製品をあみもろこしのパッケージに入れれば、あら不思議。あみもろこしの復活」

ねちゃっとした笑みを浮かべる薄井。春になっても相変わらず不快な顔だ。何が

「あら不思議」だ。工程から味までパクっておきながらよく言う。

「どうして他社に貸し出すようなラインがあるんですか？」

都築が話を掘り下げ始めた。以前のM&Aの時のように、相手の情報を集めるだけ集めるつもりなのだろうか。

「それはもちろん、味の四色展開のため設備増強をしたからですよ。本来であれば新発売に向けてそろそろフル稼働させないといけないところですが……ここで好敵手に撤退されては弊社としても張り合いが出ませんからな」

その好敵手を蹴落とそうとしている奴がよく言うものだ。新味のために設備増強をしたことは確かだろう。だがサークルセブンの棚獲得に失敗したため、その設備が浮いているというのが実情ではないか。

「ちなみに製造ラインはウチの従業員がハンドリングできるんですか？」

「それはもちろん。原材料や配合、乾燥時間なども設備の調整の許す限り。ああ、もちろん、レシピを公開しろなんて言いません。適切な場所代と設備使用料を頂くだけでいいです」

またしても来た。大那フーズの甘い言葉だ。都築ならこんな話、一笑に付すだけだろう。しかし――。

「分かりました。前向きに検討をさせてもらいますよ」

「えっ⁉」

思わず間の抜けた声が漏れた。冗談……なのだろうか？

「あみもろこしや従業員のみんなを守るには、これしかないと思うんですよね。他にいいアイディアがあれば教えて欲しいな」

都築は島田に向け、感情の薄い声で淡々と言った。

「………………」

現在注文している設備が届く前に、会社の資金は枯渇する。阿仁は東奔西走しているが、こんな状況の会社に銀行がお金を貸してくれる可能性はほぼゼロと言っていた。確かに打つ手はない。だから島田は何も答えることができなかった。

「いやぁ、よかった、よかった。今回は前向きに検討して頂けるということで」

「ではもっと細かな条件を」

「──そこです」

薄井はぎょろりと都築へ視線を向ける。

「第一にして絶対的な条件があります。それは都築さん。あなたの保有する押切製菓の全株式譲渡です。もちろん都築さんには社長の座は退いていただきます」

「そんな！」

声を上げたのは島田だ。都築は素寒貧《すかんぴん》になるまで押切製菓のために私財を投じ続けたのだ。それもこれも愛するあみもろこしを守るため。その都築を排除するなどありえない。

「ですが、失火の責任を取って頂かないと。責任の所在があいまいな企業を支援するというのはどうかなと思うのですよ。本社をきれいにしておきながら老朽化した設備はそのままにしていた。はて。誰の責任なんでしょうね？」

「………」

都築の膝の上に固く握られたこぶしは小さく震えている。

「社長、帰りましょう。こんなのただの乗っ取りじゃないですか。都合のいい話だけして製造ラインを人質に取って、最後はブランドだけ吸収されるのが落ちですよ」

「……それでも、あみもろこしが生き残るなら」

「えっ……」

都築は島田の目をしっかりと見つめる。

「従業員のみんなが路頭に迷わず、あみもろこしが生き残るなら、それもありかなって」

そしてゆっくりと、感情のこもった声で言った。

「絶対にダメですよ！　そもそもこの状況に追い込まれたのも大那が原因なんですよ。これも罠《わな》です」

「――失礼な‼」

突如、薄井の怒声が部屋を震わせたことで、島田の体はビクッと硬直する。

「さっきから黙って聞いていれば、失礼にもほどがある！　おたくの失火で勝手に経営危機に陥っているだけなのにその言いようは何だ？　うちはライバル企業であるおたくに手を差し伸べようとしているんだぞ。そしてそれを経営者同士で納得した。お前に否定する権利などない！」

「………」

薄井の剣幕に気圧され、島田は何も言い返すことができなかった。

「何も今日明日の返事を求めている訳ではありませんので、会社に持ち帰ってしっかり大切な従業員の皆さんと話し合ってください。その上でお返事を頂ければ」

きっとご賛同いただけると思いますがね。薄井はそう続けると、再びにちゃ、と笑みを浮かべた。


会社に戻ると都築は全社員を本社に集め、本当に大那フーズの支援を受けるかどうかという話を始めてしまった。自力再建の道はほぼ絶たれていること、大那フーズの子会社となることですぐに生産を再開できることなどを説明する。ただしそれと引き換えに、都築自身の首がかかっているということは伏せたままだった。

「何で！　せっかく新味がいい感じになってきたのに」

難波がこぶしでデスクを鳴らした。島田だって同じ気分だ。苦しいながらも希望が見えていたあの頃に戻りたい。この数日間で何度思ったことか。

「でも……今ここで無職になったら息子に高校中退してもらわないといけなくなるから」

誰からともなく出たこの言葉で、社内には様々な意見が飛び交い始めた。

「全員で路頭に迷うか、敵に頭を下げてでも全員が生き残るか、か……」

「だからあの時、M&Aを受け入れておけば」

皆、好き勝手言い放題だ。都築の気持ちも知らずに。

「課長……」

隣にいた森町が島田の袖を引っ張った。

「僕は絶対に反対だから」

「私だってですよ。でも……幸福堂のバウムクーヘン買ってくださいよ」

「えっ？」

何を唐突に。それは今、言うことなのか。

「だって！　大那に買収されるのが本当だったら買ってくれるって約束しましたよね」

確かに約束はした。あの時は買収される可能性などゼロパーセントという自信があった。しかし今ではどうだ。身売りをしないと生き残る術がない状況だ。

「こんなこと言うことになるなんて思わなかったですよ……」

森町の声が掠《かす》れ、フェードアウトしていった。

「森町さん……」

それは島田だって同じだ。会社を敵に明け渡すか殺すかの二択を迫られるなんて。

「自力再建するために第一工場だけを分社化して、元の法人は清算するってのはできないのか？」

大野が大声で第三の案を出したことで、皆の興味がそこへ集中し始めた。

「でもそれだと三分の二は従業員を解雇しないといけないから。俺は反対です」

「ならどうするって言うんだ。チーズ味はきっと成功する。俺は大那の支援を受け入れるのは反対だぞ！」

少なからず「部長に同意」といった意見が飛び交った。

「だからこそ、大那の支援を受け入れる必要があるんですよ。今、たくさん意見が出ましたよね。ここにいる全員が路頭に迷わず、そして悲願だったチーズ味を、約束通り創立記念日の八月一日に売り出す。それにはこうするしか方法がないんです。そう思いませんか？」

「…………」

理路整然とした都築の言葉に皆が黙り込む。このままでは駄目だ。皆、都築の言葉に巻き込まれ始めている。

「大那が約束を守る保証なんてどこにもないんですよ？　この前引き抜かれた佐野さんだって、約束とは違う部署に配属させられてたじゃないですか」

大那フーズは信頼ならない。皆にもこれだけは知ってもらいたかった。だから島田は声を張った。

「だって、このままだと倒産でしょ？　大那の支援を受けたとして、確かに全員の雇用が維持される保証はありません。でも、繰り返しになりますけど倒産したら全員が路頭に迷うことになるんですよ。社長として痛みの少ない方を選択するのは当然のことです」

それに、あみもろこしが生き続けるんです。都築はそう続けた。

「社長……」

これほどの重要なことなのだ。もっと熟考に熟考を重ねてから決めてもいいはずだ。

「決断が遅くなるほど状況は悪くなりますよ」

だが、都築の腹は既に決まっていた。

「ならせめて、多数決で皆さんの意見を聞くっていうのは」

最後の足掻きとばかり、島田は提案をした。

「いいですよ。冷静に判断をすれば自ずと支援を受け入れる方に決まるんですから」

こんなところで自信たっぷりに言わないで欲しい。

「……分かりました。では多数決を取ります。大那の支援を受け入れることに反対の方」

ザっと勢いよく手が挙がり始める。もちろん島田も手を挙げた。阿仁や大野、それに渡辺もだ。数を数えると、二十一人の手が挙がっていた。

「では賛成の方」

こちらも数を数えると、二十一人だった。

「ええっと、二十一対二十一で真っ二つに割れてしまいました」

島田が都築に視線を送ると——。

「俺も賛成に一票」

最後に都築が手を挙げたことで、大那フーズの支援を受けることが決定した。

◇

翌週の月曜日から都築が出社することはなくなった。その代わりに大那フーズから社長代理が送り込まれてきた。先日大那フーズの本社に行った時に、薄井の隣に座っていた男だ。サークルセブンでの試食会とあわせて三度目の顔合わせとなる。

「――ということで、私が押切製菓の社長代理となった小中です。大那フーズ流に徹底した無駄・無理・ムラを省いた筋肉質な経営体制を構築するので、しっかりとついてくるように」

本社に集められた全社員を前に、尊大な態度で小中は自己紹介をした。中肉中背でよれた濃紺のスーツ。それに七三に分けられた髪。どこにでもいそうなサラリーマンという風貌だ。

「あんたが社長になるんだったら都築社長はどうなるんだよ?」

いきなりの社長交代という事実にざわつく中、皆を代表するように大野が質問をぶつけた。

「どうって、普通に退職するだけですけど?」

当たり前のことを聞かないでくれ。そんな態度で小中は答えた。

「何でそんなことになるんだよ! 社長は俺たちに――」

小中へ詰め寄ろうとする大野の腕を島田が軽く摑むことで、その視線が島田へと切り替えられる。

「あの時、社長は言ってませんでしたけど、これが支援を受け入れる条件だったんです。もしかしたらこの事実を伝えたら反対する人が増えるかもしれない。そう考えて伝えなかったのかもしれないです」

　島田が事実を告げると、大野の体から力が抜けていくのが伝わってきた。

「んなことあっていいのかよ……」

　そして悲しげに、感情を押し殺すように言った。

「社長は自分を犠牲にすることで皆さんを守ろうとしたんです。だから僕たちはそれに応えなければならないんです」

　島田は大野だけでなく皆へと視線を回す。一人、二人とばつが悪そうに視線を逸らした。

「えー、雑談は以上でいいですかね？　先に進めたいんですけど」

　空気を全く読まない小中の声で、再び皆が小中へ視線を切り替える。

「で、社長代理さん。これからどうするつもりなんだ？」

「大野さん……でしたっけ？　さっきも言いましたけど、筋肉質な経営体制を目指します。そのためにそうですね……」

　小中は懐から黒いビニール表紙の手帳を取り出すと、ページをペラペラとめくり始めた。

「営業部については商品ごと、顧客ごとの売り上げや利益情報、これら直近一年分を月次にまとめた資料を用意してください。ええっと、あとは現状注文を受けて未納となっているあみもろこしの数と今後想定される数を――」

そんなところかな。小中はそう締めくくり手帳から大野へ視線を切り替えた。

「分かった」

「では次。製造部の渡辺さんという方は？」

「何だ」

硬い表情の渡辺が一歩前に出た。

「ええ、渡辺さんは……どこからどのような原料を仕入れているのか。それと製造工程について。それらをまとめた資料を用意してください」

あ、この情報はあみもろこしだけで結構です。小中はそう続けた。大那フーズ本社での話では、工場と設備を借りて押切製菓の人員で生産をするはずだった。これでは遠回しにレシピをよこせと言わんばかりではないか。

「…………」

案の定、渡辺は何も答えなかった。完全に拒絶の態度だ。しかし小中は用が済んだとばかり、今度は阿仁へと視線を向ける。

「次は阿仁さん」

「……はい」

阿仁の顔に緊張が走った。大那フーズにとって立役者、いや、共犯者という存在の阿仁。彼女へはどのような厚遇をするのだろうか。

「経理は効率化するため大那フーズの経理室でまとめて行いますので、引き継ぎの用意をしておいてください」

まさかの言葉に阿仁は思わず目を見開く。

「それはどういう意味よ！」

「そのままの意味ですよ。押切製菓に経理部は不要となります。阿仁さん、長年の勤務ご苦労様でした」

しかし、それは言葉通り阿仁をリストラするという意味だった。

「それはあんまりじゃ――」

思わず島田が口を挟んだ。

「いや、これは上からの決定事項ですので異論は受け付けません。本日午後より本社から経理担当者が来ますので、さっそく引き継ぎ作業に移ってください」

有無を言わせない小中の態度に、阿仁は歯噛みをする。甘い言葉で誘い凶行に走らせておきながら、使い捨てという扱い。さすがは大那フーズという感想しか思い浮かばなかった。

「最後に――島田さん」

小中はそう言って島田に視線を向けた。

「あなたは全従業員の給与と労働時間を月別にまとめた資料を一年分用意しておいてください。製造部に関しては工場ごとに分けてくださいね」

先の大那フーズ本社で薄井を怒らせた。だから自分も阿仁のようにリストラでもされるのだろう。正直島田はそう思っていた。だが、意外にも小中からの依頼はしごく真っ当なものだった。とはいえ工場ごとの人件費など今まで出したことがない。所属部署こそ分けて管理はしていたが、製造部は製造部でひとまとめだ。兼任者だっている。そのため正確な数字を出すには時間がかかりそうだ。

「それはいつまでに――」

「事は急を要しています。明日の朝九時から会議をしますので、それまでに用意をしてください。伝達事項は以上です」

しかし、準備に割ける時間は極めて短かった。

翌朝。小中の指示通り、島田は資料を手に押切製菓二階の会議室に向かった。島田と大野の前には大量のペーパー資料が置かれている。人事の資料については森町にも手伝ってもらい、何とか用意できたものだ。工場の兼任者については、ざっくりと売り上げ比で案分する形で対処した。そんな滑り込みで入室した会議室にはコツコツ、

コツコツ、と爪で机を叩く音が響いていた。

「渡辺さんはまだですかね」

音の発生源は、小中だった。時刻は九時を過ぎ五分が経とうとしているが、渡辺はまだ到着していない。相当にイライラしている様子だ。小中は先ほどからずっと机をコツコツしたり、手帳をペラペラとめくったりと落ち着きがない。その姿を見ている島田にもイライラが募っていく。何せコイツのせいで徹夜だったのだから。

「どこにいるのか分からないんですか？」

「はい。工場にもいないので携帯にかけてみましたが……」

この様子だと、きっと渡辺が顔を出すことはないだろう。

「ああ、もう！　仕方ありませんね。進められるところから始めましょう。大野さん」

小中は大野から資料を受け取るとペラペラと紙をめくり、所々にボールペンで印をつけていく。

「島田さんのも」

島田も自分の資料を小中へ手渡す。小中は大野の資料と同様に印をつけながら、ページをめくっていく。森町と二人がかりで徹夜して作成した三十五ページの資料。最後のページに到達するまでに要した時間は僅か二分程度だった。それから印をつけた部分を拾いつつ電卓を叩くことおよそ一分。

「なるほど。薄井常務の見立てた通りだ」

合点がいったように小中は何度も頷いた。ある程度の数字は事前に阿仁から流出していたと考える方が妥当だ。だからこれは多少の不足分の確認作業なのだろう。

「では今後の方針についてですが――」

小中は手帳を手に取ると、その内容を朗読するようにセリフを発し始めた。

「ええ、まずあみもろこしの生産再開は急務ですので、第二工場に勤められていた社員の方々を明日より大那フーズの名古屋西工場へ出社させてください。時給者の方は、準備の進捗に応じて出社いただく形になります。あ。あと、渡辺さんの後任者も決めておいてくださいね。彼が責任者では今後の業務に支障が出ますので」

「でもそれだと味付けをできる人が――」

「ああ。そんなことも言ってましたね。そんな人の手に頼ってるから簡単に増産ができなくなるんですよ。名古屋西工場の設備は、味付け工程まで完全にオートメーション化されてますので職人など不要です」

「そうですか……」

小中の中で、渡辺はいない人になってしまった。せっかく新味の開発をしたというのに、発売という日の目を見る前に強制退場をさせられる。あまりにも無情すぎる。

しかしそれが都築の決めた「大那フーズの支援を受け入れる」ということなのだ。

「では次に大野さん」

「なんだ？」

「第一工場で製造している商品に関しては、原材料がなくなり次第製造を停止します。ですのでそちら専門の従業員は解雇。営業もそのつもりで動いてください」

「は？」

大野の眉間に深いしわが寄る。

「あ、あんな駄菓子は昭和の遺物ですのでね」

小中は大野の気迫に一瞬だけたじろぐものの、第一工場で製造している雑多な駄菓子が不要だということを改めて告げた。

「本気で言ってるのか？　こいつらはほとんど創業当時から製造されているもんだぞ」

「それがどうかしましたか？　資料を整理してみれば、第一工場の商品は微々たる利益しか出していないではないですか。こんな商品を残す理由が見つかりません。こういった判断ができなかったがゆえに、火災を抜きにしても経営が傾いていたのではないですか？」

「………」

確かに合理、不合理という視点で見れば不合理なのかもしれない。それでもこれらの駄菓子は一定の支持を得続けている。楽しみにしてくれている消費者がいるのだ。だからこそ押切だって都築だって、製造し続けるという判断をしていた。

「弊社のポテチはシリーズ年商七百八十億円ですよ？　あみもろこしなら四色展開すれば軽く二百億を狙うことだってできると思います。その中で単品一億も稼げないような雑魚を残す意味がどこにあるんですかね？　しかも利益はギリギリの黒。そんな商品など捨てて、可能性のある方にリソースを割くのは当たり前では？」

感情論などまるで通じない小中の言い様に、島田も大野も何も言い返せなかった。

「では伝達事項は以上ですので、本日はこれで解散」

小中は卓上に開いていた手帳をパタンと閉じた。いったいこれからどう動いたらいいのだろうか。どのように渡辺にリストラの事実を告げればいいのだろうか。島田が悩みつつ立ちあがったその直後、「あ、島田さん」と呼び止められてしまった。

「そういえば、島田さんにはまだ話がありましたので残ってください」

残念ながら脱出失敗だ。仕方なく島田は元いた席へ座り直す。

「何でしょう」

大野の背中を見送ると、島田は不機嫌さを滲ませながら聞いた。

「薄井常務がですね、殊《こと》の外《ほか》あなたのことを評価しておりまして」

「へ？」

全く想定外の話題が飛び出してきた。何で島田がそういう扱いになるのだ。

「大那フーズでは薄井常務が主導で、新しいジャンルの商品を開拓していくための『商品企画五課』という部署を創立しようとしているところなのですよ。そこでですね、その創立メンバーの一人として島田さんに幅広く培った知識を活かしてもらいたいなと」

まさかの引き抜きの話だった。いや、もう押切製菓は大那フーズの一部となりかけているので、出向のようなものか。

「僕が、ですか？」

「そうです。薄井常務たっての希望で、ですよ。光栄に思って頂いても結構です。その代わり、押切製菓でしっかりと最後の仕事を全うして頂いたら、というのが条件となりますがね」

どうせその条件を達成させて使い潰すだけだろう。だが、どんなことを考えているのかは気になる。どうせ碌《ろく》なことではないはずだ。たとえば大規模なリストラをさせるとか。

「その条件……というのは？」

だから島田は聞き返した。きっと島田が食いついてきたと思っているのだろう。小中はニヤリと笑う。

「――リストラです」

ビンゴ。清々《すがすが》しいまでに単純な行動パターンだ。

「製造部はしばらく様子見として、営業部の人員はほぼ不要になりますんでね。我々大那フーズにとって五百の商品が五百一になっても営業の手間は変わりませんから。あと、経理と同様に総務も本社に機能を統合するので必要なくなります。良かったですね、島田さん。あなたには活躍できる席が残っていて」

やはり大那フーズは、人を守るつもりなど微塵もなかった。都築は従業員を可能な限り守るために苦渋の決断をしたのだ。だがこの現実はどうだ。あみもろこしだけを奪って後は使い捨てるつもりだと明言した。これでは都築も浮かばれない。

『押切製菓を小さくとも尖った会社にします!』

ふと、都築が何度も宣言した言葉が島田の脳裏にリフレインした。

そうだ。島田はその都築の夢をサポートすべきバディという立場にいるのだ。こんなところで都築の夢を諦めさせたくはない。ならば、泥水を舐めてでも自力再建への道を模索すべきだ。

都築のバディとして島田は今、何ができるのだろうか。

――そんなの決まっている。皆を巻き込むことだ。都築がそうしてきたように。

そうと決まれば動くのみだ。

「大野さん。ちょっといいですか？」

会議終了からほどなく。小中が揚々と社屋から出ていったことを確認すると、島田はデスクで頭を抱えていた大野に声をかけた。そして、ついさっき提案されたことを事細かに伝える。

「マジかよ……ほんとに碌でもない奴らだな」

大野は眉間に皺をよせる。大野自身も駄菓子の生産中止で頭を悩ませていたはずだ。そこへ追撃のように告げられた大量リストラの事実。

「大那フーズは『支援』という甘い言葉で社長の弱点を突いて、乗っ取りを実行したんですよ」

しかも送り込まれてきたのは、薄井に言われたことをただ伝えるだけの子飼い。とてもではないが、社長代理という肩書に見合った男とは思えない。

「大野さんも大那であみもろこしを営業する体制が整ったらリストラ確定ですよ」

「――ざけんな！」

大野がデスクを強く打った。そんなやり取りをする二人に向け視線が集まる。

「今の話、皆さんも聞こえてましたよね。大那が欲しいのはあみもろこしだけ。僕たちは使い捨てだってことが」

島田はいちど皆を見回し、

「大那の『支援』に賛成した皆さん。これで大那がどんな会社かってのが分かりましたか」

強めの声で言った。

「でもそれって島田さんの思い込みじゃ――」

「いや、第一工場はもうリストラが言い渡された。儲からん商品は要らんのだとさ」

一人の社員の言葉を大野が即座に否定した。

「そんな……」

「昨日の阿仁さんの扱い、見てなかったなんて言いませんよね？　少なくとも総務と経理はリストラ確定ですよ」

島田も追従した。

「自分の生活のことで頭がいっぱいだったから……」

「いきなりこんなことになるなんて」

自分たちもリストラ候補だと知った営業社員が口々に言い始めた。

「年末に引き抜かれた十人の処遇がどうなったかは知ってますよね？」

この情報は噂話として既に社内に広まっている。その上で自分たちは良い待遇を受けられると本気で考えていたのだろうか。

「………」

「大那が欲しいのはあみもろこしのブランドだけなんですよ。第二工場の人たちだって、不要と判断されたら簡単に首なんて切られます。現に渡辺さんにもクビが言い渡されたんですから」

島田の力強い言葉に社内がざわめき立つ。製造部の話は単なる想像だが、こういう時は断定して言いきってしまった方がいい。都築の隣に一年近くいて学んだことだ。

「なら僕たちは抵抗すべきですよ！　皆さんはどうですか？　大那にいいように使われて何ヶ月か後に首を切られるのか。それとも押切製菓の仲間と共に戦っていくのか」

「でもどうやって？　契約でがんじがらめにされてないのか？」

大野が言った。確かにそこは気になる。

「まずは現状を社長に確認してみます。この前大野さんが言ったみたいに、全員で退職して別会社を作るって方法も最悪は取れると思いますから」

その場合、イニシャルコストをどのように捻出するのかという問題はある。だが今それを気にするには早すぎる。

「実は古くなったあみもろこしの生産ラインを更新するために、もう新しい機械を発注済みなんです。残金の捻出さえ何とかなれば、来月には納入されるはずです。ですから、そこまで耐えられれば絶対に生き残ることができます」

今月、来月さえ乗り切ることができれば。そして機械の設置場所さえ確保できれば、あみもろこしの製造を再開できる。

「そうなのか？　なら俺たちにもチャンスは！」

大野が食いついた。

「あります。大野さんは自力再建に賛成ということでいいですか？」

ちょっと強引な聞き方かもしれないが、ベテラン大野の協力は必須だ。

「もちろん。あんな奴の言うことなんかに従ってられるか」

「ありがとうございます！」

「営業部は任しとけ。リストラされたい奴は止めんが、戦いたい奴は全員守ってやる」

大野がこちらについてくれるのなら心強い。全員でなくてもいい。ここから大野に追従してくれる人が増えてくれれば営業部は戦える。

「なら僕はこれから渡辺さんと話をしてきます」

島田は隣接の第一工場に渡辺がいないことを確認すると、車に乗り第二工場跡地に走らせる。火災後、渡辺の姿が第一工場にない場合、ほぼ確実にそこにいたからだ。

あの日、工場と共に渡辺の大切なノートも燃えてしまった。幸いなことに、あみもろこしのレシピなど重要なものはすべて渡辺の頭に記憶されていた。しかしノートに染みついた思い出までは復元できない。だから焼け跡の中から、職人人生の欠片《かけら》を探していると言っていた。

「渡辺さん」

車を走らせること五分。やはり渡辺はここにいた。立ち入り禁止の黄色いテープの内側は、垂直の柱こそまっすぐ立っていたが、天井を支える梁《はり》はぐにゃりと曲がり青空がのぞいていた。

「……ああ。お前さんか」

割れたガラスや機械の残骸などが広がる危険な工場跡。そこで軍手を真っ黒にしながら瓦礫《がれき》をひっくり返していた渡辺は、島田の姿を認めると顔を上げた。まだ地面からは燃えカスの匂いが立ち上ってくる。

「今日は何か見つかりましたか？」

渡辺は首を横に振る。

「見つからん。めぼしいもんは全部回収したみたいだ」

「ならいいよ、業者を入れて片付けに入らないといけませんね」

「そんな金もないだろうに」

解体費用の見積もりは二千万円程度だった。確かに渡辺の言う通りだ。

「はは……そうでした……。ところで、渡辺さん」

「なんだ？」

「大那の支援を突っぱねて自力再建をしたいと思っています。協力して頂けませんか？」

「……できるのか？」

「正直、何ともいえません。でも、あみもろこしだけ奪われて、押切製菓が壊されていくのを座して見ていることはできません。発注した設備が来るまで持ちこたえればチャンスはあります。だから僕は戦います」

渡辺の眼が鋭くなった。

「二言はないな？」

「もちろんです」

しばし、島田と渡辺がにらみ合うように視線を絡ませる。

「孫娘にチーズ味がスーパーに並んどるところを見せると約束したからな」

「それは何としてでも守らないといけないですね」

「だな」

渡辺の表情がほころんだ。

「では、これから社長にかけあってみます」

「頼んだぞ」

渡辺の協力も取り付けることができた。あとは都築のみだ。果たして都築は翻意をしてくれるだろうか。キーマンがこうやって協力をしてくれるのだから、そして大那フーズがあんな動きをしてきた今なら首を縦に振ってくれるはず。いや、そうしてもらわないと困る。島田は都築の自宅に向け、すぐに車を走らせた。

住所は業務上知っていたが、訪れるのは初めてだ。三階建ての小さなマンション。その一部屋が都築の自宅だった。敷地内に数台ある駐車スペースにポルシェは見当たらなかった。あれだけの車だ。どこか屋根付きのガレージでも借りているのだろう。

「島田さん、久しぶりですね」

どこかすっきりした様子の都築が島田を迎え入れた。

「まだ会ってないのは三日間だけですけどね」

ここ最近は土日も含めてほぼ毎日顔を合わせていた。その頻度からすると確かに三日間は久しぶりに感じなくもない。

都築の自宅は普通の単身者が暮らす質素な1LDKの部屋だった。目立つ家具は、カジュアルな布素材のソファーとテレビだけ。その中間に置かれた小さなテーブルに、途中のコンビニで買ってきた缶コーヒーを置く。

「好きな方、どうぞ」

　都築に促されソファーに横並びに座ると、島田はコーヒーを勧める。ミルク入りの甘いものと無糖ブラックを買ってきた。

「ありがとうございます。なら無糖の方で」

　二人がそれぞれ自分の缶コーヒーを開け、最初の一口を飲んだ。総務のメンバーにはよくお菓子を差し入れていたが、もしかするとこうやって都築に何かを差し入れするのは初めてのことかもしれない。

「で、早々にどうしたんですか？」

「どうしたんですかどころの騒ぎじゃないですよ」

　島田は昨日やって来た小中のとった行動をつぶさに説明する。その話を聞いた都築は顔をしかめるが、それも一瞬のことだった。

「だから社長、会社に戻ってもう一度仕切り直してもらえませんか？　今なら自力再建に力を貸してくれる人もそれなりにいると思います。大野さんも渡辺さんも賛成してくれていますから」

　しかし都築はゆっくりと首を左右に振った。

「もう、いいんですよ島田さん。俺は社長に向いてなかったってことが分かったんですから。ここまでに押切製菓に投入したお金、十三億円近くですよ。それなのに一回の火事で立ち直れなくなっちゃったんですから。それに今回の混乱を生んだのも俺のせいだし。もう、疲れちゃいました」

いや、都築はこんなことでへこたれるような人間ではないはずだ。

「そんなことないですよ。古い会社の体質を変えつつ失った売り上げを取り戻したんですから。今回はたまたま大那に嵌《は》められただけで、これからは大丈夫ですって」

都築が自分を責める理由などまったくない。

「でも……みんなのためを思ってやって来たことなのに、この結果なんですよ……。これ以上みんなを振り回して、挙句の果てに迷惑をかけるなんてことしたくないんですよ。島田さん、分かってください。もう、辛い思いをしたくないんですよ。こんな思いをこれからも繰り返すくらいなら、投資だけで生計を立てた方がずっといいんですよ」

都築の声が震えているように聞こえる。

「でも、大那は雇用の維持もしてくれないんですよ！」

「……製造部の人たちが残れるだけでもありがたいことです」

完全に経営から心が離れている。都築が大切にしてきた「人」の話も通用しない。

ならばもう、拝み倒すのみだ。

「社長、この通りです！　会社に戻ってください!!」

島田は頭を下げる。膝に額をなすりつけんばかりに。そしてそのままの体勢を維持すること五秒、十秒……。

すると、ポンと肩に温かいものが置かれた。

「島田さん、頭を上げてください」

「社長が戻ってくれるって言うまで上げません」

「あはは……。じゃあ島田さんは、ずっと地面を見続ける人生を歩むことになりますね」

冗談のように言った都築の言葉は、やはり震えていた。これ以上の説得は無理だ。

島田がゆっくりと顔を上げると——。

都築のその瞳から、一筋の涙が零れ落ちた。

「社長……」

鋼の心臓を持っている都築。彼がこうなってしまうほど、押切製菓の経営というのは彼の心にダメージを与えてしまったということなのか。この姿を見てこれ以上の説得をするなんて、島田にはできなかった。そのため、それから二、三だけ言葉を交わすと、島田は都築の自宅を後にした。

その夜。

「会長、いきなりですみません」

「気にしないで。普通じゃない状況ってのは分かってるから」

鳥和哉《とりわかな》のカウンター席には、島田と会長の押切の背中が並んでいた。まだ夕方の五時半ということもあり、今のところ二人の貸し切り状態だ。当然のことながら押切も第二工場の火災のことは知っている。ただし、阿仁に原因があったということまでは伝えていない。都築が、押切が気に病まないようにと気配りをしたからだ。

「ありがとうございます。どうしても飲まないとやってられなくて」

「分かる分かる。こんな状況だと特にね」

島田は押切が差し出したジョッキに自分のものを当てると、その半分くらいを一気に流し込む。

自力再建する。勢いで皆を巻き込んだのはいいのだが、肝心の都築が同意してくれなかった。やはり都築が諦めてしまうほどの状況から自力再建するというのは、荒唐無稽な話なのだろうか。だが大那にいいようにされるのは気に食わない。自分自身がリストラ対象というのも気に食わない。そのあたりの悶々とした気持ちを一気に押切へぶちまけた。

「そっか。都築君の決断はそんなに固かったんだ……」

ジョッキを傾ける押切の横顔は寂しげだった。

「ちなみに大那の誰がこの件を担当してるの？」

「薄井っていう常務です」

「ああ。納得だ」

押切はうんうんと首を縦に振った。

「といいますと？」

「薄井って人は拡大路線で功績を立てることで次期社長の座を狙ってるんだよね。堅実路線の現社長とは正反対の人」

「そうなんですね」

「そうそう。だから社長も困ってるっぽいんだよね」

さすがは押切だ。個別の役員のことまで知っているとは。

「ここから押切製菓が逆転する方法はあると思いますか？」

そう質問をしつつ、島田は押切製菓の現状を説明する。今月末で資金が尽きることや、新しい機械が来月納入予定といったことなどだ。

「そうだね……まずは第二工場の土地を売却して当座の現金を確保かな。確か三百四十坪あったと思うから、坪単価九十万で計算すると……えっと」

「三億と六百万になりますね」

すごい。どんなからくりか分からないが、帳簿上の土地価格の何倍もある。

「火災を起こしたってことと早期の現金化のために値引いたとしても、二億はいけるんじゃないかな。取り敢えずこれだけあれば三ヶ月くらいは何とかなるんじゃない？」

確かに押切の言う通りだ。しかし島田には大きく引っかかることがあった。

「でも、いいんですか？　創業の地を手放しちゃって」

押切製菓は現在の第二工場の跡地の一角で創業された。そこが手狭になり現在の本社と第一工場が建設された。更にその後、創業地の周辺を買い取ることができたため、あみもろこしの拡大とあわせて大きな第二工場を建てることができたのだ。名前こそ「第二」がついているが、あの地こそ押切製菓の歴史がつまっている大切な場所だ。

「そんな思い出は都築君の世代には関係ないことでしょ。合理的に行っちゃっていいよ」

創業地であることと簿価が低かったため、土地の売却というのは島田の選択肢にはなかった。だが、押切がそう言うならば最大限活用しない手はない。

「分かりました。それだけあればどこかの工場を借りて稼働まで行けそうです」

これで当座の現金の問題は解決できる。島田の心は急速に晴れていくのを感じた。

「でも、訳ありの土地が順調に売れたら、の話だからね。期待はしすぎないで。それに都築君がもう大那フーズに株を売ってたら手遅れだから。島田君はどうなってるか知ってる？」

「分かりません……」

せっかく快晴になりかけた島田の心に、またしても雲がかかり始めた。確かに、既に押切製菓が大那フーズのものになっていたら、自由に動くことなんてできない。

「ちょっと聞いてみようか」

押切はすぐさま携帯電話を取り出す。

「もしもし、あ、都築君？ 今、島田君と一緒に飲んでるんだけどね。やっぱり社長辞めちゃうの？ ——そっか。残念だけど僕は都築君の考えを尊重するよ」

押切は二、三やり取りをすると、電話をカウンターの上に置きスピーカーモードに切り替えた。

「では、都築君はもう株も手放しちゃったのかな？」

『まだ俺が持ってますよ。急な話だったから、そっちの条件はまだ決まってないんですよ。何だかんだで月末くらいにはなるんじゃないですか。売買の実行日は』

ということは、まだ会社は都築の物だ。ならば社長代理の小中の言うことになんて従わなくてもいい。しかし、月末というのが心もとない。もう今は三月十六日。残り半月で体制を整えるのは不可能だ。

「その売買、せめて六月いっぱいまで延ばしてもらえないかな？」

押切も同じことを考えていたようだ。

『どうしてですか？』

「第二工場の土地を売れば三ヶ月は延命できそうなんだよね。そこまでは島田君たちに足掻かせてもらえないかなって」

少しの間の後。

『……分かりました。なら何かしらの理由をつけて延ばしてみます』

「ありがとうございます！　ちなみに社長は会社に戻っ――」

思わず島田が口を挟んだ。

『それはごめんなさい』

やはりそれは駄目か。先ほど散々話したばかりだったので、島田はそれ以上のことを言うことなく通話は終了となった。

「会長、これで戦えます」

今度という今度こそは、大那フーズにぎゃふんと言わせるのだ。しかも今回は立場上、島田が皆を巻き込んで先頭を走ることになる。果たしてちゃんと遂行することができるのか。皆はついてきてくれるのか。そう考えるだけで島田は自分の体が熱くなるのを感じる。

「いつの間にか島田君、逞《たくま》しくなったね。僕が後ろ盾になるから、困ったら何でも頼って」

「ありがとうございます！」

押切がついてくれるなら心強い。その後、二人は焼き鳥を食べながら今後取るべき行動の優先順位をつけていった。デッドラインとなる六月末までに自力再建のめどを立てて、その段階で再び都築を迎えに行く。それが基本方針となった。

◇

翌朝。島田は社内のグループチャットで、全社員に向けて昨夜決めた具体的な方針を発信した。そして島田はいつものように八時半に出社。

「皆さん、おはようございます。今朝メッセージで送った通り、僕たちは押切製菓の再建に向けて動き出すことになりました」

先日と同様にほぼすべての社員が集まると、島田が皆に宣言をした。すると、大きな拍手が湧き起こった。もちろん大野や渡辺、それに阿仁といった主要メンバーもいる。

「期限は六月末です。正直、資金繰り的にはかなり厳しい状況です。来月の給料については皆さんに我慢をして頂くこともあるかもしれません」

都築には絶対に言えないだろう言葉を言った島田は、ここで皆を見渡す。ここで反対の流れになってしまったら計画は頓挫《とんざ》だ。しかし誰からも声は上がらなかった。皆、押切製菓の未来にかけてくれている。心強い。

「何としてでもあみもろこしの生産を再開し、今まで通りの、いや、今まで以上の売り上げを稼ぎ出せる体制を構築したいと思います。皆さん、協力よろしくお願いします！」

そこまで言うと島田はいちど頭を下げる。こうやって皆を引っ張っていくことなど初めてだ。上がる心拍数を落ち着けるように深呼吸をすると、島田は再び口を開く。

「残念ながら社長はまだ復帰できないということでしたので、僕たちのサポートは押切会長がしてくださることになりました。まず、製造部は第一工場を稼働させつつ、あみもろこしを製造する工場の確保に向けて動いてください」

渡辺に視線を送ると、コクリと頷いた。工場探しは本来総務の仕事だが、島田が手いっぱいのため第二工場の社員に動いてもらうことにした。

「営業部は第一工場がフル回転できるように駄菓子を売り込みつつ、あみもろこしの製造が再開したらすぐに流通させられる用意をしておいてください」

微々たる利益の商品だって、ボリュームを増やせばしっかりとした利益になるはずだ。

「任しとけ！」

「総務は土地の売却先探しを急ぐこと――これは僕が動きます。あとは生産再開まで仕事のない第二工場のパートさんが生活に困らないように、製造部と連携して第一工場で働けるように調整します。これは森町さん、お願いしてもいいかな？」

「もちろんです！」

森町が力こぶを作った。

「では皆さん、それぞれの持ち場に――」

これで解散しよう。そう思った時のこと。

「どうして誰も工場に来ないんですか！」

社長代理の小中が顔を赤くして本社へ飛び込んで来た。小中の予定で名古屋西工場に行くはずだった人間はここにいる。だからあちらで待ちぼうけを食ったはずだ。島田は入り口で血相を変える小中のもとへ歩いていく。全従業員の視線を背に、島田は小中と対峙《たいじ》した。

「あなたの、そして大那フーズのやり方には賛同しかねます。そもそもまだ押切製菓と大那フーズは何の資本関係もなく、役員登記もされていない小中さんの指示を受ける理由はまったくありません」

「だから、それは我が社が支援をするから必要なことであって」

「支援も必要ありません」

「え？」

口を半開きにし、間抜けな表情を浮かべる小中。

「押切製菓は自力で再建しますので、あなたは出ていってください」

島田は力強く言い切った。

「そうだ！　出ていけ！」

大野の大きな声がきっかけとなり、他の社員たちからの「出ていけ」コールが始まった。この状況に分《ぶ》が悪いと判断したのか、小中はしっぽを巻いて逃げ出した。

第八章　再建

皆を巻き込み威勢よく自力再建に向けてアクセルを踏み始めた。ところが、それから一週間が経過してもその進捗は芳しくなかった。

「工場は見つかりました？」

「見つからん」

島田の質問に渡辺は首を横に振った。押切製菓本社会議室には、今後の方針を決めるため主要メンバーが集まっていた。だがつい一週間前の熱狂とは正反対に、会議室の空気はお世辞にも明るい未来を見通せるような雰囲気ではなかった。

「条件に合う物件がありませんか？」

すぐに生産が開始できるよう、渡辺にはクリーンルームなどの設備が整った物件を探してもらっていた。

「物件はある」

条件が厳しすぎた訳ではないようだ。

「ではコストが合わないといったところでしょうか？」

渡辺は静かに首を横に振った。

「信用不安だ」

「そっちですか……」

島田は大きなため息を落とした。確かに押切製菓は今、金融的な信用はとても低いと言わざるを得ない。これは都築が大那フーズの支援を受け入れるという決断をした要因の一つでもあるはずだ。

「最悪、第一工場を空けて設置するしか――」

「無理だ。もう受注残が積み上がり始めてる」

大野が島田の可能性を否定した。第一工場で製造している駄菓子が順調に売れている。明るい情報のはずなのに諸手《もろて》を挙げて喜べない。

「そっちの調子はどうなんだ？」

今度は大野が島田に振った。

「それがなかなか……」

そして最大の問題はこれだ。当座の資金源となるはずだった第二工場跡地の売却は、うまくいっていなかった。仲介だといつ現金化できるか分からなかったため、不動産業者に直接買い取ってもらう方法を模索した。しかし指値はまさかの一億五千万円。

火災という事故物件ということを考慮しても、かなり足元を見られた価格設定だ。島田はそんないきさつをかいつまんで説明した。

「全てはそこにかかってるんだぞ。サークルセブンにも、早く見通しを説明しないと大那に仕入れ先を切り替えると言われてるんだからな」

大野が苛々している。だが島田にも言い分はある。

「分かってますけど急ぎ過ぎて五千万を失うのも悪手ですし……」

押切は事故物件ということを割り引いても二億円はいけると踏んでいた。だからその金額に少しでも近づけるように粘りたい。

「つっても一ヶ月給料が未払いになるだけで消費者金融に走らないとダメな奴もいるんだぞ」

大野の言う通り、給料支払いの遅延だけは極力避けたい。だが、現金はない。こうして金策に走ってみて、いかに押切製菓は都築マネーに甘えていたのかということが分かってきた。しかしここには頼るべき都築はいない。すべては自分たちで解決しないといけないのだ。

「阿仁さん。他の金策でカバーは……」

島田は頼みの綱である阿仁へと視線を送る。ウルトラCのテクニックで華麗に問題回避をしてくれないだろうか。

「無理よ」

即答だった。

「公的機関からの借り入れで凌《しの》ぐっていうのは」

「既に打診して断られているわ」

「…………」

やはり、やれることを全て試した結果の今なのだ。正攻法も裏技も、取れる手はすべて取りつくしたということか。

「今のままだと、どれくらいもちそうですか？」

「今月末の支払いは何とかなるわ。でも来月で確実にショートよ」

「額にすると、どれくらいですか？」

「五千万は足らないわね」

「おい、本当に大丈夫なのかよ？」

大野の体が小刻みに揺れている。

「何とかするしかないですよ」

だがこの状況でどう何とかするのか。

「言い出しっぺなんだからな。もちろん俺だってお前に賛同した。だから俺はちゃんと数字を作る。お前はちゃんとお前の役割を果たすんだぞ」

資金がなければ、工場を借りるにしても家賃一年分に上る保証金すら払えない。もちろん、あみもろこしを製造する設備の残金およそ四千万円だって同じことだ。やはり島田が焼け跡を現金化するしか道は残されていないのだ。

「……分かりました」

ため息交じりのその言葉で、先の見えない会議はお開きとなった。

そんな真っ暗闇の押切製菓に一筋の光が差し込んだのは、翌日のことだった。

「阿仁部長、中京製粉さんからお電話です」

島田があちこちの不動産業者へアプローチをしていた時のこと。主要な仕入れ先の一社である中京製粉から阿仁への電話が入った。もしかして今月末の支払いの確約でも取りに来たのだろうか。

「――はい。えっ？　あ、はい。分かりました。ありがとうございます」

短いやり取りの後、阿仁が電話に頭を下げゆっくりとその受話器を置いた。そして通話中ずっと視線を送り続けていた島田の目を捉える。

「島田君、朗報よ。中京製粉さんから三月と四月末の支払いを五月末にしてもいいって連絡をいただいたわ」

いつも神経質な顔をしている阿仁が、久々にその表情を柔らかくした。

「本当ですか⁉」

　島田は思わず大声を上げた。確かに仕入れ先へは、あみもろこしの生産が再開した折に「卸せない」と言われないために、具体的な再建計画を描き、購買担当と一緒に阿仁が説明に行っていた。その効果が表れたに違いない。だが向こうからこんなオファーをしてくるだなんて想定外だ。

「あちらも一時苦しかった時があって、うちが支払いを三十日サイトにしたことで乗り切ることができたそうよ。だから今度はお返しをする番、だって」

　確かに都築が社長就任して間もない頃に、仕入れ先への支払いを四ヶ月後の手形払いから一ヶ月後の振り込みに変更していた。こんなところで都築が行った施策の効果が生まれるとは……。

「これで資金繰りはどうなります？」

　阿仁は一分ほどパソコンを操作する。

「八千万の支払いを先延ばしにできたわよ。これなら大きな動きがなければ、生産設備の残金四千万と来月の給与はギリギリ払えるわ」

　八千万円の余裕。今この段階でこの金額は大きい。大きすぎる。設備の残金は押切製菓の信用上の問題から、設置前日までに支払わないといけないことになっていた。

　そして給料も遅配の可能性を覚悟していた。それが取引先の協力という思わぬ形で解消されることになった。これで不動産の売却はもう少しじっくりと交渉することができる。

嬉しい動きはそれだけに留まらなかった。

「島田さん、ハセキョー商事さんからお電話ですよ」

受話器を手にした森町から声をかけられた。

「僕に？」

ハセキョー商事というのも仕入れ先の一社だ。主に調味料をここから購入している。だが購買担当者や経理でなく、島田に用事というのがイメージできない。

「はい。島田さん名指しです」

「何だろう……」

「しかも名前からして相手は社長さんっぽいんですよね」

島田は多少の不安を感じつつも森町から受話器を受け取る。そして形式ばった挨拶の言葉を交わしたその後のこと。

『押切製菓さんはあみもろこしを製造する工場をお探しと伺いました』

「ええ、そうですが？」

どうしてそれを知っているのだろうか。

『実は昨月ちょうど一般消費者向けの商品製造から撤退しまして、自社所有の工場が余っているんですよ。いずれ更地にして本社社屋を建設する予定でしたが、しばらくは押切製菓さんに使って頂くのもありかなと思い電話をさせて頂いた次第で』

「本当ですか⁉」

電話の内容はまさかの工場提供の申し出だった。もともと食品製造に使っていた場所なら、そのまま使える可能性は高い。

「もし弊社の工場を活用して頂けるようでしたら、条件などを詰めたいと思います。お急ぎでしたら本日――」

「はい！　すぐに伺いますのでよろしくお願いいたします！」

こんな魅力的なオファー、すぐにでも確実なものにしなければならない。幸運の女神は前髪を摑めという。後で気づいて振り返っても後頭部はつるっぱげのため、摑む髪がないのだ。

島田は渡辺を捕まえると、阿仁も含めた三人ですぐにハセキョー商事を訪問。その結果、工場は設備を設置するだけで稼働まで持っていけることが判明。結果、保証金なし、家賃は坪単価二千円という破格の条件で一年間の賃借権を得ることに成功したのだった。

「大野さん、工場を確保できました！」

島田は本社に戻り大野の姿を認めると、開口一番に言った。

「まじか！　こっちもすげえことになってきたぞ」

「何があったんですか？」

「駄菓子の注文がひっきりなしに入っててな。こりゃ早いところ第一工場を二交代制にしないと回らないぞ」

大野の鼻息が荒い。

「でもどうして今日になって急に」

何もかもが活気づいてきたのか。そこまで考えて島田はふと、あることを思い出した。スマートフォンを取り出すと、ここのところ存在すら忘れていた自社のSNSアカウントを見てみる。

「やっぱり……」

そこには『あみもろこしの押切製菓がピンチです！　皆さん助けてください！』というメッセージと共に、焼失した第二工場の写真が掲載されていた。そして従業員が一丸となってあみもろこし製造再開に動いていることも綴られている。その投稿は十万人以上にシェアされ、数百もの応援コメントがぶら下がっていた。

「間違いなく、難波君が動いてくれた効果ですね」

島田は大野と阿仁、それぞれへSNSの画面を見せる。

「なるほど。道理で応援してるっつう言葉をもらうことも多かったって訳か」

「これなら確実に再建が実現できそうですね！」

久々に、皆の顔から笑みがこぼれた。

◇

SNSの運営再開から一週間。都築の社長就任から一年が経過し、四月一日を迎えた。もちろん今年の新入社員は誰もいない。そして都築もまた、ここにはいなかった。

「うーん。やっぱりこうやって実物を目にすると、進んでるなって気持ちになれますね」

島田と部下の森町は今、第二工場の代わりとなるハセキョー商事本社工場に来ていた。今ここでは、もともと第二工場で勤務していた従業員たちが一丸となって、新しい設備を受け入れるための場を整えていた。大がかりな工事は業者が行うが、不要な備品の撤去や清掃などは自分たちで行っている。

「課長。何してるんですか？」

工場を一周していた森町が戻ってきた。

「こうやって動いてるんだってことを共有しようと思ってね」

島田は工場の様子を写真に撮り、社内のグループチャットに投稿しているところだった。こういった現場が進んでいるということを社内全員でシェアすれば、この現場を見られない人たちにも再建が進んでいると感じてもらえると考えたからだ。

「確かに。さすがは課長ですね」

森町はそう言って目を弧の形にした。

「はは。ありがと。森町さんが『再建が進んでる感を味わいたい』って言ってくれたからこそ思いついたことなんだけどね」

「そうだったんですね。なら、お役に立てたようで」

えっへんと言いながら森町は両手を腰に当てて胸を張った。

「森町さんは毎日役に立ちまくりなくらい役に立ってくれてるから。逆に何でここまでしてくれるのか聞きたいくらいだよ」

よくぞこの混乱の一年間、不平不満を言わずに総務課を支えてくれた。森町がいたからこそ、島田はこうして動けているのだ。

「やっぱりあみもろこしが好きだから、ですかね？」

そう言って森町は再び笑顔を作った。工場への設備の納入は一週間後に迫っている。納入後すぐに新しい機械であみもろこしの試作、調整をし、その翌週には出荷を再開するという段取りだ。工場の火災から早一ヶ月。これほどの短期間でよくぞここまで漕ぎつけたものだ。とはいえ製造が再開できる頃には、あみもろこしの受注残は百二十万袋に上ると予測されている。フル稼働して日産八万袋を製造したとしても、なかなか追いつくのは難しい数だ。これからもっと忙しくなりそうである。

「さて、そろそろ戻ろうか」

まだ土地の売却ができていない今、総務のやることも膨大だ。

「ですね」

二人は工場から出ると、花の香りをはらんだ春の風を感じながら、押切製菓へと戻った。

一週間後。予定通り新工場へ設備が納入され、そこには早くもコーンの香ばしい香りが漂い始めた。当初は機械の癖の違いで今までと同じ物ができず渡辺を相当に悩ませた。しかし渡辺はそれを逆手に取り、機械の特性を活かした進化した味へと昇華させることに成功した。十三年ぶりの味の進化だ。

そして四月十五日。遂に工場のフル稼働が始まった。重ねて「工場も味も進化しました！」とSNSで発信したところ、今までにない数の注文が舞い込んできた。この反応の速さは、押切製菓の公式アカウントを小売業や卸売業の人たちも見てくれている何よりの証拠だ。

「こんにちはー。お花お届けに上がりました」

さて、今日の書類作業をしよう。島田がそう思った時のこと。黒いエプロンをした女性が大きな胡蝶蘭《こちょうらん》を手に社内へ入ってきた。

「わ、立派ですね」

森町の言う通り、それはとても立派な胡蝶蘭だった。こういった花は本社にも新工場にも既にいくつか届いている。また取引先が気を利かせて贈ってくれたのだろう。すぐにお礼状を送らないといけない。島田は贈り主を確認するために玄関まで行く。

「どこからだった？」

「それが……」

受付担当の事務員、守屋は苦笑しつつ根元に挿されている立札を指さす。

「何、これ？」

そこには「祝！　あみもろこし復活」の大きな赤文字と共に、墨で小さな文字がびっしりと並んでいた。それはいかにもSNSのアカウント名らしい名前の連名だった。

その中の一つ、「ちゃちゃ丸」という名前には見覚えがある。確か、公式アカウントを開設したかなり初期の頃に近所のスーパーへあみもろこしを仕入れて欲しいと言ってくれた人だ。

「難波君！」

島田は難波を呼び寄せると、立札へ手を向ける。難波だけでなく森町や他の従業員も集まってきた。

「これ、フォロワーさんからだよ」

難波が名前の一つひとつへじっくりと目を通している。きっとその多くが知っているアカウント名に違いない。

「わざわざこんなこと……。嬉しいすね」

「難波君のおかげだよ。ずっと営業で忙しかったのに、毎日の更新ありがと」

これがなかったら製造再開できていたかも怪しいくらいだ。

「とんでもないす。こちらこそありがとうございます。きっかけは島田さんでしたから」

「……どういうこと？」

この流れで難波に感謝されるようなことをした記憶がない。

「火事の後に呟いてくれた『助けてください』投稿ですよ。あれで流れが変わりましたからね」

言っている意味が分からない。まるで島田がＳＮＳに投稿したかのような言い回しだ。

「僕、ＳＮＳなんてやってないけど」

「えっ⁉」

「え？」

お互いがお互いの顔を見る。

「なら誰が……」

投稿したというのだ。こういったことをやれそうなのは——。

「私じゃないですよ？」

真っ先に島田の視線を向けられた森町が否定をした。そして難波と手分けして社内をざっと当たってみたが、皆から違うという回答しか得られなかった。

「そもそもなんだけどさ、パスワードを知ってるのは僕たちしかいないよね」

このアカウントは島田が作成し、しばらく寝かせた後に難波に運営をゆだねた。だからこの二人しか知らないはずだ。

「ですね。自分と島田さんしか。あ——」

難波が大きく息を吸った。

「社長ですよ！　絶対に」

「社長？」

何でここで都築が出てくるのだ。

「自分、だいぶ前に社長にパスワードを教えたんすよ。使い方を教えて欲しいって言われたから」

「――てことは、社長が動いてくれてるってことだ！」

「間違いないすね！」

もう社長をするのは疲れたと言いつつも、都築はまだ会社のために動いてくれている。島田は思わずスマートフォンを取り出し、都築へ電話する。しかし六回、七回とコールした後に、留守番電話になってしまった。

「出なかったよ」

それから昼、夕方と電話をかけてみたが応答はなかった。しかし社内のグループチャットに胡蝶蘭の写真を載せれば、それがSNSにアップされる。都築の心境はどのような状態なのかまったく分からなかった。電話が駄目ならもう押しかけてみるしかない。そう判断した島田は早めに仕事を切り上げると、都築の自宅へ向かった。

出てくれなかったらどうしよう。拒絶されてしまったらどうしよう。そもそも引っ越していたらどうしよう。様々な不安を胸に抱きながら、一〇二号室のインターフォンのボタンを押した。夜に染まり始めた閑静な住宅街に、いやに大きな電子音が響く。

「――あっ、島田さん」

数秒の間を挟んで都築の声が聞こえた後、ガチャと音がして玄関のドアが開けられた。拍子抜けするほどすぐに都築は出てくれた。

「社長。お元気そうで」

都築の表情は良い。以前のように思い詰めているようには見えなかった。

「島田さんたちが大活躍してくれたおかげですよ。どうぞ、中に入ってください」

「じゃ、おじゃまします」

相変わらず物の少ないさっぱりとした都築の部屋。ごみ屋敷のように心も環境も荒れていなくてよかった。そんなことを考えつつ、部屋の中央に鎮座するソファーに横並びで腰かけた。

「はい。差し入れです」

島田は手にしていたコンビニ袋の中から、缶コーヒーを取り出す。今日買ってきたのは無糖が二つだ。

「ありがとうございます」

都築はそれを受け取ると、ガラスのローテーブルへ置いた。

「社長、SNSの更新、ありがとうございます」

前置きはなしにして、島田は直球で本題に入った。

「やっぱり俺ってバレちゃいましたか」

淡く、どことなく儚《はかな》さを感じる笑みを浮かべる都築。

「パスワードを知ってるのが三人しかいないんですからね」

「ハッキングされたかもしれないって思わなかったんですか？」

「そんなハッカーなら大歓迎ですよ」

害を与えるどころか、利益ばかりもたらしてくれるのだ。

「あはは。そうですよね」

都築は缶コーヒーを開けると口をつける。

「………………」

会話が途切れてしまった。気まずい空気が二人の間を流れる。SNSのことは直球で言えたのに、本当の目的――都築に会社に戻ってきてもらいたい。その話題を切り出すことができなかった。きっと断られるのが怖いからだ。

「………………」

島田も缶コーヒーを傾ける。都築は今日この時間まで、会社からの連絡どれ一つとして応えてくれることがなかった。でも、今はこうして島田と会話する姿勢を見せてくれている。SNSを更新してくれていたのも、どこかで会社の力になりたいと考えていてくれたからこそだ。そして今日、島田が訪れた用件も分かっているに違いない。もう難しいことは考えるな。さっさと言ってしまえ。

「社長」

島田は左を向き、都築をしっかりと見据える。そして。

「そろそろ会社に戻って頂けませんか？」

「――ごめんなさい」

あまりの即答具合に、島田の頭には最悪のことがよぎる。

「もしかして、もう大那に株を渡しちゃったんですか？」

「ううん。三ヶ月は引き延ばすって約束しましたからね」

「ならどうしてですか！　社長のおかげで自力の立て直しに成功したんですよ。誰もがそのことを知っています。誰もが社長の復帰を待ちわびてるんですよ！」

島田は都築が去ってから今までのあらましを説明する。仕入れ先の支払いを手形から銀行振り込みに切り替えたからこそ、仕入れ先が支払い猶予をしてくれたり、工場を破格の条件で提供してくれたこと。都築がＳＮＳに投稿してくれたからこそ、応援してくれる消費者が増え社内が明るくなったことなどだ。

「でもそれもこれも島田さんが動いてくれたからこそですよ。もう俺なんていなくても会社は回るんですよ」

「回りませんって！」

「回ります」

頑なにもほどがある。

「あみもろこしのこと、嫌いになったんですか？」

「俺の目的はあみもろこしを守ることですから。それなら達成してますよ」

「小さくとも尖った会社にするのが目的じゃなかったんですか？」

「それは、もう諦めました」

話にならない。これ以上の問答は無駄だ。島田は勢い良く立ち上がると、都築の細い腕を掴む。

「社長、一緒に来てください」

「えっ⁉　どこに行くんですか？」

「新工場です」

「それは……」

「いいから！」

島田は都築の腕を引き上げ立たせ、玄関へ引っ張っていく。軽い抵抗を見せるが、それでも強引に引っ張っていく。

「分かった。分かりました！　ちゃんと自分の意思で向かいますから！」

島田の本気度が伝わった。身支度を始めた都築を待つ間に、島田はスマートフォンを取り出し手短にメッセージを送る。ほどなく、準備を終えた都築は自分の足で外へ出て、島田の車の助手席へと乗り込んだ。

「すみません。狭い車で」

ポルシェに乗っている都築を軽自動車に乗せるのは少々気が引けてしまう。だがよく考えてみれば、室内は島田の愛車の方が広い。

「車なんてタイヤが四つついて動けばいいんですよ」

「社長のポルシェは相変わらずご機嫌ですか？」

「ポルシェはもうないですよ」

「えっ⁉」

島田は油の切れたロボットのように、ギギギと都築へ顔を向ける。

「設備の着手金を払うために売っちゃいましたから」

「そうだったんですか……」

通勤に自転車や電車を使っていたのは健康のためと言っていた。それは手放したことを悟られないようにするための嘘だったという訳だ。思い入れも相当にあったってやっとのことで買うことができたポルシェ。都築が投資で稼げるようになったに違いない。

無意識に都築をそこまで追い詰めていたとは……。

「すみません」

思わず島田の口から謝罪の言葉が漏れた。

「えっ、何で島田さんが謝るんですか？」

「そこまで追い詰めてるとは知らずに……」

「俺がそうするって決めたことですから、島田さんが気に病む必要なんてないですよ」

「でも……」

「必要ないんですってば」


それから二十数分。二人は新工場へと到着した。もう夜八時を過ぎていたが、まだ明かりは煌々と灯っていた。

「こんな時間まで……」

「せっかくの働き方改革は逆戻りしちゃいましたよ」

ここからどのように環境を改善していけばいいのか。そのあたりは島田では全く分からない。こういったところにこそ、都築の手腕が求められるのだ。だがその話は先でいい。まずは「押切製菓の今」に触れてもらうことだ。二人は建物に入ると、白衣に袖を通して工場内へと足を踏み入れる。そこには固い音を立ててフル稼働している機械の姿があった。

「社長のおかげでこうやって機械を動かせてるんですよ」

ピカピカのポルシェがピカピカの機械の一部になった。心境としては複雑なものだが、都築がまたしても私財を投じてくれたおかげで、こうして稼働させることができている。写真では何度も見ているはずだったが、都築の視線はそれに吸い寄せられていた。

「あっ、社長！」

思わぬ来訪者に真っ先に気づいたのは唐沢だった。小走りに駆け寄ると、満面の笑みを浮かべる。

「唐沢さん」

「お久しぶりです、社長。お元気そうで」

「はは。まあね」

「どうです？　新工場は」

「うん。立派ですね。これなら俺がいな――」

「社長、いつ見に来てくれるのかなって待ち過ぎて、首がキリンになっちゃいそうでしたよ」

都築の言葉を遮り、唐沢は冗談をねじ込んできた。その行動に対して、都築は苦笑するだけだった。

「どうです、社長。この新しい工場」

唐沢は改めて工場の感想を求めた。

「うん。よくぞ持ち直してくれました。しかも味の進化までさせちゃうだなんてさすがです。でも、こうして見てみるとやっぱりみんな、体を壊さないか心配です」

「今日だけでも受注が二十万袋近くありますからね」

「えっ、そんなにも？」

都築の目が軽く見開かれた。

「ですです。だから毎日この時間まで、土曜日も返上で作り続ける予定なんです」

「そっか。そんなにも……」

グループチャットには流していなかった情報を得た都築は、その視線を床に落とした。労働環境については、島田にとっても心配の種の一つだ。だが、船頭が将来どのくらいの生産規模を想定しているのか、ここからどう広げていくのか指し示してくれないため、積極的な採用活動を行うことも、設備の増強を手配することもできていない。

「このままだとせっかく開発したチーズ味を生産する余力はないし、頑張ってくれてるスタッフも疲弊してしまいますよ。でも僕にはここで採用を増やしてもいいのか、取引先とどんな交渉をしていいのかも分かりません。だからこそ、社長が必要なんです」

島田は自分自身が抱いている不安を都築へ伝えた。しかし都築は俯いたままだった。

「社長。従業員の皆のためにも、次はどうしたらいいか指示を出してくださいよ」

「でも……」

相変わらずウジウジとした態度を見せる都築。押切製菓の社長は都築しかいないのだから、そろそろ腹を決めて欲しい。しかし都築の態度は変わらない。ならば次のプラン発動だ。

「そうだ。社長、休憩室にも見せたいものがあります」

あれを見てもらえれば心が動くはずだ。島田は都築を連れ休憩室へと移動する。すると都築はその壁に吸い寄せられるように近づいていった。

「これは――」

「あみもろこしが大好きな人たちから送られたメッセージです」

壁一面には、今までに届いた応援の手紙やメールをプリントしたものがびっしりと貼られていた。もちろんそのいくつかはグループチャットに流している。だが、これだけの数が来ていることは知らなかったはずだ。

「すごい数ですね……」

都築はその一つひとつへ目を通し始めた。そうこうしている間に、休憩室にぞくぞくと製造部のメンバーが集まってきた。そしてここに来てくれたのは、製造部の人間だけではない。

「待たせた」

低い声が聞こえたことで都築は振り返る。そこには営業部の大野と難波、それに経理の阿仁もいた。

「えっ、みんな？」

それほど広くない休憩室に入りきれないほどの人間が集まり、一瞬にして体感温度が上がる。

「社長がここに来てくれるからって、皆を呼んじゃいました。ここにいる全員が社長の早期復帰を願ってるんですよ」

ね、大野さん、と島田は大野へ振った。

「組織のトップは遠隔じゃなく現場で采配を振らないとな。あと、また飲みに行くぞ」

大野がグラスを傾ける仕草をしつつ凶悪な笑みを浮かべた。

「社長、そろそろSNSの更新は自分に任せて、本来の仕事に戻ってくださいよ」

「大野さん。難波さん……」

都築の表情が緩んできた。

「若いのが寂しがっとったぞ。ま、若いもんだけでもなかったがな」

「わ、渡辺さんまで……」

「社長。どうですか？　これだけの人を待たせておいて、まだ断るなんてこと、しませんよね？」

社長に対してよくもこんな口を利けるようになったものだ。そんなことを考えながら島田は都築を見続ける。

「みんな、本当に俺でいいんですか？」

「当たり前じゃないですか」

「もちろん！」

「お前さんでなかったら誰がやるんだ」

島田に続き、他のメンバーも次々と都築の言葉を肯定する。

「またみんなを振り回して、結果、守れないことだってあるかもしれないんですよ？」

都築がそうやって自分自身を責めているほど、周りは迷惑とは思っていないのだ。

そして不幸にされたなどとは微塵も感じていない。そろそろ、その事実を自覚して欲しい。

「何も社長一人で戦ってる訳ではないんですから、ピンチになったらまたこうやって皆で力を合わせて戦えばいいじゃないですか」

「ですです。それくらいのバタバタでちょうどいいくらいですよ」

「自分も同感す」

「みんなぁ……」

都築の瞳から、一滴の涙が零れ落ちた。

島田は軽く息を吸うと、ゆっくりと口を開く。

「社長――会社に戻ってくれますか？」

島田は再び都築へ問いかける。

「――もちろんです！」

割れんばかりの拍手の中、都築はくしゃりと表情を崩した。

◇

「工場を二交代制にしましょう！」

翌日の始業直後。渡辺や大野など主要なメンバーが集まった本社会議室で、都築は手始めとばかりに声を上げた。久しぶりに都築がこうして指令を飛ばす声を聴くことができた。じんわりと嬉しさを感じる一方で、その内容には一抹の不安を感じてしまった。

「てことは、かなり採用を増やさないといけないですね」

「はい。ガンガンやっちゃってくださいよ」

現在毎日十時間少々稼働している機械をもっと動かせば、当然比例して生産量は増える。だが、それ以前に解決しないといけない重大な問題があった。

「阿仁さん、大丈夫ですか？」

島田は阿仁へ視線を向ける。相変わらず資金的な問題が残っているということを都築に伝えてもらいたい。その意思表示だ。

「今月末は一千万くらい足りないわよ。来月は売掛金は増える予定だから経理上は黒なのだけれど、キャッシュフローは赤の予定よ」

復帰早々にお金の話をしなければならないのは、水を差すようで気が引ける。だが大量の採用をして、早々に資金繰りが行き詰まって破綻なんてことにはできない。そしてもちろん、都築個人のキャッシュで何とかしてくれという言葉は、もう言えない。

「島田さん、土地の売却はどうなってるんですか？」

聞かれて当然の質問だ。

「それが……」

全く進んでいなかった。だから島田は首を横に振る。売却へ動き出して一ヶ月が経っている。まだできていないのかと責められるのは仕方のないことだ。しかし、そんな島田の心配とは対照的に、都築はぱっと笑顔を作った。

「よかった。ならいいアイディアがありますよ」

「アイディア、ですか？」

「休んでる間、考える時間も人と会う時間もいっぱいあったんですよ。でね、その時に不動産投資をしてる知り合いに会ったんです。そしたら資金繰りに困ってる会社の土地を購入して、そのまま元の会社に貸し出すってビジネスを始めたって言うから」

「……てことは」

まさか現金を手にしつつ、土地を使い続けることができるということか？

「二億円くらいの現金を手にしつつ、土地を使う権利もある。ってことは第二工場の再建まで一気にできますね」

そのまさかだった。

「それ、早く言ってくださいよ！」

思わず素で突っ込みをしてしまい、島田は慌てて手で口を隠す。

「いや……ほらね。自分で身を引くって言った手前、そこでしゃしゃり出るのもどうなのかなぁ……て」

そんなところで遠慮はしないでほしかった。

「なら、すぐにでも動かないと」

月末まではあと二週間しかないのだ。その現金化いかんでは従業員か仕入れ先に土下座をしなければならなくなる。

「ならさっそく連絡してみますね」

都築はポケットからスマートフォンを取り出すと電話を始めた。気の置けない仲なのだろうか。かなりフランクに言葉を交わし、短時間で電話を切った。

「二億三千万円で買い取ってくれるみたいですよ。二億くらいで第二工場を建ててもお釣りが来ますね」

都築は白い歯を覗かせて笑った。そして島田も笑う。だが、こちらは苦笑だ。電話のやりとりからして、事前に物件の詳細まで話していたのだろう。でなければこんなに早く話がまとまる訳もない。

「何だか錬金術みたいですね」

そんなことを生業《なりわい》としている会社が存在していることすら知らなかった。

「これでようやく荷が下りるわ……」

しみじみと言った阿仁の言葉にはきっと二通りの意味があるのだろう。一つは資金繰りの問題が解決できること。そしてもう一つは自分がしでかしてしまった過ちがこれで一区切りつく、という意味だ。

「では資金繰りはこれでOKですから、二交代制の話に戻りましょうか」

都築の振りで、島田は思案を始める。二交代制にするならば、まず長時間の稼働をした場合に、設備にどのような影響があるのかメーカーに確認しなければならない。そしてあみもろこしを製造している人員を二倍に増やす必要がある。だが、そこには簡単に増やせない人材がいた。

「渡辺さん、どうですか？」

「味付けはもう限界だ」

製造のボトルネックはここだ。二交代制にしたところで、味付けをできる人は限られている。これは今も昔も変わっていない。

「んー、そこはかなり前から考えていたんですけどね。渡辺さんには納得できないところもあるかもしれないんですけど、やっぱりある程度マニュアル化する必要はあるのかなって」

「どういう意味だ？」

渡辺が目を細める。

「味付け工程は、製造部の全社員ができるようにしましょう。渡辺さんたちが勘で行ってる作業を、生地何キロにつき調味粉末何グラムって決めるんです。職人の背中を見て覚えるんじゃなくて、一ヶ月とは言わないですけど短期間でマスターできるカリキュラムを組まないと」

「単純に振りかければいいってもんじゃない」

渡辺の言う通りだ。以前に聞いた話だと、ムラのない振りかけ方、そして馴染ませ方にもコツがあると言っていた。

「そこは指導して頂くしかないとしても、数値化できる部分だけでもしていきませんか？　百パーセントの特殊技能を持つ三名よりも、八十パーセントが再現できる人間を増やす方が会社として長く生き続けることができると思うんです」

渡辺にとって、今までの職人生活を否定された気持ちになってもおかしくない提案だ。だが渡辺は拒絶する態度を示すことなく、目を瞑りじっとしている。

「…………」

沈黙の時間が十秒、二十秒と経過していく。そして時計の分針がカチと時を進めたタイミングで、ようやく渡辺はゆっくりと目を開けた。

「……分かった。現役最後の大仕事だ。ただし、八十パーセントでは納得ができん。やるからには徹底的にやる」

「ありがとうございます！　ではさっそく今日からでも指導をお願いします」

渡辺の協力を得て、二交代制に向けた動きが俄かに動き出した。

復帰したばかりの都築は、一ヶ月のブランクを埋め、そこに山を造るかのように精力的に動き始めた。すぐに大那フーズへの株式売却を白紙撤回し、僅か一週間で本当に土地を現金化してしまうと、第二工場再建に向けて一気に動き出した。そして復帰から三週間ほど経過。ゴールデンウィークが明けた最初の営業日のこと。

「島田さん。ちょっといいですか？」

都築がニコニコ顔で島田のデスクへやってきた。何かいい話があるようだ。

「どうしました？」

「これ見てください」

都築は島田へスマートフォンの画面を見せる。そこには島田も知っている少年誌で話題沸騰中の漫画家のSNSアカウントが表示されていた。代表作、『妖怪滅列伝』――通称『妖滅』という漫画はアニメ化もされており、単行本も飛ぶように売れているらしい……のだが、何をいきなり。

「この作者さん、あみもろこしの大ファンなんです」

島田がポカンとしていると、都築が補足説明を入れた。

「えっ、そうなんですか⁉」

そんな大物があみもろこしを食べてくれているだなんて。厚かましくもサインをねだったら書いてくれるだろうか。そんなミーハーな考えが島田の頭をよぎる。

「それでですね、今度あみもろこしと『妖滅』のコラボ商品を出しましょって話になってるんですよ。ほら――」

今度はメールのやり取りを見せてきた。作家本人だけではなく、出版社である英集社と独占販売するサークルセブンとのやりとりも順調に進んでいるみたいだ。

「すごいですね！」

横から画面をのぞき込んでいた森町が弾けるような声を上げた。

「………」

しかし森町の反応とは対照的に島田は固まる。

「でしょ？　コンテンツの影響力はものすごく大きいですからね」

「分かります、それ！　友達も別のアニメコラボで何軒もコンビニを回ったって言ってましたから」

固まる島田そっちのけで都築と森町が盛り上がっている。

「そうなんです。絶対に売れ残ることのない売り上げが、軽く二百万袋は作れるんですよ。しかもこの取引だけは、サークルセブンも半金を前払いしてくれるんです」

鼻息荒く都築は取引条件まで語る。正直、そこまでの話をいつの間にかまとめ上げている都築の手腕は驚愕《きょうがく》に値する。しかし今、押切製菓は大きな問題に直面している。

「どうやって増産するんですか？」

島田の中では面白い！　という感情と、どうやって実務を行うのだという理性がせめぎ合っていた。現状、あみもろこしの受注残は百五十万袋を超えている。しかも日に日に積み上がっている状況だ。チーズ味の生産も控えている今、コラボ商品など作っている場合ではない。こんなビッグコンテンツとコラボした日には、二交代制の稼働が開始したとしても、処理しきれない注文を抱えてしまうことになるのは目に見えている。

「そこなんですよね……」

都築は声のトーンを落とした。

「てことは解決策は」

「まったく浮かんでいませんよ。島田さんは何か良いアイディアないですか？」

そんなものある訳もない。だから島田は黙って首を横に振った。

「瞬間最大風速を乗り切るためだけに新しい設備を入れることはできませんよ？」

コラボ商品なのだから受注数は多かったとしても、それは一時的なものになるはずだ。そのために設備投資はできない。第二工場の再建は少なくとも一年は先の話だ。

「でもこんな機会、またとないかもしれないしなぁ……」

それは確かにそうだ。このタイミングを逃せば、きっと他のお菓子とコラボしてしまうだろう。それが大那フーズのウェブコーンだった日には目も当てられない。一方で、成功すればあみもろこしの存在をより強く全国に知らしめることができる。メリットは計り知れない。

それだけではない。突然のように降ってわいたコラボイベントだが、仕事そのものも楽しいものになりそうだ。『妖滅』は娘の通う小学校でも流行っている。これが実現できれば島田の家庭内でのポジションも、さらに上昇するに違いない。

「いいアイディアがないか考えておきます。これは何が何でも実現させましょう」

「うん。お願いします！　こちらでもいろいろ考えてみますから」

実現するには、やはり増産という壁を乗り越えなければならない。味付け工程をオートメーション化するのか。はたまた他の方法を見つけるのか。島田は頭をフル回転させ始めた。

◇

それから二週間ほど時間は経過。

「うぅ、落ち着かないよ……」

五月も中旬を過ぎたとある日のこと。島田は自分のデスクの前を、落ち着きなく行ったり来たりしていた。とっておきの紺縞《こんじま》のネクタイと新調した皺のないスーツが、不安を増長させているかのようだ。

「ほら、課長。こういう時は、手のひらに『人』って文字を書いて飲み込むといいらしいですよ」

森町は自分の左手を右人差し指でなぞると、パク、と食べる仕草をする。

「それ、どこで知ったの？」

平成生まれの森町が昭和の発言。ギリギリ昭和生まれの島田だってほとんどリアルでは聞いたことがない。

「あはは。お母さんに聞きました」

森町はそう言ってえくぼを作る。せっかく森町が教えてくれたのだ。島田も左手に人の字を書いて食べてみる。軽いやり取りをしたおかげか、はたまた人の字の効果があったのか、本当に気持ちがほぐれてきた。

「ありがと。何かちょっとだけ気が楽になった気がするよ」

「お役に立てたようで」

森町は眼鏡の奥の目を弧の形にした。

「じゃ、そろそろ時間だから新工場に行ってくるよ」

「はーい。頑張ってくださいね」

ヒラヒラと手を振る森町に見送られ、島田は押切製菓の本社を後にした。そして愛車で新工場へと向かう。しかしやはり、工場が近づくにつれ島田の心拍数は少しずつ上昇してしまう。もう運転中、何人分の文字を食べたのか分からないくらいだ。

島田が何に緊張しているのか。それは——。

「私は今、全国で話題となっているあみもろこしを製造する新工場にお邪魔しています。見てください！　この機械のスピード。パッケージの絵がまったく見えないです」

新工場内には機械の音と共に、張りのある女性の声が響いていた。その女性には立派なカメラが向けられている。そう。SNSで話題となったあみもろこし復活劇がテレビ局の目に留まり、お昼の情報番組での取材を受けることになったのだ。こういった役割は都築の方が絶対に向いている。そう主張したのだが、「広報は島田さんだから」という圧力により島田が出演することになってしまった。

「本日は押切製菓広報の島田さん、それに匠の腕を持つと話題の渡辺さんにお話を伺いたいと思います。島田さん、SNSで話題沸騰の復活劇。おめでとうございます！」

白衣を着るため、結局新調した上着を脱いだ島田にマイクが向けられた。

「はい。ありがとうございます」

レポーターはキー局の美人アナウンサー、南琴乃《みなみことの》だ。もちろん島田も顔を知っている。まさかこんな状況に巻き込まれるだなんて一週間前までは思いもしなかった。緊張から頬が引きつっているのを感じる。隣には渡辺も立っているが、きっと同じ顔をしているだろう。いや、そうであって欲しい。

「取引先からの支援に一般消費者からの応援の輪。実際に目の当たりにしていかがでしたか?」

「助けてくださった皆様には感謝しかありません」

「やはり昔懐かしい味があり、そこにはしっかりとファンがついていてくれたからこそできたことですよね。では私も一つ、味見をさせてください」

南は島田から差し出された出来立てのあみもろこしを一つ試食する。

「うん、美味しいです!　何度食べてもホッとする優しい味がたまりませんね。その味付けの秘訣というのが――」

その言葉がトリガーとなり、皆で味付け工程へ移動する。

「こちら!　押切製菓さんでは、今でも味付けは昔ながらの手作業で行っているんです」

南は焼き立ての生地が盛られた味付け場を大きなゼスチャーで示しながら言った。

そして渡辺へとその視線を向ける。

「――では渡辺さん。お願いします!」

カメラが回ってから初めて、島田は渡辺の顔を見る。島田の願望とは違い、彼はいつもと変わらない渋さを醸し出していた。残念。島田だけが緊張の面持ちで浮いていたことになる。そんな渡辺は黙ってうなずくと、調味粉末をステンレスの専用器具で掬《すく》い、それを豪快に生地へとふりかける。「わぁ」と南から感嘆の声が上がった。それから渡辺は生地を割らないよう、しかし手早く攪拌し、味が均一になるように馴染ませていく。やはりこの技術は一朝一夕に身につくものではないな。改めて島田は感じた。

「調味料が雪のように舞い落ちました。これぞ職人の技ですね！」

マイクを持つ右手に自身の左手を何度も合わせ、拍手の仕草をする。

「では島田さん。最後に視聴者の皆様へメッセージを」

ここが島田の見せ場だ。マイクを向けられた島田は大きく息を吸う。

「ええ、あみもろこしは言ってしまえばただのスナック菓子です。ですが、SNSを始めて知ることができたのですが、その向こうには様々な物語がありました。親子のコミュニケーションに。遠足のおやつに。友達と過ごす何でもない時間に。あみもろこしはお米のように主役になることはできません。でも、生活をより豊かに彩るには欠かせないお菓子なんです。それに、ええっと……」

この時に向けて原稿を必死に暗記した。しかしいざ言葉にしてみると、あれもこれも言いたいことが溢《あふ》れてきた。

「あみもろこしは、この一年で何度も存続の危機を迎えました。でもそのたびに困難をはねのけてきました。押切製菓はどんな困難をぶつけられようが、絶対に負けません。それもこれも、似たお菓子が溢れる中でも『あみもろこしを好き』。そう言ってくださる方がたくさんいるからです。ありがとうございます！」

島田はここで頭を下げる。暗に大那フーズに対し、押切製菓を屈することができるのならしてみろ。そんな挑戦状のような言葉を口にしてしまった。大丈夫だったのだろうか。それから供給がなかなか追いつかないことに対する謝罪を入れると、短い取材は終わりを告げた。

放送は、四日後の午後一時四十分頃だった。本社勤務の面々は放送を見るために休憩室に詰めているが、島田は自分の醜態を目にしたくなかったため、電話番という体《てい》で自分のデスクで待機をしていた。ソワソワとした時間を過ごすこと約十分。ワイワイと賑やかな声と共に、階段から複数の足音が近づいてくるのが聞こえてきた。

「島田さん、嬉しい言葉を言ってくれましたね！」

最初に声をかけたのは都築だ。

「ありがとうございます」

最後のメッセージはどう受け取られるかヒヤヒヤだったが、肯定的な反応でよかった。

「課長、やっぱり人の字の効果、ありましたね。ばっちり言えてましたよ」

森町がグッとサムズアップのポーズをした。人の字を大量に食らった効果は出ていたようだ。

「ほんと？　お世辞でも嬉しいよ」

多少でも落ちつけたのは森町のおかげだ。それからしばらくは「でもめっちゃ緊張してるの伝わってきたよ」とか「あんな美人の隣に立ててうらやましいぞ」といった具合に、島田は皆のおもちゃとなった。そんな賑やかな時間を過ごすこと二、三分。

「島田さん、通知が止まりません！」

難波が嬉しそうな顔をしながらスマートフォンを見せてきた。確かに、一秒間に何通もの通知が画面を勢いよく流れている。一瞬でバッテリーが切れそうな勢いだ。

「すごいね」

「こんなの初めてです」

反響があったのはSNSだけではない。時間差で電話も鳴りやまなくなった。そしていつもは静かな島田個人の携帯も何度か振動した。その中には妻のさつきからの『パパ、格好良かったよ』というメッセージもあった。これなら、家に帰ったら娘に自慢しても罰は当たらないだろう。

全国的な知名度が上がり注文はひっきりなしに入ってくる。消費者の支持もうなぎ上りだ。生産増強の準備も着々と進んでいる。これで押切製菓の将来は安泰に違いない。

誰もがそう思ったはずだ。

しかしその週の金曜日のこと――。

週刊誌にとある見出しが躍ってしまった。

『あみもろこしで感動を届けた押切製菓、工場の火災は内部の人間による放火か!?』

第九章　制裁

「なんだよこれ！　ないことばかり事実みたいに書きやがって！」

大野が週刊誌を都築のデスクへ叩きつけたことで、破裂音が社内に響く。週刊誌に掲載された記事。そこには『信頼できる情報筋からの――』という前置きの後に、火災の原因は従業員による放火の可能性があると書かれていた。すぐに生産再開にこぎつけられたのは、保険金目的で周到に準備をしていたから、だそうだ。ご丁寧に焼け跡の建物と『そこに呆然と立ち尽くす工場長』というキャプション付きで、渡辺の写真まで掲載されている。それが後ろ姿だったのは、せめてもの配慮だろうか。

「こんな手まで使ってくるなんて……」

難波が声を震わせた。実はそれが半分は事実だとは口が裂けても言えない。下手な行動でボロを出さないため、島田は口を固く結ぶ。

「どうすんだよ。注目を浴びたとたんこれだぞ？」

せっかく都築のもと、再び一つにまとまることができた。その流れに水を差すこの記事。『信頼できる情報筋』というのが、大那フーズの薄井か小中というのは間違いない。株式売却を白紙撤回した腹いせからか、あのテレビ取材での島田の発言が逆鱗《げきりん》に触れてしまったからか。

「悔しいけど、とりあえず静観するしかないと思います。反論は燃料を投下するだけでしょうし」

荒ぶる大野とは対照的に、難波が冷静に言った。

「俺もそう思います。相手はマスですから、地方の一企業のことなんて数字が取れないと分かったら深掘りなんてせずに、すぐに他のネタを探しに行きますよ」

都築も難波の意見を肯定した。

「設備の老朽化による発火が火災の原因。これは消防の公式見解ですから、もし何か聞かれたらそう答えるようにしてください。この件は以上です」

そして、そう締めくくったことで都築の周りに集まっていた人が散っていった。

「はぁ……保険に入ってなかったからこそ、こんなに苦労したのに……」

島田は椅子に座ると、思わずため息と共に独り言を零した。これについては偽らざる事実だ。よくも想像力を働かせて、あんな記事を書けるものだ。実際の記事は『保険金狙いか!?』という言い回しだったため、真偽など関係ないのだろう。どちらとも解釈できる書き方だ。

「いつまでこんなこと続くんですかね」

隣からもため息交じりの声が聞こえてきた。いつも明るく振る舞っている森町も、今回の件はおかんむりのようだ。

「何かもう、押切製菓がなくなるまで永遠に続きそうだよ……」

本当にこの戦いには終わりが見えない。あの手が駄目ならこの手を繰り出す。そんなことの繰り返し。いつになったら平穏な日々が戻ってくるのだろうか。

「課長、社長と協力して早いところ黙らせてくださいよ」

「もちろんやってやりたいよ。やりたいけど……」

それこそ余計なことをした日には、数倍レベルの返り討ちに遭うのが関の山だ。

「私も逃げちゃいたくなることはありましたから、これ以上のことがあると……」

森町はそこまで言って言葉を濁す。これ以上のことがあると、どうなるというのだ。もしかして退職してしまうということか？　それだけは絶対にダメだ。森町がいなければ総務課はもう回らないのだから。

「とにかく。一刻も早く落ち着くことができるように動くから」

「はい。その日を楽しみに待ってます」

森町はようやくいつもの笑みを浮かべてくれた。だがどうやって実現すればいいのだろうか。商品の直接対決では押切製菓が勝利している。コンビニで大那フーズのウェブコーンを見ることはなくなった。売り場の広いスーパーでも、今ではあみもろこしの方が幅を利かせている。それでも大那フーズはこうしてちょっかいをかけ続けてくる。森町だけでなく、このままだと島田もまた耐え切れなくなる可能性だってある。だから何が何でも近い将来、この戦いは絶対に終わらせなければならない。

その日の夜遅くのこと。結局どうやって実現すればいいのか分からないまま、残業を無理やり切り上げた島田が家に帰った時のこと。

「――!?」

ダイニングテーブルの上に置かれた一通の封筒が目に飛び込んできた。その封筒には、はっきりとした書体で『大那フーズ』と書かれていた。週刊誌にあの記事が載った今日この日に届いた大那フーズからの封筒。今度は島田個人に対して何かしかけるつもりか。島田の体は無意識に固くなる。

「あ、パパ。おかえりなさい」

そのまま固まっていると、濡《ぬ》れた長髪をタオルで巻いたさつきが島田を迎えた。

「この大那からの。何だろう……」

島田はその封筒を汚物をつまむように手にする。

「それ？　決算が終わった後に株主に送られてくるお決まりみたいなものでしょ？」

決算？　株主？　島田には縁の遠い言葉が立て続けに飛び出してきた。どういう意味だ。封筒に再び目を通してみる。するとそこには大那フーズの社名と共に、定時株主総会のご案内。そう書かれていた。

「そういえば――」

およそ一年前。島田が転職を考えていた時――まだ実際に大那フーズの面接を受けるなんて微塵も考えていなかった頃。「せめて経営気分でも味わってみたら」というさつきに勧められ、一単元だけ購入していた。もちろん証券会社勤務であるさつきを通してだ。株を購入するのはこれが初めてのことだった。そしてもともと株に興味がなかった島田は、そのことをすっかり忘れていた。少し厚めのこの封筒にはどんな資料が入っているのだろうか。島田は封を開けると、仕事上がりの発泡酒もそっちのけで資料に目を通す。

「どうだった？」

「向こうは向こうで大変みたいだね。積極的に進めた設備投資の割に利益が乗ってこなかったみたいだよ。というか赤字」

大那フーズの売り上げは、前年比で九十五パーセント。経常利益に至っては三十三億円の赤字に陥っていた。押切製菓の年商とほぼ同じ金額が吹き飛んだ計算になる。さすがは大企業。赤字の勢いもけた違いだ。

「やっぱりそうなんだ。それがあの何だっけ――」

「ウェブコーン」

「そうそう。ウェブコーンに負けないようにパパが頑張った成果なんじゃないかな」

「まさか」

年商三千億もある大企業が、押切製菓と張り合っただけでそんなことになるとは思えない。きっと他にも複合的な理由はあるはずだ。

「いやいや、分からないよ。あれだけちょっかいを出してきたんだもん」

「そうかなぁ……」

スマートフォンで調べてみると、株価は島田の購入時に比べて百三円下がっていた。ということは、百株所有しているため一万三百円の含み損だ。とはいえ買ったことすら忘れていた株式の損など痛くも痒《かゆ》くもない。それよりも封筒が島田への攻撃ではなかったこととの安堵の方が大きい。ここで島田はようやく冷蔵庫から冷えた発泡酒を取り、プルタブを引くのだった。


翌週の月曜日。

「社長、大那って設備投資をし過ぎて大変みたいですね」

島田は出社した直後、都築の姿を認めるとそう言った。

「あれ？　島田さん、詳しいですね」

「実は、一単元だけ株主になってるんです。で、この前決算の資料が届いてまして」

島田のその言葉で都築はパッと笑顔を作る。

「そうなんですか？　実は俺の唯一売ってなかった株が大那のだったんですよ」

そういえば、資産なんて株をちょっと持っているだけと聞いた覚えがある。まさかそれが大那フーズの株だったとは。

「意外ですね。どうしてまた大那の？」

「だって、株主として意見できるじゃないですか。て言っても百株しか持ってませんから、俺の発言力なんて微々たるものですけどね」

「僕と同じですね」

何だかんだで都築のことだから数万株を持っているのかと思っていた。

「ねえ、島田さん。それならさ」

都築が不敵な笑みを浮かべた。この顔、ろくでもないことを思いついた顔だ。

「な、何ですか？」

思わず構える島田。

「行っちゃいます？」

「えっ？　どこへですか？」

「それはもう、大那へ一発かましにですよ――」

◇

「――って、ここですか⁉」

六月十五日の株主総会が行われるその日。島田と都築の姿は、大那フーズ本社が入居するビルの三階にある小ホールにあった。立て看板には『株式会社大那フーズ定時株主総会会場』と書かれている。

「一発かますならここしかないじゃないですか」

にんまりと笑みを浮かべる都築。この顔、冗談ではなく本当に一発かますつもりのようだ。受付を済ませて会場に入ると、ざっと見て五、六百名分はある席の半数は既に埋まっていた。そのため、二人は中央よりもやや後方に席を確保した。壇上には演台の左右にそれぞれ三人ずつの席が、客席と向かい合うように設けられていた。その上方左右には大きなスクリーンが設置され、株主総会のタイトルと共に大那フーズのロゴが表示されている。これからどんなことが行われるのだろうか。

「社長はよく株主総会に来てるんですか？」

「実は初めてなんですよね。ほとんど資料を見れば事足りますから」

ということは、都築に聞いてもどんなことが行われるかまでは分からないということだ。島田は手元の資料に目を通してみる。そこには式次第として業績の発表や質疑応答、議決についてなどが書かれていた。

「この中に総会屋って人がいるんですかね」

小さな頃、「異議なし!」と大声で会の正常な進行を妨害する行為をテレビで見たおぼろげな記憶がよみがえってきた。株主総会のイメージといえばこれだ。

「あはは。島田さんいつの時代の話をしてるんですか? 今日日《きょうび》そんな人、いないですよ」

「えっ、そうなんですか?」

島田の記憶は時代遅れなものだった。

「社長。今日することは決まってるんですか?」

「もちろん業績悪化の追及をするに決まってるじゃないですか。何なら島田さんもやっちゃってくださいよ」

「はは……僕は遠慮しておきますよ」

この場で発言する度胸など、島田にはない。しかも薄井に目をつけられて、また返り討ちにでもあったら堪らない。だがそれは都築の発言だって同じことだ。そのあたりはどう考えているのだろうか。

「でも下手に追及すると、また週刊誌ネタにされかねないですよ？」

あの記事は飛ばしと判断されたのか、大きな混乱をもたらすことはなかった。ＳＮＳ上に限っては、むしろ押切製菓を擁護する声の方が大多数なくらいだった。だが次もそうなるとは限らない。

「それはその時ですよ」

「そうですか」

そこまで自信があるのなら島田から特に言うことはない。それから待つこと十数分。いよいよ開始時刻の午前十時になった。

「本日はお足元の悪い中――」

下手《しもて》で司会が定型的な挨拶をし終えると、大那フーズの役員と思《おぼ》しき人たちが壇上の席についていった。その中の一人に、遠くからでもすぐに判別できる憎き男――薄井もいた。この男と同じ空間にいるだけでも不快な気持ちになる。だが、今日は今までとは違う。こいつらに株主として事業不振の責任を追及するために来たのだ。だから島田は心の底から湧き起こる不快感、怒りといった感情を押し殺すよう、険しい表情でじっと壇上へと視線を送り続ける。

「では続きまして議長の任命に移ります――」

直後、本会の議長に任命された大那フーズ社長の顔がスクリーンに大きく映される。

額のほくろが特徴的な紳士だ。

「ん？」

島田はこの顔に既視感を覚えた。

「どうしました？」

「この人、見覚えがあるなって思いまして」

「ホームページにも載ってるはずですから、そこで見たんじゃないですか？」

確かにそうかもしれない。転職を検討していた時には、隅々までホームページを見ていた。一度くらい写真を見ていてもおかしくはない。しかし——。

「いや、でもどこかで……」

思いだそうと悩みながらも、淡々と進む報告事項に耳を傾ける。三期連続で業績の低下が止まらないこと。歯止めをかけるため、前期は新商品をいくつも発売してテコ入れしたことなどだ。新商品の一つとしてウェブコーンのことも紹介された。しかしどれも鳴かず飛ばずで赤字を積み増してしまったことなどが報告された。この新商品のために増強した生産設備の稼働率を今後どのように高めていくかが、経営課題の一つということだった。

「さて。株主の皆様も、業績のハイライトであるコーンスナック事業の不振についてもう少し詳しく知りたいことと思います。こちら担当役員の薄井から説明を行わせてください」

　大那フーズの社長はそう言って薄井に視線を向ける。薄井は渋々といった様子で卓上のマイクを手に取った。

「ええ……三年ほど前に天候不順でジャガイモの不作になったことがありました。その時にですね、コーンスナックの特需が起きたのですね。ですが、弊社は当時コーンスナックを持っておらず、ただ主力のポテトチップスの生産を止めることしかできなかったのです。ですのでリスクの分散という意味でも――」

「その話を聞いているのではありません。多額の設備投資や販促費をかけたにもかかわらず失敗した理由と、今後の展望を株主の皆様に説明してくださいと言っているのです」

　大那フーズの社長が薄井の言葉を断ち切り、語調を強めた。薄井は左手で額の汗をぬぐうような仕草をする。確実に焦っている。さて、どんな回答をするのか。いやが上にも島田の期待感は高まる。

「ええ、まもなく三種類の新しい味を持つウェブコーンが発売される予定です。その折にはしっかりとした数字を」

「積極的な販促費をかけてなお、売れていない商品をテコ入れして大丈夫なんですかね？　味の多角化をして勝算はどれくらいあるのでしょうか？」

社長からの追及は止まらない。どうして同じ会社の仲間をここまで追い詰めるようなことをするのだろうか。疑問が湧かないでもなかったが、追及される側が薄井のため、もっとやってくれと心の中で声援を送る島田。

「ええ……数字につきましてはポジショニングがまったく同じ競合商品があるため、慎重な予測をせざるを得ない状況にありますが……」

遠回しだが薄井はあみもろこしの存在に触れた。どんな言葉を続けるのか。島田が楽しみにしていると、薄井はとんでもない言葉を発する——。

「しかしご安心ください。少々調整に難航していたのですが、まもなくその競合品は弊社で抱え込み生産できる体制が整います。その暁には——」

「は？」

——島田の中で何かがプツンと切れる音がした。

この期《ご》に及んで何を言っているのだ？　あみもろこしをお前らに渡すつもりなど毛頭ない。それは態度や言葉で何度も示したはずだ。しかしこの男は未だに理解していない様子。この際だ。公式の場ではっきりとさせてもらおう。

「その話について詳しく伺わせてください！」

島田は怒声と共に挙手をし、立ち上がった。スクリーン上、ブルドッグのような薄井の顔が一瞬で引きつった。何でお前がここにいるのだ。こいつにだけは絶対に発言させるな！　表情でそう訴えかけているようにも見える。そもそも質疑応答の時間でもないのに言葉を挟めるかも分からない。だが議長である大那フーズの社長が「彼にマイクを」と言ってくれたことで、客席にいる会場係を通じて島田の手にマイクが渡った。

「ではこのまま質疑応答の時間に移ります。ご質問をどうぞ」

島田は大きく深呼吸する。落ち着け。頭に血を上らせたまま話しては、言葉が支離滅裂になるだけだ。島田は心の中で人の字を書いて食べるイメージを思い浮かべる。よし。少しだけ落ち着いた。

「まず薄井さん。あなたが抱え込むとおっしゃっている競合商品というのは、弊社のあみもろこしのことで間違いないでしょうか？」

島田が「弊社の」を強調して言ったことで会場が軽くざわつき始めた。

「そんなこと一言も申しておりませんが」

平静を装っているが、薄井の声が震えているように聞こえる。

「とぼけても無駄です。ウェブコーンがあみもろこしを真似て作られたのは周知の事実なんですから」

「何が言いたいんですか！」

薄井の顔が赤みを帯びてきた。額の光沢も増しているように見える。

「小さな会社が必死に作っている商品に対して、大企業が模倣品を真正面からぶつけてくる。ここまでは正常な競争ということで納得できます。ですが弊社の大切な従業員を守りもしない甘い条件をちらつかせて無理やり引き抜いたり、火災で弱ったところに付け込んで支援すると言いつつ会社ごと乗っ取りを企てるようなことが正しいこととはとても思えません！　だからたとえ明日、隕石《いんせき》が降ってきたとしても、あみもろこしを御社に渡すことはあり得ません！」

マシンガンのように言葉を撃ち出した島田は、ここで大きく息を吸う。

「黙れ！　誰か！　こいつをつまみだせ！」

顔を真っ赤にした薄井が吠《ほ》えた。

「黙りません！　誰か！　株主としての質問はこれからです」

心臓が口から出そうだ。だがまだこれで終わりではないのだ。

「何をしている。早くこの薄汚い男をつまみだせ！」

誰も動かないのならば自分がつまみだしてやる。それを態度で示すように薄井は壇上から降りようとする。しかしそれを制止する男がいた。

「薄井さん！　ここは株主の皆様が集まる厳粛な場です。席に戻りなさい」

「ですが！」

「戻りなさい！」

大那フーズ社長の剣幕に薄井の動きが止まった。そしてそのまま硬直すること数秒。薄井はようやくぎこちない動きで、元いた席へと腰かけた。

「島田さん。続きをどうぞ」

そして質問をするように促した。

「ありがとうございます。では以上の話を踏まえたうえで質問です。御社はどうウェブコーンの事業を立て直すおつもりでしょうか？　個人的にも株価が下がって含み損が出ているので、どのようにして株価を上昇させるのか気になって夜も眠れません」

含み損はせいぜい一万円だが、額は関係ない。今日は、株主として物申しに来たのだから。

「………………」

薄井は何も答えなかった。先ほどから、ただただ島田を睨むばかりだ。

「薄井が答えられない質問のようですので、ここからは私に代わります」

大那フーズの社長が助け舟を出したことで薄井は安堵の表情を浮かべる。しかし、演台に据え付けられていたマイクを手に取った大那フーズの社長は、その体を薄井へと向けた。

「薄井さん。君、私の知らないところで、大層なことをしでかしていたんだね」

まさかその矛先が自分に向けられるとは思っていなかったはずだ。は？　という様子で口を半開きにする薄井。

「あ、あの、それはうまく話がまとまった折に報告をしようと」

「そんな重要なこと、事後報告でいい訳ないと思わなかったのかね？」

「………」

今度は薄井の顔から色が抜けていった。赤くなったり青くなったり忙しい顔だ。

「それにしても敵対的な買収を仕掛けているとはね。あまつさえ未上場企業に対して。商売の倫理とかけ離れていると言わざるを得ないんだけど？」

「て、敵対的ではなく、円満に」

薄井の弁明を聞いた大那フーズの社長は「ふうん」と言うと、客席へと視線を向ける。しかし、その視線の向けられた先は島田ではなかった。

「押切さん、実際のところはどうなんですか？」

大那フーズの社長はそう言って会場の一角に視線を向けた。押切さん？　まさか。島田がその視線の先を追ってみる。すると、ちょうど立ち上がる押切会長の姿が見えた。島田よりも後ろにいたためまったく気づかなかったが、押切もまた大那フーズの株主だったようだ。島田が手にしていたマイクは、係員を通してバトンのように押切へと引き継がれようとしていた。

「島田さん、お疲れ様でした」

腰かけた島田に都築が声をかけた。

「すみません。抑えきれなくてつい」

株主総会を荒らすようなことをしてしまった。改めて振り返ってみると、なんてことをしてしまったのだろう。そんな気持ちが込み上がってきた。

「いや、すっきりしましたよ。俺の言いたいこともしっかりと言ってくれましたし」

少なくとも都築はそう思ってくれてよかった。

「ありがとうございます」

「でも、菊井社長と知り合いだったなんて、初めて知りましたよ」

「え？」

いきなり何を言っているのだ。

「だって、島田さんのことを名前で呼んでたじゃないですか」

あの時はアドレナリンが出ていたため、それがおかしいことに気づかなかった。だが言われてみれば確かに、何で島田の名前を知っているのだろうか。島田は改めて壇上に大きく映し出されている社長――菊井へと視線を向ける。この特徴的な額のほくろ。やはり見覚えがある。ホームページで見たのではなく、実際に会ったことがある。間違いない。しかし、どこでだったかが思い出せなかった。島田がこうして必死に記憶の糸を手繰っていたその時――。

「菊ちゃんね。申し訳ないんだけどそれは事実だよ」

押切が第一声を発した。

「そういえば――」

押切が「菊ちゃん」と言ったことで、島田の脳内にあの日のシーンが明確によみがえってきた。そうだ！　押切と鳥和哉に行った時にやって来た押切の釣り仲間だ。まさか肩を並べて飲んだあの人が、大那フーズの社長だったとは。

「そっか。もっと早くに相談してくれたらよかったのに」

「いや、僕も何度か考えたんだけどね。でも後進に経営を譲った老兵がどこまでしゃしゃり出ていいものかってのを考えるとね」

先ほどまでの張りつめた空気とは一転、釣り仲間同士の緩いやり取りが始まった。

「コーンスナックがまさかのあみもろこしそっくりだったって知った時は、気が気じゃなかったんだけどね。まさかそんなことまでしてただなんて」

そう言った菊井は気を付けの姿勢をすると、「本当に申し訳なかった」。そう言って、頭を九十度下げた。公衆の面前で大企業の社長が競合相手に頭を下げる。この行為に会場は俄かにどよめく。

「いやいやいや、菊ちゃん。そんなの不要だよ。うちの若い連中のいい刺激になったと思うし、結果として押切製菓は元気にやってる訳だから」

このじいさん。会社存亡の危機を「いい刺激」と言いやがった。こちらの苦労も知らずに。とはいえ、きっと島田の見えないところでいろいろと動いていてくれたことは間違いない。それに都築がいなかった時に押切のサポートがなければ、島田があれだけ動けなかったこともまた事実だ。

「いや、そうだとしても社長として見過ごせない蛮行だから。ここは受け取っておいてよ」

ようやく頭を上げた菊井が言った。

「まあ、ここで個別の案件のことを話すのもなんだし、後はあそこでじっくりと話し合おうよ。じゃ、マイクを返すね」

押切は焼き鳥を食べるゼスチャーをすると、その場に着席した。壇上の菊井はその体を再び薄井に向ける。

「ということだけど、薄井さん。この責任、どうやって取るの？」

「い、いや……社長。お言葉ですが、あの男の話を全面的に信じるんですか？」

諦めの悪い奴だ。この期に及んでまだ責任逃れをしようとしている。

「あなたより余程信頼できますよ。押切さんは同業の仲間として、三十年以上も前から切磋琢磨《せっさたくま》しあった仲なんだから」

「なっ……!?」

押切との関係性を聞いた薄井が固まった。

「で、薄井さん。どう責任を取るの？　島田さんからの質問にもまだ答えていないよ？」

菊井の追及は止まらない。

「…………」

しかし薄井は何も答えなかった。答えられないのだろう。それにしても菊井はなぜここまで薄井のことを追及するのだろうか……。そこまで考えて島田は思い出した。確か薄井は、拡大路線で社長の座を狙っていた。押切からそう聞いた記憶がある。とすれば、菊井としてもこの場は薄井を粛清する願ってもない場になる。島田が一人で納得していると、隣の都築が立ち上がった。

「あの、ちょっといいですか！」

そして発言の許可を求めた。

「あなたは？」

「押切製菓社長の都築と申します！」

都築の名乗りを聞いた菊井は「ああ、あなたが」と頷く。

「マイクを彼に」

菊井の指示で、係員が都築へとマイクを手渡す。

「改めまして、押切製菓の社長をさせて頂いています都築と申します」

マイクを手にした都築はそう言って頭を下げた。

「この度は本当に申し訳なかった」

菊井も都築へ頭を下げる。

「とんでもないです。それでですね、薄井さんの責任の取り方をこちらから提案させて頂こうかなと思いましてお時間を頂きました。よろしいでしょうか？」

「是非とも」

菊井は快諾してくれた。

「という訳で薄井さーん」

都築は軽い声で薄井の名を呼ぶと、反応を待つ。

「…………」

しかし、もはや反応を示すことすらしなかった。

「おかげさまであみもろこしの受注は過去最大級に推移しています。火災に負けないって姿が消費者の共感を得たみたいなんですよ」

「ふんっ」

皮肉のこもった都築の言葉に、薄井は鼻息だけを返した。

「それでですね。偶然にも御社が持て余しているウェブコーンの生産設備がありますすよね？　その設備で生地を作ってあみもろこしの調味粉末をかけると、あら不思議。あみもろこしが出来上がっちゃうんですよ」

なるほど、その手があったか！　これは都築を退任に追い込んだ際に薄井が言った言葉ほぼそのままだ。以前は向こうからの提案だったが、今度はこちらからの提案だ。

意趣返しのようなアイディアだが、大那フーズの潤沢な設備が使えるのならば、大きく生産数を増やすことができる。ボトルネックとなっていた味付け工程についても、新たに三人が渡辺から及第点をもらうことができている。確かにこれは良いアイディアかもしれない。

「という訳で薄井さん。弊社の外注先となって設備の有効活用をしませんかってお誘いです。どうですか？」

「そんなこと――」

「賛成！」

「こっちも賛成！」

薄井が断りの言葉を発しようとした瞬間、会場のあちこちから賛成の声が湧き起こった。

「ほら、薄井さん。株主さんから賛成の声が上がってますよ？」

「…………」

いつの間にか茹《ゆ》でだこのように頭を赤くしていた薄井は、でき……でき……とブッブツ言うのみだ。

「何を言ってるんですか？　聞こえないですよ。ほら。早く『弊社の設備を有効活用してくださいっ』て頭下げてくださいよ」

「いやだ……いやだーーー!!」

薄井は両のこぶしで机を打ち、駄々をこねる子供のように絶叫した。マイクがハウリングを起こし、キーンと耳をつく音が響いた。その音がゆっくりと壁に吸収され、三秒後には水を打ったように会場全体が静まり返った。薄井の荒い鼻息だけが聞こえてきそうなくらいだ。

「できないっていうなら、改めてここに集まった方々の声を聴いてみましょうよ。株主の総意はこれで分かるんですから」

都築は薄井とは対照的に冷ややかな声で言うと「議長」と菊井へ向かい声をかける。

「分かりました。正式な議決にはならないですが、参考意見の一つということで皆様に伺いたいと思います。弊社の設備を押切製菓さんに活用して頂くことに賛成の方、挙手をお願いします」

会場から一斉に手が挙がっていった。もちろん島田も都築も挙げている。ざっと見ても八割以上が賛成の意思を示しているだろう。

「ありがとうございます。薄井さん、よかったね。あなたの失敗を押切製菓さんが尻拭いしてくださることになって」

「くっ……こんな……こと……」

プルプルと体を震わせる薄井の姿が大きなスクリーンに映った。ブルドッグのようだったその顔は、今では怯《おび》えるチワワだ。

「ほら、ちゃんと頭を下げてお願いをしないと。『よろしくお願いいたします』って」

菊井は薄井の腕を取りその場に立ち上がらせる。そして「早く。時間が押してるんですから」と促す。そんな哀れな薄井の視線が島田、そして都築へと向けられた。

「よ……よ、よろしく……お願いします……」

――遂に、頭を下げた。

どこからともなく発生した拍手が、一瞬で会場全体を揺さぶるような大きな波になった。弱小企業が大企業を相手に健闘したからか。はたまた下がり続けた株価が上昇する希望が見えたからか。理由は分からない。それでも島田はこの拍手が自分たちへと向けられていると分かった。爽快。その表現しか思いつかないほどの気分だ。

それから十数秒後、ようやく拍手が収まると都築が再びマイクを口元へ持っていく。

「経営者から見たら労働者なんてコマの一つでしかないかもしれません。それが大企業だと尚更です。でも、そのコマの一つひとつにも守るべき家庭や人生があるんですよ。薄井さん。あなたは押切製菓で働いていた多くの人の人生をぶち壊してきました。ウチから引き抜いた従業員、今はどうしていますか？　きっと知らないでしょう。というか、気に留めることすらなかったでしょう。でも少なくとも私は毎日気になっていました。御社で元気にやってるかなって」

　薄井は黙って都築の言葉を聞いている。薄井だけではない。会場の誰もが都築の言葉に耳を傾けていた。

「自分がのし上がるためだったら周りを蹴落としてもいい。そのせいでどれだけの人生が犠牲になろうが構わない。これからの時代、そんな共感が得られないやり方はきっと淘汰されていきますよ。あなたの生きてきた平成とは価値観も情報の広がり方も違うんですから。あなたにも人の気持ちを慮《おもんぱか》ることのできる人間になっていただきたいと切に願います。言いたいことは以上です」

　二回り以上も若い都築に滔々と説かれた薄井はうなだれた。都築は「ありがとうございます」と言ってマイクを係員に返すと、その場に着席する。

「社長、完璧な演説です」

　島田の言葉で、硬くなっていた都築の表情が緩くなった。

「ありがとうございます」

「それにしてもようやくですね」

ウェブコーンの登場から大量の引き抜き、火災、そして会社の乗っ取り。これらを主導してきた薄井に、遂に頭を下げさせることに成功した。しかも株主総会という公式の場で。見事なまでの完全勝利だ。そしてついでの手土産とばかりに、あみもろこしの生産量の問題まで解決してしまった。これで押切製菓の大きな飛躍は約束されたものになるだろう。

「これで小さくとも尖った会社になれましたよね？」

「間違いないです」

島田は都築の言葉をしっかりと肯定した。大手ライバルの模倣品を駆逐し、その余剰設備で自社商品を製造させるなど尖り過ぎもいいところだ。

「では俺たちの目標が達成されたってことで」

「達成されたってことで」

島田と都築は久しぶりにお互いのこぶしを合わせた。

エピローグ

押切製菓の本社から最寄りのスーパーマーケット。そのあまり高くない天井から吊るされたくす玉の紐《ひも》が都築の手により引かれたことで、紙ふぶきと共に『祝！　あみもろこしチーズ味　新発売！』の垂れ幕が下がった。同時に広がる拍手の音。そして笑顔の輪。その中でも随一に輝く笑顔を見せた都築がその口を大きく開く。

「ありがとうございます！」

都築が頭を下げると、拍手はひときわ大きなものになった。

本日は押切製菓の創業五十周年という節目となる八月一日。そして、あみもろこしのチーズ味の発売日でもある。押切製菓と付き合いの長い地元のスーパーマーケットが「ぜひ発売イベントを！」と声をかけてくれたことで、この発表会が催された。

「皆さんご存じの工場火災では、本当にご迷惑をおかけしました。それよりも前からチーズ味の開発をしていたのですが、正直、あの時は新発売どころか会社の存続も危ぶまれていました。今日、こうして晴れの日を迎えられたというのは、ひとえにここに集まる方々、残念ながらここには来られなかった方々。そういった多くの応援があったからこそです――」

集っている押切製菓の関係者。スーパーマーケットの従業員。そして多くのお客さんたち。それだけでない。SNSでライブ中継しているネットの向こうに、もっともっと多くの人たちが参加してくれている。

「パパ、ようやくだね」

今日は夏休みかつ日曜日のため、妻のさつきと愛娘の芽衣も駆けつけてくれた。

「だね……」

島田は演説をする都築の姿を、そして山のように積まれたあみもろこしを感慨深く眺める。

株主総会からほどなく外注の稼働を開始し、製造能力は日産で十六万袋になった。今までの倍だ。供給が滞っていた塩味が潤沢に市場に出回るようになったことで、ようやくチーズ味の生産に漕ぎつくことができた。もちろん『妖滅』とのコラボも実現することができた。それが七月も中旬に差し掛かった時期だ。そこから初期出荷分をフル稼働で製造。綱渡りではあったが、何とか今日という日を迎えることができた。

「ねえ、早く食べたいよ！」

芽衣が島田の上着のすそを引っ張る。

「芽衣はもういっぱい食べたでしょ」

試作品の段階から何度も食べている。恐らく日本で一番たくさんチーズ味を食べた小学生と言っても過言ではないはずだ。

「違う。お店で売ってるのを買って食べたいの」

「そうそう。芽衣は今日のためにお手伝い貯金をしてきたんだよ」

「そっか」

それは嬉しい。今までの苦労が報われた気持ちになる。「なら、これが終わったらすぐに買わなきゃね」と言うと、芽衣はニコリと笑顔を作った。島田はその表情を感慨深く見ずにはいられなかった。今でこそ芽衣のこのような姿を見るのも当たり前になったが、一年前はその成長を感じることすら滅多になかったのだから。

それだけではない。鶴の一声で島田の給料は、今月から月収にして十万円増加という大出世を果たした。このペースでいけば、三百六十万円だった年収は五百万円近くになる計算だ。ボーナス次第ではそれ以上も狙える。金額ではまださつきには敵《かな》わないが、家庭内での劣等感は完全に消えていた。いや。よくよく考えてみれば、昇給する以前、大那フーズへの反撃ののろしを上げた頃から劣等感そのものを忘れていた。仕事そのものに誇りをもって取り組めるようになったことこそが、島田の心に大きな変化をもたらしたことは間違いない。

それから時間は経過し、午後六時になった。押切製菓本社近く、「本日貸し切り」の札が下がる鳥和哉《とりわかな》には、押切製菓の社員が続々と集結し始めた。今日はこれからここでチーズ味の発売記念の宴会が開かれる。参加者はチーズ味の開発に少しでも関わったことのある十八名。テーブルが三つにカウンターだけという小さな店内はすし詰めの状態だ。既に炭火の上には多くの串がその脂を滴らせ、食欲を誘っていた。もちろんその場には島田も参加をしていたのだが——。

「はい、ウーロン茶の人」

「こっちに二つ！」

「私も！」

ビールジョッキを両手に持つ祥平と一緒に、島田はウーロン茶を配膳していた。早く乾杯をしたい。その一心からたった一人しかいないホール係を手伝っていた。グラスを配り終えると最後にペットボトルのウーロン茶をテーブルの中央に置いておく。あとは勝手にやって欲しい。そして最後に自分のビールジョッキを受け取ると、テーブル席の端に座る都築へ「準備ＯＫです」と促す。

「さて、みなさん。今日は日曜日にもかかわらず、貸し切りにできるだけ集まってくれてありがとうございます」

立ち上がってそう言った都築は皆を見回す。

「早いもので社長に就任してから一年と四ヶ月が経ちました。いきなり若造が社長に就任して、戸惑いも大きかったと思います。それに重なる形でウェブコーンとのドロドロの争いにも巻き込まれてしまいました。正直、どうしたらいいのか全く分からなくなることだらけでした。今だから言えますけど、辞めようと思ったことは一度だけではありません。実際に一度、会社を飛び出してしまいましたし……。でも、こうして今日、みんなでここに集まることができました。それはみんなが俺のことを助けてくれたから実現できたんです。誰か一人でも欠けたら達成できなかったことだと思っています。ありがとうございます」

都築はここで頭を下げた。都築の悩みというのは誰よりも大きく、想像を絶するものだったはずだ。よくぞここまで引っ張ってくれた。そんなことを考えていると、都築はゆっくりと頭を上げる。

「その中でも島田さん――」

都築は隣に座る島田へ視線を向ける。そして立ち上がるように手で促したため、島田は都築と並ぶように立つ。

「乾杯の前に長くなっちゃってごめんなさいね。でもどうしてもこれだけは言っておきたくって。社会人として右も左も分からない時。俺の気持ちがもたなかった時。島田さんがいてくれたからこそ、諦めずに前に進むことができました。島田さんには最大の感謝を」

都築が島田に向かって姿勢を正し、頭を下げる。

「ちょっと、それは過剰ですって」

しかし周りの拍手が島田の言葉をかき消した。

「まあ、俺がしたかったことだから勝手にやらせてくださいよ」

都築は白い歯を覗かせると、皆へと視線を切り替える。

「では、ビールが温くなっちゃいますので乾杯といきましょうか」

ようやくだ。島田は汗をいっぱいにまとったジョッキを手に取る。皆も各々の飲み物を手にするとその場に立ち上がった。

「今日は俺のおごりですので、好きなだけ飲んで食べてください！　では乾杯！」

「かんぱーい‼」

島田は真っ先に都築とジョッキを合わせる。それから阿仁、大野、難波、唐沢、そして森町と、自分を支えてくれたメンバーそれぞれとジョッキを合わせる。

「渡辺さん、お疲れ様でした」

「ああ」

最後にカウンター席の端を確保していた渡辺とジョッキを合わせると、島田は一気にジョッキを傾ける。心地良い炭酸の刺激と共に麦の香りが鼻から抜け、甘美な液体が全身に染みわたっていく。この時のために真夏のさなか、水分補給をせずに我慢した甲斐があったというものだ。

「ねぎま、つくね、ハツですー」

乾杯を終えると、お通しとばかりにいつもの串が人数分出てきた。この取り合わせも、島田にとってはもう馴染みともいえるものだ。島田はもとの席に戻ると、さっそく串に手を伸ばす。島田が最初に食べたのはお気に入りとなったハツだ。

「うーん、美味しいですね。課長がお勧めって言ってたのがよく分かります」

島田の向かいでつくねを手にした森町が、眼鏡の奥の目を細めながら悶《もだ》えていた。

気に入ってもらえたようで何よりだ。

「他も美味しいから期待してもらっていいと思うよ」

「はい！ このためにお昼を抜いてきましたから」

そう言って右手に串を持ったまま、左手で自分の腹をポンと叩く。

「はは。それは正しい選択かも……。でも帰宅後のデザートの分も空けておかないと」

島田は森町に幸福堂のバウムクーヘンを差し入れていた。大那フーズに買収されるという噂が本当だった場合に買うと約束した、人気店のスイーツだ。

「それは別腹だから大丈夫ですよ」

「そっか。余計な心配だったね」

島田は苦笑しつつ、串に残った残りのハツを二つまとめて口へ入れる。

「あ、そうだ。島田さん」

今度は都築から声がかかった。島田は串を竹の串入れへ入れると、首を横へ向ける。

「酔っぱらう前に島田さんにお願い事をしようと思ってたんですよ」

こんな席で改まって何の依頼だろうか。

「お願い事、ですか？」

「はい。あみもろこしはこれで一段落つきそうですから、今度は直営店を開いてみたいなって思ったんですよ」

都築は白い歯を覗かせながら悪戯っぽい笑みを浮かべた。ちょっと待って欲しい。

今、何と言った？

「直営店、ですか？」

押切製菓はメーカーだ。小売りのノウハウなど全くない。

「押切製菓は美味しい駄菓子もいっぱい作ってるんですから、もっともっと広めていきたいです。今ならそれも叶うんじゃないかなって。その情報発信基地となるアンテナショップを作るんです。会社をもっともっと尖らせるためにね」

口ぶりからすると今まで言わなかっただけで、相当前から温めていたネタのようだ。

「ということで、さっそく、明日から準備を進めてくださいね」

「明日⁉」

またしてもやってきた。都築の無茶ぶりが。

「『妖滅』とのコラボ第二弾も控えてるんですよ」

メディア対応など、島田の仕事も今まで以上に増えるはずだ。

「そっちは広報就任予定の難波さんが吸収しますから安心してくださいよ。それにもっと人も増やすんですから、島田さんには一段高いところから会社全体を見てもらわないと」

確かに、月商ベースで昨年対比二倍の水準で来ているのだ。今、押切製菓は大きく変わりつつある。都築の言う通り、島田も全体を俯瞰《ふかん》するポジションとして振る舞わなければならない。それに都築からの無茶ぶりも何を今更というところだ。

「ま、それもそうですね。では早速明日からコンセプトなどを詰めていきましょう」

「そうこなくっちゃ！」

では、新しい未来に向けて乾杯。そう言った都築の言葉に応じ、島田は自分のジョッキを合わせた。コツンと確かな手ごたえがジョッキを通して都築から島田へと伝わった。

都築が考えた未来なのだ。きっと楽しくなるに違いない。
都築率いる押切製菓の第二章が、これから始まる。

本書のプロフィール

本書は小学館文庫のために書き下ろされた作品です。

小学館文庫

新入社員《しんにゅうしゃいん》、社長《しゃちょう》になる

著者 秦本幸弥《はたもとゆきや》

二〇二一年二月十日 初版第一刷発行

発行人 飯田昌宏
発行所 株式会社 小学館
〒一〇一-八〇〇一
東京都千代田区一ツ橋二-三-一
電話 編集〇三-三二三〇-五九五九
販売〇三-五二八一-三五五五
印刷所 ―――――― 図書印刷株式会社

ISBN978-4-09-406882-5